KB166042

목차

저 자	시라토리 시로	작품명	용왕이 하는 일!
일러스트	시라비	감 수	사이유키

제 0 보	4P
제 1 보	9P
제 2 보	67P
제 3 보	143P
제 4 보	207P
제 5 보	271P
후 기	330P
감상전	333P

페이지	발 행	발행연월일
344페이지	노블엔진	2018년 3월 1일

이상 344페이지로
용왕이 하는 일! 제6권 전부

© shirabii

용왕이 하는 일!

ryuoh no oshigoto!

6

시라토리 시로

일러스트 **시라비**

감수 **사이유키**

등장인물 소개

쿠즈류 야이치

용왕. 승부사로서 운세를 엄청 따지는 편이며, 제비뽑기를 하면 대길이 나올 때까지 뽑는다.

히나츠루 아이

야이치의 1호 제자. 여류 2급. 신사 참배 예절을 엄격하게 지키는 초등학교 4학년.

소라 긴코

야이치의 사저(師姐). 여류 2관이자 장려회 2단. 신사를 발견하면 불쑥 들어가서 참배하는 습성을 지녔다.

야샤진 아이

야이치의 2호 제자. 여류 2급. 점이나
운세를 믿지 않는 강철같은 정신을 지녔지만,
외계인은 있다고 생각한다.

키요타키 케이카

야이치의 스승의 친딸. 여류 3급.
키요타키 일문의 엄마 포지션.
운세 뽑기의 길흉보다 『훈담』 부분이
더 신경 쓰이는 나이.

미즈코시 미오

아이의 장기 친구이자 연수회에 소속한
초등학생 4학년. 태어나서 지금까지
운세 뽑기에서 대길만 나왔을 정도로 운이 좋다.

쿠구이 마치

<산성앵화>라는 타이틀과 관전기자
<쿠구이>라는 이름을 지닌 칸사이 소속
여류기사. 정월에는 가족과 함께
전통 시를 읊는다.

©shirabii

🔔 장기의 신

"신?"

"그렇대이."

제자가 된 직후의 일이었다고 기억한다.

사부님은 당시 여섯 살이었던 나와 네 살이었던 긴코(아직 사저라고 부르지 않았다)를 데리고 당일치기 여행을 갔다.

사부님이 운전하는 차 뒷좌석에 긴코와 나란히 앉아 있던 나는 산동네인 후쿠이현에서 살았기 때문에, 처음 보는 칸사이의 경치에 마음을 온통 빼앗겼다.

……하지만 칸사이 출신인 긴코는 경치에는 전혀 관심이 없는지, 나한테 자기 장기 상대가 되라는 명령을 내렸다.

2주 먼저 입문한 긴코의 명령에는 절대로 따라야 했고, 나도 장기가 두고 싶었기 때문에 그 명령에 순순히 따랐다.

그렇게 우리는 긴코가 항상 지참하고 다니는, 자석이 달린 접이식 간이 장기 세트를 가지고 뒷좌석에서 계속 장기를 뒀다. 지금이라면 머릿속 장기판으로 둘 수 있지만, 당시에는 장기판과 장기말이 없으면 제대로 된 장기를 둘 수가 없었다.

그리고 다섯 판 정도 뒀을 즈음이었다.

사부님이 차를 세우면서 입을 열었다.

"여기대이."

우리가 도착한 곳은…… 신비로운 향이 감도는 곳이었다. 나보다 나이가 조금 많아 보이는 여자애가 우리를 맞이한 후, 어딘가로 안내했다. 여자애인데도 장난감 칼을 휘둘러대는, 기묘한 애였다.

그곳에서 사부님은 우리에게 더 기묘한 이야기를 해 줬다.

신에 대한 이야기였다.

"이 세계에서는 장기의 신에게 미움을 받으면 위로 올라갈 수가 없대이."

"강해질 수 없는 거예요?"

"강해질 수는 있대이. 그래도 있재, 암만 세지더라도 장기의 신에게 미움을 받으면 프로 기사는 될 수 없는 기다. 명인은 꿈도 못 꾸재."

"강해지더라도 프로가 될 수 없다고요……?"

나는 그 말을 듣고 온몸을 부르르 떨었다.

왜냐하면 나는 사부님처럼 되고 싶어서…….

프로 기사가 되고 싶어서, 오사카까지 온 것이다.

그런데 『장기의 신』이라는 정체도 모를 존재 때문에 그 길이 막히고 말 가능성이 있다는 말을 들었으니 몸을 떠는 것도 무리는 아니었다.

강해지는 방법이라면 알고 있다.

장기를 실컷 두면 된다. 노력하면 된다.

하지만…….

"장기의 신에게 사랑받으려면 어떻게 해야 되죠?!"

나는 사부님의 바지 자락을 잡고 매달리면서 필사적으로 가르침을 구했다.

사부님은 부들부들 떨고 있는 내 머리를 상냥히 쓰다듬어 주더니, 장기의 신에게 사랑받는 방법을 하나하나 가르쳐 줬다.

사부님의 말을 듣자, 내 불안은 점점 작아졌다.

하지만 긴코는 달랐다.

"……신 같은 건 없어."

당시의 긴코는(지금도 그렇지만) 남의 말에 기본적으로 반발하고 보는, 귀여운 구석이라고는 눈곱만큼도 없는 애였다.

외모는 천사 같았으며, 나도 처음 긴코를 봤을 때는 인간이 아니라 그림책에서 본 요정이나 정령 같은, 아무튼 인간보다 훨씬 신에 가까운 존재일 거라고 진심으로 생각했을 지경이다(긴코가 아무 말도 하지 않으며 멀찍이서 나를 쭉 쳐다보고 있었기 때문이기도 했다).

──프로 기사의 집에는 장기의 요정이 사는구나!

그런 긴코라는 존재가 프로 기사를 향한 내 존경심을 더욱 확고하게 만들었다. 우와~! 프로는 진짜 짱이야~! 같은 생각이 든 것이다.

그렇게 해서 나는 장기의 신이 존재한다고 순순히 믿었지만, 긴코는 자신의 겉모습에 익숙해서 그런지 초차원적인 존재에 대해 부정적이었다.

자기 자신이 기적의 결정체인데도, 긴코는 신이나 기적 같은 것을 한사코 믿지 않았다. 뭐, 좀비나 귀신같은 것은 남들 곱절로 무서워하지만 말이다(지금도 그렇습니다).

"신 같은 건 없어."

긴코는 딱딱한 목소리로 그렇게 말했다.

사부님은 그런 긴코의 말을 듣고도 딱히 화를 내지 않으며 이렇게 말했다.

"신은 진짜로 있대이. 긴코와 야이치를 지금도 내려다보고 있을 기다."

"그럼 장기의 신은 어디 있는데?"

긴코의 목소리는 점점 딱딱해졌다.

『안 가르쳐 주면, 안 믿을 거야!』

긴코는 휴대용 플라스틱 장기판을 꼭 끌어안더니, 도전적인 눈빛으로 사부님을 올려다보며 시선을 통해 그렇게 외쳤다.

아직 알고 지낸 지 얼마 되지 않았지만, 긴코가 이런 포즈를 취하면 결코 물러서지 않는다는 것을 나는 알고 있다.

그래서 내가 안절부절못하면서 지켜보고 있을 때——.

사부님은 빙긋 웃으면서 손을 올려놨다.

"여기와……."

장기의 신이 깃들어 있는 장소에 말이다.

"여기에 있대이."

그 후, 우리는 그 신비로운 장소에서 실제로 봤다.

장기의 신이 강림하는 순간을…….

그 순간부터, 나도, 긴코도 믿게 됐다.

장기의 신이 존재한다는 사실을.

제 1 보

RYUO

류 2급

히나츠루 아이
Hinatsuru

여류기사 번호	62
생 년 월 일	2007년 10월 7일(10세)
출 신 지	이시카와현 나나오시
스 승	쿠즈류 야이치 용왕

⌂ 진찰

"쿠즈류 야이치 씨……죠? 오늘은 무슨 일로 오셨죠?"

진찰실에서 나와 마주한 의사 선생님은 안경을 쓴 지적인 인상의 여성이었다.

나는 의자에 앉은 채, 그 여자 의사 선생님에게 호소했다.

"…………사라지지를 않아요."

"뭐가 말이죠?"

"…………장기판이……."

"예?"

여의사 선생님이 영문을 모르겠다는 표정을 짓자…….

"……머릿속에서 장기판이 사라지지를 않아요……!"

나는 양손으로 머리를 감싸 쥐며 그렇게 호소했다. 절실한 어조로 말이다.

"흠."

의사 선생님은 손가에 있던 진료기록을 살폈다.

"직업은……『장기의 프로』시군요. 오호라."

그리고 고개를 끄덕이며 야이치에게 질문을 던졌다.

"그럼 항상 장기에 대해 생각하시나요?"

"평범한 사람들보다는…… 많이 생각할 거예요. 하지만 항상 장기 생각만 하는 건 아니에요. 지금까지는 뜻대로 머릿속의 장기판을 지울 수 있었는데…… 지금은 고장이라도 난 것처럼…… 스위치가 켜지듯 장기판이 생겨나면 자신의 의지로는 없앨 수가 없어요…….”

“그렇군요. 그 탓에 마음이 안정되지 않는 건가요?”

“그렇게 단순한 문제가 아니라고요!”

“그러면요?”

“……타임머신을 탄 것만 같아요.”

“???”

“장기에 대해 좀 생각했을 뿐인데, 하루가 흘렀을 때도 있어요…….”

“어머나…….”

“그런 일이 툭하면 벌어져요……. 눈앞에 있는 장기판이 현실에 있는 건지 머릿속에 있는 건지 구분이 안 가고…… 잠도 안 와요…….”

“장기의 프로는 생각하는 게 일이니까요. 지나치게 생각을 많이 해서 신경이 약간 과민해진 게…….”

“그러니까 그런 수준이 아니라고요! 자기 의지로 뭔가를 생각하고 있는 느낌이 아니에요! 시간 감각도 사라진다고요……. 어떻게 좀 해 주세요!!”

“그런가요…….”

의사 선생님은 생각에 잠긴 것처럼 잠시 동안 침묵한 후, 이런 질문을 했다.

“어린 여자애는 좋아하나요?”

“예?”

"어린 여자애 말이에요. 좋아하나요?"

"예? 아, 뭐…… 남들만큼은……."

"일상적으로 어린 여자애들을 접할 기회가 있나요?"

"으음…… 저기, 실은 제자와 동거 중인데…… 아, 딱히 이상한 뜻은 아니거든요? 장기 세계에는 드물게 있어요."

"초등학생인가요?"

"4학년이에요."

"저기…… 제자분? 은, 한 명뿐인가요?"

"내제자…… 동거하고 있는 제자는 한 명이에요. 제자가 한 명 더 있는데, 걔도 초등학교 4학년이죠. 그리고 제자의 친구들이 때때로 집에 놀러 오는데…… 걔들도 초등학교 4학년과 1학년이에요. 아, 딱히 어린 여자애를 일부러 고른 게 아니라, 내제자와 비슷한 또래의 애들이 필연적으로 모여들고 있는 거죠."

"그런가요……. 흐음, 그렇군요."

진료기록부에 뭔가를 적던 의사 선생님이 납득한 것처럼 고개를 끄덕인 후, 다시 나를 쳐다보면서 이렇게 말했다.

"로리콤이군요."

"……예?"

"병명입니다. 『로리콤』 5기. 중증이군요. 지금 바로 입원하셔야겠어요."

"예? ……예엣?!"

로리콤이라서 입원?! 그런 경우가 있어?! 로리콤은 병이었어?!

아──.

"애초에 나는 로리콤이 아니에요!!"

"자각 증상은 없군요……."

의사 선생님은 진료기록부에 빠르게 글씨를 썼다. 왠지 엄청 심각해 보이는데?!

그리고…… 의사 선생님한테 이런 소리를 들으니 자기가 진짜로 로리콤이며, 그게 엄청 심각한 병인 것 같았다!

"선생님, 고칠 수 있나요?! 저는 나을 수 있을까요?!"

"꽤 성가신 병이니까요. 완치는 불가능할 거예요. 죽어도 낫지 않죠."

"마, 맙소사……『바보는 죽어도 낫지 않는다』 같은 소리처럼……."

"엄연한 불치병이니까요. 하지만 치료를 통해 병세가 더 심해지는 것을 막을 수는 있습니다."

"집단 카운슬링 같은 걸 받는 건가요? 알코올 중독처럼……."

"그런 건 하지 않습니다. 로리콤 따위를 모아봤자 아무짝에도 쓸모없을 테니까요."

의사 선생님은 로리콤 만화 잡지의 편집장 같은 소리를 했다.

"그럼 어떤 식으로 치료하는 거죠?"

"외과 수술입니다."

"외……?!"

로리콤 선고를 받은 데다 수술을 받아야 한다는 소리를 듣고만 나는 믿기지 않는 심정으로 의사 선생님의 얼굴을 뚫어져라 쳐다보았다.

그 순간, 나는 눈치챘다.

의사 선생님이…… 너무 젊었다.

아니, 젊다는 표현에는 어폐가 있었다. 이 정도면 『젊다』가 아니라 『어리다』고 말해야 할 수준이었다. 딱 봐도 초등학생으로——.

응?

이 의사 선생님은…….

"……야샤진 아이?"

"내 몸에 손대지 말아 줄래? 로리콤이 옮는단 말이야."

날카로운 어조로 그렇게 말한 사람은 야샤진 아이가 틀림없었다.

흰색 가운을 걸치고, 타이트스커트를 입은 내 두 번째 제자——야샤진 아이는 다리를 반대편으로 꼬면서 태연하게 자기 스승을 향해 독설을 토하더니, 뒤에 서 있는 간호사에게 지시를 내렸다.

"지금 바로 수술 준비를 해."

"예."

나는 대답한 간호사를 보고 깜짝 놀랐다.

"아, 아야노 양?!"

흰색 가운을 걸친 그 사람은 사다토 아야노 양이었다. 초등학생이다. 내 제자의 절친인 안경 소녀다.

간호사 복장이 엄청 잘 어울렸다. 귀여워♡

"자, 자, 잠깐만! 좋아할 때가 아니잖아!? 그, 그것보다……이, 이상하네?! 왜 애들이 병원의 의사와 간호사지? 의사 놀이를 하는 것치고는 너무 신경을 쓴———."

"날뛰지 못하도록 묶어. 로리콤은 어린 여자애를 보면 상상을 초월하는 힘을 발휘하거든."

""예~.""

뒤편에서 다른 소녀들의 목소리가 들렸다.

등 뒤에서 나에게 수갑과 족쇄를 채워서 꼼짝도 못하게 만든 이는———.

"미안해, 쿠쭈류 선생님. 움직이지 마."

"싸뿌? 움찌기지…… 마!! 야~."

"미오 양?! 샤를 양?! 애, 얘들아, 이러지 마!!"

큭…… 의자에 묶여서 꼼짝도 할 수 없어!

"로리콤의 원인은 뇌와 하반신에 있으니까, 거기를 외과적 수술로 잘라낼 거야."

의사 선생님 복장을 한 야샤진 아이는 더러운 걸 보는 듯한 눈길로 내 하반신을 보았다.

"뭐, 이미 돌이킬 수 없는 지경에 이른 것 같지만 말이야."

"돌이킬 수 없으면 수술을 안 해도 돼!! 그냥 이대로 살 테니까 내버려 둬!!"

"로리콤으로 살아도 괜찮은 거야?"

"괜찮아요!! 로리콤이라도 괜찮아요!! 로리콤으로 살게 해 주세요!!"

"인정했네. 역시 로리콤이 맞았어. 바로 수술해야겠네."

샤를 양이 방긋방긋 웃으면서 무시무시한 소리를 했다.

"쪼기~? 샤우 마리야~. 수쑤울 할 쑤 이떠~!"

"무리야! 샤를 양한테 수술은 무리라고!!"

"할 쑤 이떠~."

"그것보다 지금 입고 있는 옷도 수술복이 아니라…… 급식당번 복장이잖아?!"

"메쑤~."

"예~! 메스, 여기 있어요~!"

"위험해! 날붙이는 위험하니까 쥐지 마!! 미오 양도 즐거워하지 말라고!"

미오 양이 샤를 양의 조그마한 손에 메스를 쥐여 줬다.

어린 여자애의 몸집에 맞춘 건지 메스가 작지만…… 칼날은 날카롭기 그지없어 보였다!

"저기, 샤를. 미오는 맹장이라는 게 전부터 보고 싶었어~."

"맹짱~?"

"그러니까, 배의…… 아마 이쯤에 있을 거야. 입으로 설명하는 건 성가시니까, 배를 찢어서 찾아보자."

"아라써~."

내 무릎 사이에서 몸을 웅크린 채, 날붙이로 내 하복부를 톡톡 두드리고 있는 두 여자 초등학생은 급식당번이라도 된 것처럼 느긋한 태도로 내 몸을 메스로 헤집으려 했다!

"부탁이에요! 하지 마세요! 부탁입니다! 부탁이라고요! 제발 부탁이에요오오오오!!"

"시끄럽네. 로리콤은 빨리 외과적으로 거세나 당해."

"죄, 죄송해요……. 하지만, 로리콤은 나쁜 병이니까 치료를 받아야 해요…….."

"미오가 배를 가를 테니까, 샤를은 머리를 맡아."

"샤우, 뚜깨꼴 보고 시퍼~."

"하, 하지………… 하지 마아아아아아아아아아아아아아아아아아아아아앗!!"

내 절규가 수술실에 울려 퍼졌다.

아무도 구해 주지 않는다. 내가 고함을 지르면 지를수록 메스를 쥔 미오 양과 샤를 양은 즐거운 듯이 웃었고, 아야노 양도 왠지 미안해하는 듯한 표정을 지으면서도 눈을 반짝였다.

그리고 어린 여자애들이 나에게 다가오————.

"우오오오오오오오오오오오오오오오오오오오오오오오오?!"

벌떡!!

이불을 걷어차며 몸을 일으킨 순간, 나는 전부 깨달았다.

"…………꿈, 이었구나…….."

흰색 가운을 걸친 어린 여자애들에게 의료 행위를 당한다고 하는, 무시무시한 꿈이었다.

완전히 의사 놀이를 하는 분위기로 나를 수술하려고 했어…….

진짜로 그런 일이 벌어진다면, 목숨이 몇 개가 있어도 모자랄 거야…….

"큭……! 왜 이런 꿈을 꾼 거지……?!"

나는 로리콤도 아니고, 여자 초등학생과 의사 놀이를 하고 싶지도 않다.

뭐, 야샤진 아이는 흰색 가운이 잘 어울렸고, 아야노 양과 간호사복의 조합은 무심코 신을 찾을 정도로 끝내줬다. 천진난만하게 날붙이를 휘두르는 미오 양과 샤를 양한테서는 공포만 느꼈지만, 그 스릴을 전혀 즐기지 않았냐고 묻는다면 단호하게 부정할 자신이 없다. 이 배덕적인 느낌이야말로 여자 초등학생의 진정한 매력……!

"아, 아, 아니야! 어제 오래간만에 병원에 간 바람에…… 그런 꿈을 꾼 것뿐이라고!"

나는 아무도 없는데도 변명을 늘어놓으면서 머리를 쥐어뜯었다.

"……어제 받은 약 덕분에 오래간만에 잠이 들었는데, 하필이면 이런 꿈을 꾸다니……."

일곱 시간쯤 잤는데도 피로가 전혀 풀리지 않았다.

용왕전 이후, 나는 여지껏 한 번도 경험한 적 없는 증상을 겪고 있다.

머릿속에서 장기판이 사라지지 않는 것이다.

명인과 싸우면서 급격하게 향상된 수읽기가 폭주하면서, 일상생활 중에 느닷없이 장기판이 모습을 드러내게 된 것이다.

"용왕전 중에는 어찌어찌 컨트롤을 했지만…… 긴장감이 풀리자마자 제어를 못하게 됐어……."

불면증 말고도 횡단보도에서 신호가 바뀌기를 기다리고 있는 동안에 머릿속이 장기 모드가 되어서 한 시간가량 멍하니 서 있는 일도 벌어졌다. ……아무리 장기 기사 중에 괴짜나 별종이 많다고 해도, 이래서야 정신병자다.

"…………머릿속은 맑지만, 몸의 피로가 전혀 풀리지 않아…………. 이제 정월이 지나서, 대국 일정도 조금씩 잡히고 있는데……."

바로 그때, 침실의 문이 힘차게 열렸다.

"사부님?! 비명 소리가 들렸는데, 무슨 일 있으세요?!"

"아, 괜찮아. 좀 무서운 꿈…………을……?"

초등학생인 제자가 내 눈앞에 나타났다.

그리고 그 소녀는————— 꿈속에서 봤던 조그마한 날붙이를 쥐고 있었다.

"히이이익?!"

나는 절규를 토하면서 침대에서 굴러 떨어졌다.

♟ 새 장기판

"흐음~. 그런 꿈을 꿨군요, 사부님."

"진짜 악몽이었어……."

나는 일본식 방에 비치되어 있는 탁자형 난로에 파고든 후, 핼쑥해진 얼굴로 아까 꿨던 꿈을 이야기해 줬다.

물론 내가 로리콤 진단을 당한 부분을 생략하고 『잘은 모르겠지만, 여초연 애들에게 수술을 당할 뻔했다. 무서웠다.』 같은 식으로 이야기했다.

참고로 아이가 들고 있었던 것은 식칼이었다.

아직 손이 조그마한 아이는 조그마한 식칼을 사용하기에, 나는 그것을 수술 도구로 착각한 것이다.

새끼 고양이가 프린트된 앞치마 차림으로 내 맞은편에 앉은 아이가 걱정스러운 표정을 지으며 말했다.

"아침 식사 준비를 하고 있는데, 사부님의 비명 소리가 들려서…… 무슨 일인가 살펴보러 온 거예요. 엄청 무서우셨나 보네요."

"무섭기도 했지만…… 새해 첫 꿈이 그런 거라는 게 좀……."

"예?! 새해가 되고 닷새나 지났는데요? 지금까지 꿈을 안 꾸셨던 거예요?"

"으음…… 뭐, 평소에도 꿈을 자주 꾸지 않거든……."

나는 그런 식으로 대충 둘러댔지만…….

사실, 불면증에 걸린 이후로 잠을 푹 자지 못했다. 그래서 어제 오래간만에 병원에 갔는데…… 그래서 그런 꿈을 꾼 걸까?

으음…… 머릿속이 멍해서 그런지 생각을 잘 정리할 수가 없는데…….

"저기, 사부님."

"응?"

"제가 꾼 새해 첫 꿈이 뭔지…… 알고 싶으세요?"

"아, 응. 어떤 꿈이었어?"

"맞춰 보세요!"

"으음…… 아이라면 장기 묘수풀이 꿈 아니었을까?"

"땡~! 아니에요~."

"으음~. 힌트 줘."

"힌트요? 정말 행복한 꿈이었어요."

"행복? 새해 첫 꿈에 행복…… 후지산에 오르는 꿈?"

"완전 틀렸어요! 훨씬 행복한 꿈이었다고요!"

"훨씬 행복한 꿈? 새해 첫 꿈에서 *후지산을 오르는 것보다 더 행복한 꿈이 있긴 해?"

"어쩔 수 없네요. 그럼 발표할게요."

아이는 말해 주고 싶어 죽겠다는 듯한 표정으로 『훨씬 행복한 꿈』을 말해 줬다.

"제가 꾼 꿈은…… 사부님과 장기를 꾸는 꿈이에요!"

아이는 그렇게 말하더니, "에헤~♡" 하고 행복한 듯이 웃었다.

아아…… 귀여워라…….

7차전까지 이어지는 접전이 벌어진 용왕 방어전이 끝나고 아직 일주일밖에 지나지 않았다. 나는 사상 최강의 장기 기사인 명인과 7전 4선승제의 승부를 치르면서 몇 번이나 마음이 꺾일 뻔했다.

하지만 그때마다 아이가 나를 다시 일어서게 해 줬다.

──이 아이가 나를 구원해 줬다…….

또 그걸 실감한 나는 가슴속이 뜨거워지는 것을 느꼈다.

이 아이와 행복한 정월을 보내면서…… 타이틀을 지켜서 다행이라고, 그리고 타이틀을 지켰다는 것을, 처음으로 실감할

* 일본에서는 새해에 들어 처음 꾸는 꿈으로 길흉을 점치는 미신이 있는데, 후지산이 나오는 꿈을 으뜸으로 친다.

수 있었다.

나는 용왕 타이틀을 지켰고, 아이는 여류기사가 됐다…….

작년에는 이런저런 일이 있었지만, 지금까지의 인생 속에서 가장 뜨겁고, 격렬하며…… 또한 행복한 1년이었다.

내 인생에서 이것보다 더 큰 행복을 맛볼 일은 없을 거라는 생각이 들 정도로…….

"아, 맞다! 떡국~."

부엌에서 뭔가가 끓는 소리가 들려오자, 아이는 허둥지둥 코타츠 밖으로 나갔다.

그리고 김이 나는 그릇이 놓인 쟁반을 들고 돌아왔다.

"사부님! 제가 만든 떡국 좀 드세요! 본가에서 보내준 재료로 만든 거예요!"

"흐음. 소박한 느낌이네."

아이가 본가에서 가지고 온 칠기 그릇에는 맑은 국물 안에 동그란 떡과 순무가 떠 있었다. 불면증 때문에 요즘 식욕이 없었지만…….

향긋한 국물 냄새를 맡고 오래간만에 식욕이 자극된 나는 일단 국물을 한 모금 마셨다.

"윽?! ……이, 이게 뭐야?!"

엄청 맛있잖아?!

나는 허둥지둥 젓가락을 움켜쥔 후, 떡국을 허겁지겁 먹어치웠다.

"떡과 순무만으로 만든 심플한 떡국인데…… 지금까지 먹어

본 떡국 중에서 가장 맛있어!! 구, 국물 때문에 이렇게 맛있는 거야?!"

"에헤헤♡ 이게 저희 본가의 맛이에요."

"뭐로 국물을 낸 거야? 어패류를 쓴 건 알겠는데……."

"날치예요."

"……날치?"

"예. 물고기, 날치 말이에요."

"날치라면…… 바다 위를 통통 뛰는 그거?"

"건조시킨 날치를 어제 저녁부터 물에 담가둔 후, 그걸로 국물을 냈어요."

"호오…… 날치가 이렇게 맛있구나."

용왕 방어전 이후로 맛이 간 내 혀조차 자극을 받을 만큼 강렬한 『맛』이었다. 솔직히 말해 나는 지금까지 살면서 이런 맛을 한 번도 느낀 적이 없었다. 이걸 먹으니 머릿속이 오랜만에 개운해졌다.

"한 그릇 더 줘!"

"에헤헤. 그럼 다음에는 좀 독특한 떡국을 드릴게요."

다시 부엌으로 간 아이는 몇 분 후에 또 그릇을 들고 돌아왔다. 하지만 그 그릇 안에는 아까와 다른 게 들어 있었다.

"이건…… 바위 김?"

"예! 노토 지방의 떡국에는 꼭 들어가요! 제 고향에서는 『보타노리』라고 불러요!"

"그렇구나~!"

아이의 고향인 와쿠라 온천은 바다에 접한 온천 마을이다. 그런 마을에서 만드는 떡국에 들어있는 바위 김은 엄청 임팩트가 있었다. 떡국의 개념 자체가 뒤집히는 느낌마저 들었다.

하지만…… 김에서 나는 거친 향기가 날치로 낸 농후한 국물을 더욱 깊이 있게 만들어 줬다!

"맛있어어어어어어어! 한 그릇 더 줘!"

"예♡ 떡은 두 개면 되죠?"

아이는 귀여운 발소리를 내며 부엌으로 뛰어갔다.

나는 그 조그마한 등을 쳐다보면서 그리운 추억을 이야기했다.

"그러고 보니 아이가 처음으로 이 집에 왔을 때도 프라이팬으로 김 조림을 만들어 줬지."

"기억하고 계셨어요?!"

"당연하지. 초등학생이 정말 요리를 잘한다고 생각했어."

아이와 처음으로 맞이했던 열 달 전 아침의 기억이다.

그날의 일은 아직도 선명하게 마음속에 남아 있는데——.

"이런 아침밥을 매일 먹을 수 있으면 정말 행복할 거라고 생각했어."

"윽……!"

떡국 그릇이 놓인 쟁반을 들고 돌아온 아이가 얼굴을 새빨갛게 붉히며 그 자리에서 딱딱하게 굳어버렸다.

"바, 방금 그 말은…… 프러포즈…… 같네요……♡"

"응~? 뭐라고 했어~?"

"아, 아니에요! 치, 칭찬해 주셔서 정말 기뻐요……♡"

아이는 얼굴을 붉힌 채 말을 이었다.

"저…… 사부님에게 제 요리를 대접해드리고 싶었어요. 제자가 되더라도 집안일 말고는 도와드릴 수 있는 게 없으니까……."

"고마워. 나는 항상 아이에게 도움을 받네."

"에헤헤~♡"

아이는 녹아내릴 듯한 미소를 짓더니…….

"게, 게다가…… 아이가 만드는 집밥에, 금방 익숙해지셨으면 했어요……♡♡♡"

"응?"

"아무것도 아니에요!"

아이는 쟁반으로 얼굴을 가리며 몸을 배배 꼬았다.

무슨 말을 한 건지 모르겠지만, 정말 귀엽다. 행복해~.

"아, 맞다. 행복하니 생각난 건데……."

나는 코타츠 밖으로 나간 후, 다다미 위를 기면서 방구석에 놓여 있는 다리가 달린 장기판에 다가가서 볼을 비볐다.

어제 막 도착한 두께 7촌짜리 새 장기판이다.

"훗훗훗. 좋네……. 새 장기판은 역시 좋아……♡ 우후후후후후♡♡♡"

"사부님은 그 장기판을 정말 좋아하시네요."

"미야자키현 아야초에서 난 휴가 비자라는 고급 목재로 만든 천지결 장기판이거든? 요즘 같은 시대에 이런 장기판은 쉽게 손에 넣을 수 없어. 가게에서 이걸 소개해 줬을 때, 바로 사기로 마음먹었다니깐."

"비자? 천지…… 결?"

"희소가치가 엄청난 최고급품이라는 거야."

"아하~. 용왕 타이틀을 방어한 자기 자신한테 주는 선물이네요!"

"선물인 건 맞아."

나는 독특한 붉은색을 띤 눈금을 황홀한 듯이 쳐다보면서 고개를 끄덕였다.

이 장기판으로 장기를 둘 때 나는 소리를 상상하기만 해도 가슴이 뛰었다…….

"비싸기는 했지만, 장기 기사에게 있어서는 충분히 필요한 투자거든? 먼 옛날의 위대한 명인은 '강해지려면 어떻게 하면 됩니까?' 라는 질문을 받고 '좋은 장기판과 말을 구해라.' 라는 조언을 했다고 하니까 말이야."

"예엣~?! 고급 장기판과 장기말에는 그런 효과가 있나요?!"

"좋은 판과 말을 갖추면 아까워서라도 게으름을 피우지 않고 장기를 두게 될 거잖아?"

"아, 그런 의미인가요~."

생각했던 것보다 밋밋한 반응이다. 아이는 장기판과 말이 고급이 아니더라도 게으름 피우지 않고 매일 장기를 두기에, 자신과 상관없는 이야기라고 생각하는 걸지도 모른다.

"하지만 사부님은 어떻게 지금보다 더 강해질 건가요? 인류

최강인 명인에게도 이겼잖아요."

"강함에 한계는 없어."

확실히 용왕전 제4국부터 연승을 하면서 자신이 강해졌다는 걸 실감하기는 했지만, 그렇다고 해서 자신이 이 세상에서 가장 장기를 잘 둔다고 생각하지는 않는다. 명인을 뛰어넘었다고도 생각하지 않는다.

게다가…….

최근 들어서는 인류가 아닌 경쟁 상대도 존재하니까──.

"아차! 벌써 시간이 이렇게 됐네……. 아이, 미용실 예약한 시간이 다 됐지?"

"예. 저기, 하지만…… 정말 괜찮겠어요? 너무 과한 것 같은데……."

"무슨 소리를 하는 거야! 오늘은 취재도 엄청 받을 테니까 멋지게 꾸며야 한단 말이야. 아이는 엄청 귀엽게 꾸미고 칸사이 장기계를 홍보해 줘야 해!"

오늘은 1월 5일.

매년 이 날에 장기계의 업무가 시작되며…… 그와 동시에 중요한 의식이 치러진다.

⌂ 첫수 의식

"제자들아. 그리고 손주들과 증손주들아. 새해 복 많이 받그라."

칸사이 장기회관 5층 『어흑서원(御黑書院)』에 모인 칸사이 장기계의 일원들과 보도진을 향해 신년 인사를 건넨 이는 올해 여든인 빼빼 마른 노인이었다.

일본 장기연맹 칸사이 본부 총재—— 자오 타츠오 9단.

《나니와의 제왕》이라는 별명을 지닌 칸사이 장기계의 거물이다.

타이틀 획득 및 A급 재적 경험도 지닌 명(名) 장기 기사이자, 장기 묘수풀이 작가로서도 유명하며, 또한 젊은 시절에는 가수와 프로레슬링 해설자로서도 활약했다. 그런 이색적인 경력을 지닌 위대한 인물이다.

애초에 『칸사이 본부 총재』라는 직함은 자오 선생님만을 위해 만들어진 종신 명예직이며, 그 사실만으로도 이 사람이 칸사이 장기계에 얼마나 공헌해왔는지는 충분히 설명될 것이다.

"……사부님~. 저 할아버지, 높은 사람인가요?"

"……그래. 아이는 자오 선생님과 만난 적이 없구나."

뒤편에 있는 아이가 귓속말로 물어보자, 나는 작은 목소리로 설명했다.

"……내 사부님의 사부님의 사형에 해당하시는 분이야. 나에게 있어서는 큰 할아버지이며, 아이에게는…… 증조할아버지 뻘이시지."

"……사부님의 사부님의 사부님의…… 형님? 대단하시네요……!"

"그래. 일문의 최고 장로이며, 현역 장기 기사로서도 사상 최연장자인 엄청 대단한 사람이야."

그것도 그럴 것이, 사부님의 사부님은 이미 세상을 떠나셨다.

그런 분의 사형이 아직 살아서 장기를 두는 것만 해도 대단한 일인데, 나와 마찬가지로 C급 2조에 소속된 현역 프로 기사이기까지 한 것이다. 이 정도면 경이롭다고 해도 과언이 아니다.

"……하지만 이미 기력과 체력이 쇠하셨거든. 이번 기의 순위전 최종국 후에 은퇴하겠다고 선언하셨어."

"그런가요……. 왠지 좀 안됐네요……."

"…………그래……."

사실 나에게는 그저 안됐다고만 생각할 수 없는 이유가 있지만…… 아이를 난처하게 만들 수도 없으니, 그냥 입 다물고 있기로 했다.

아무튼 그래서 그런지 정월인데도 쓸쓸한 분위기가 감돌고 있었다. 특히 선배들 쪽은 심각할 정도로 가라앉아 있었다.

노쇠한 제왕은 그런 이들을 둘러보면서 쓴웃음을 지었다.

"초상집에 온 듯한 표정 짓지 말그라. 오늘은 정월이다 아이가. 예의범절 따지지 말고 즐거운 시간을 보내는 기다."

그 말을 신호 삼아 의식이 시작됐다.

장기계의 새해는 1월 5일에 치러지는 『첫수 의식』으로 시작된다.

그 명칭만으로도 알 수 있듯, 새해 들어 처음으로 장기의 수를 두는 의식이다.

"올해도 잘 부탁드립니다."

"저야말로 잘 부탁드립니다. 그럼 대국을……."

방 곳곳에 놓인 장기판을 사이에 두고 앉은 이들이 그런 인사를 나눴다.

자아, 나는 누구와 장기를 둘까…… 그런 생각을 하고 있을 때, 자오 선생님이 나를 향해 손짓을 하면서 이렇게 말했다.

"용왕. 상석에 앉그라."

"예?! 하지만, 거기에는 자오 선생님께서……."

"내는 안 둘 기다. 정좌도, 책상다리도 힘들어서 말이대이."

자오 선생님은 마른 나뭇가지처럼 가는 손을 흔들면서 그대로 대국실을 나서려 했다.

바둑계에서는 공식전에서도 의자 대국이 치러지기 때문에, 아흔이 넘어서도 현역인 바둑기사가 있다. 하지만…… 공식전은 반드시 다다미 위에서 치른다는 방침을 관철하고 있는 장기계에서 그것은 어렵다.

"아래층에 가서 먼저 시작할른다. 코스케, 따라오그라."

"예. 따라가겠습니더."

키요타키 사부님은 기뻐하면서 제왕을 따라갔다. 두 사람 다 장기를 좋아하지만, 술 또한 매우 좋아했다.

"세이이치도 있으면 좋은낀데 말이대이."

"츠키미츠 씨는 회장이다 아닙니꺼. 칸토의 첫수 의식에 참가할 수밖에 없습니대이."

"그 애한테는 그런 일이 맞지 않을 끼다. 눈도 안 좋은데 진짜 안됐대이……. 주위에 있는 느그가 못나서 그 아가 더 고생하는 기다 아이가."

"예, 그렇습니대이. 선생님, 일단 한잔하면서 계속 이야기를 하이시죠."

"그를까……."

걸음이 불편한 자오 선생님은 사부님에게 부축을 받으면서 4층으로 내려갔다. 아래층에는 신년회가 준비되어 있으며, 술과 안주가 잔뜩 있다.

"자오 선생님도 연세가 상당하시지……."

"쓸쓸하지만 은퇴하실 수밖에 없을 거대이……."

제왕을 배웅한 사람들은 그런 말을 하면서 장기판 앞에 앉았다.

참고로 칸토에서는 장기판 하나를 이용해 번갈아 가면서 한 수씩 둔다고 하는 엄격한 세리모니를 치른다. 하지만, 칸사이에서는 장기판을 잔뜩 준비하고 마음에 드는 상대와 마음껏 장기를 두는 게 전통이다.

칸사이 스타일은 기본적으로 대충대충인 것이다.

"자아, 내 상대는 누구일까?"

용왕인 나는 상석 중앙에 놓인 장기판 앞에 앉아서, 누군가가 맞은편에 앉기만 기다렸다.

보통 타이틀 보유자의 장기판 앞에는 장사진이 생긴다. 아~ 참 곤란하네~. 새해 초부터 피곤하겠는걸~. 인기가 많으면 이렇게 힘들다니깐~.

……같은 생각을 했지만…….

"……안 할 거야?"

"아니, 그게……."

"좀…… 그렇잖아?"

……같은 대화를 작은 목소리로 멀찍이서 나누기만 할 뿐, 아무도 내 앞에 앉지 않았다.

왜 저러지? 뭐가 '좀…… 그렇잖아?'인 걸까?

예전에는 자주 시시덕거렸던 젊은 장기 기사들도 한 걸음 물러선 채 서먹서먹한 분위기를 자아내고 있었다.

내가 타이틀 보유자라서 저러나? 하지만 나는 작년에도 용왕이었고, 그때는 '용왕에게 한 수 배우자고!' 하면서 사람들이 몰려와서 각자의 최신 연구를 펼쳤다. 덕분에 나는 새해 초부터 연패를 했으며, 그때 입은 대미지가 그 후로 이어진 11연패라는 수렁으로 이어진 건데…… 올해는 좀 분위기가 이상했다.

"사저와 케이카 씨는……?"

주위를 두리번거리면서 살펴보니, 두 사람 다 『어하단의 방』에서 아마추어 분들과 장기를 두고 있었다. 주위에 사람들이 꽤나 몰려 있을 정도로 인기가 좋았다.

——혹시 용왕…… 인기 없는 거야?!

그런 불안이 엄습한 바로 그때였다.

"저기! 대국 부탁드려요!!"

"아, 예! 물론 기쁜 마음으로——."

대국 희망자가 나타나자 나는 기뻐했지만, 상대가 누구인지 알고 실망했다.

"뭐야. 아이잖아."

"예! 아직 사부님은 상대가 정해지지 않은 것 같아서요."

"그렇기는 한데………… 흐음~……."

"왜 그러세요? 저로는 불만……이세요?"

"불만인 건 아니지만…… 평소에 둘 일이 없는 사람과 뒀으면 하거든."

"그래. 아이 양에게는 더 좋은 상대가 있을걸? 예를 들어 몰이 비차 파인 사람 말이야."

한 남성이 아이의 머리에 손을 얹으면서 그렇게 말했다.

《휘젓기의 마에스트로》── 오이시 미츠루 옥장(玉將)이었다.

"어디, 내가 대신 두도록 하지."

"마에스트로가 저와 두겠다고요?"

"기분이 날아갈 것 같지?"

오이시 씨는 씨익 웃으면서 다다미에 무릎을 댔다.

"오오! 용왕과 옥장이 대국을 하는 것 같대이!"

"옥장전 이전에 타이틀 보유자들이 격돌하는 건가……!"

"칸사이 투톱이 새해 벽두부터 격돌하는구나! 올해도 장기계는 뜨겁겠는걸!"

……이런이런. 결국 주목을 받고 말았는걸.

새해 초 정도는 느긋하게 지내고 싶지만, 상대가 상대인 만큼, 마음을 다 잡고 전력을 다해 두도록 할까!

나는 그렇게 기합을 넣었지만──.

"……아이? 나는 오이시 씨와 둘 거니까, 자리를 양보……."

"싫어요! 절대로 안 비킬 거예요!!"

아이는 장기판에 매달리듯 이 자리에서 몸을 웅크리며 고함을 질렀다.

"사부님은 요즘 너무 차가워요! 집에서도 저를 거의 상대해 주지 않잖아요……. 용왕전 때문에 지쳐서 그런가 했더니……. 아이가 아홉 살일 때는 아무리 피곤해도 그렇게 오냐오냐 하면서 매일 밤 이것저것 다 가르쳐 줬으면서, 제가 10대가 되니까 더는 흥미가 생기지 않는 건가요?!"

술렁술렁술렁…….

"뭐어……." "역시 소문은 사실이었구나……." "다가가면 안 돼요!"

참가자들이 나와 더욱 거리를 뒀다. 이건 음해야!

"어이어이어이이이이잇! 그런 소리를 하면 새해 초부터 다른 사람들이 나를 오해할 거라고!"

"몰라요! 사부님은 모지리!!"

어느 기자가 그런 아이에게 말을 걸었다.

"히나츠루 양. 혹시 괜찮다면 야샤진 양과 대국을 해 주지 않겠어요?"

"예엣?! 제, 제가 텐(야샤진 아이의 애칭) 양과…… 말인가요?"

"예! 올해 지면은 초등학생 여류기사 두 분으로 꾸미고 싶어요! 새해 느낌도 물씬 날 거예요!"

"저는………… 괜찮은데……."

아이는 벽 쪽에 앉아 있던 야샤진 아이의 표정을 살폈다.

"싫어."

야샤진 아이는 딱 잘라 그렇게 말했다. 여전히 무리 짓는 것을 싫어하며, 이 첫수 의식에 참가한 것도 일이라서 어쩔 수 없이……라는 느낌이었다. 나는 한숨을 내쉬면서 입을 열었다.

"기왕 왔으니까 두는 게 어때? 취재도 기념사진 정도로 생각하면 되잖아."

"나, 나도…… 텐짱과 장기, 두고 싶은데…….."

아이도 농담조로 야샤진 아이를 향해 그렇게 말했다.

사람 좋아 보이는 기자분도 고개를 숙이며 말했다.

"저는 코베에 있는 신문사의 기자입니다. 저희 지역의 샛별인 야샤진 양께서 지면의 표지를 장식해 줬으면 해요!"

"…………."

야샤진 아이는 자기편을 찾듯 주위를 둘러봤지만, 유감스럽게도 항상 보필하던 아키라 씨는 연맹도장에서 자주 붙는 초등학생과 사투를 벌이고 있는지라 자기가 모시는 아가씨를 신경 쓸 겨를이 없는 것 같았다. 『잡은 말을 손으로 쥐어서 보여주지 않는다』 같은 비술까지 사용하고 있다. 누가 더 애인지 모르겠네…….

제자가 투덜거리자, 나는 약간 엄격한 눈길을 머금으면서 말을 건넸다.

"야샤진 아이. 이것도 일이야."

"……알았어요, 선생님."

야샤진 아이는 비꼬듯이 나를 『선생님』이라고 부른 후, 비어 있는 장기판 앞에 앉았다. 그러자 히나츠루 아이도 쫓아갔다.

두 사람이 장기판을 사이에 두고 마주 앉자, 순식간에 카메라가 주위를 에워쌌다.

마이나비 본선에서 8강까지 올라간 야샤진 아이는 원래 연수회에서 C1으로 승격되어 있었기에, 연말에 여류 자격 신청을 한 시점에 여류 2급으로 승격됐다.

10세 0개월로 여류 2급이 된 것은 신기록이다.

11월에 10세 1개월로 여류 2급이 된 히나츠루 아이의 기록을 순식간에 갈아치운 것이다. 야샤진 아이의 생일은 히나츠루 아이보다 두 달 정도 늦기 때문에, 출세 스피드가 동일하더라도 역사에 이름을 남기는 것은 야샤진 아이뿐이다.

이 장기계에서 연령이란 재능을 재는 최고의 지표다.

물론 취재의 중심이 되는 이도 야샤진 아이다.

"야샤진 양은 마이나비 여자 오픈의 본선에서 승승장구를 하고 계시죠?! 이대로 도전자가 되면 마이나비 드림을 실현하게 됩니다만, 자신이 있으신지요?"

"제 실력을 충분히 발휘하는 것만 생각하고 있어요."

"실력을 발휘할 수만 있다면 승리할 수 있다는 건가요?"

"그저 전력을 다할 뿐이에요."

야샤진 아이는 차분한 표정으로 시원시원하게 대답했다.

모범적인 답변……이기는 하지만, 너무 마음에도 없는 겉치레 말이었다.

하지만 야샤진 아이와 초면인 기자들은 다행스럽게도 그 말을 호의적으로 받아들인 것 같았다.

"아하⋯⋯《코베의 신데렐라》는 장기만이 아니라 코멘트에서도 성숙미가 넘치는군요!"

"뭐어?! 자, 잠깐만,《코베의 신데렐라》?! 그거, 나를 가리키는 말이야?!"

아까까지만 해도 새초롬한 표정을 짓고 있던 야샤진 아이는 느닷없이 흐트러진 모습을 보였다.

장기판 맞은편에서 아무 말 없이 이야기를 듣고 있던 히나츠루 아이는 부러운 듯한 어조로 외쳤다.

"좋겠다~! 텐짱한테만 멋진 별명이 생겼네! 정말 부러워~!!"

"하나도 안 좋거든?! 인기 없는 트로트 가수의 별명 같잖아!"

"기자님. 이렇게 적어 주세요.『장기라는 마법이 저를 신데렐라로 만들어 줬어요. 이 마법이 풀리기 전에 유리구두를 손에 넣고 싶어요⋯⋯. 여왕이라는 이름의 제 구두를 말이죠.』"

"변태 스승, 무슨 바보 같은 소리를 하는 거야?! 기분 나쁜 로리콤 포엠으로 남의 코멘트를 날조하지 말아 줄래?! 그딴 코멘트, 기사에 절대 적지 마!!"

"텐짱, 좋겠다~!! 사부님에게 시를 받았네! 정말 부러워~!!"

"부러워할 일 아니거든?!"

아이들이 다투는 목소리와 어른들의 웃음소리가 대국실에 울려 퍼졌다.

처음에는 울적한 분위기였던 첫수 의식이 어느새 평소와 다름없는 칸사이 분위기에 휩싸였다.

♟ 칸사이 사람들

　5층에서 첫수 의식을 마친 후, 기사들은 4층으로 내려가서 신년회를 시작했다.

　내 사부님과 자오 선생님은 신년회를 시작하기도 전부터 이미 술을 걸친 것 같았으며, 내 사부님은 완전히 취해 버렸다.

　"뭐하는 기고, 코스케! 벌써 맛이 간 기가?!"

　"써, 썬쌩님…… 아찍 더 마씰 쑤 이씁니더어어어어어어어어어어어!"

　사부님, 구토.

　"꼴사납대이. 세이이치의 몫까지 니가 마시는 거 아니나?"

　여든인 자오 선생님은 아직 술을 덜 마셨는지, 컵에 따른 일본주를 벌컥벌컥 마시고 있었다.

　"역시 《나니와의 제왕》…… 50대인 사부님을 술로 이기다니……."

　"하, 할아버지 선생님~!"

　아이는 얼굴이 새파랗게 질린 사부님에게 뛰어갔다. 케이카 씨도 한숨을 내쉬면서 그 뒤를 따랐다.

　"…………저 사람이 우리 일문의 톱이구나……."

　야샤진 아이는 차가운 표정을 짓고 있지만, 곁에 있던 아키라 씨에게 사부님을 돌보라는 지시를 내렸다. 착한 애라니깐.

　이런 느낌으로 칸사이의 총재와 중진이 이미 술에 취했기 때문인지, 신년회는 격식을 차리지 않는 자유로운 분위기에 휩싸였다.

나처럼 술을 마시지 못하는 미성년자 기사는 인사와 취재 대응 등을 맡았다.

특히나 취재를 많이 받고 있는 사람은 《나니와의 백설공주》였다.

"소라 여류 2관! 내일은 장려회 3단 편입시험에서 시험관을 맡으십니다만, 부담은 없으신가요?"

"상대인 카라코 쇼지 아마추어 3관은 예전에 장려회 소속이었고, 3단까지 승단했지만 연령제한으로 관두신 분이죠?! 승산은 어느 정도로 보시죠?"

"소라 씨 또한 3단 승단까지 1승만을 남겨두신 상황이시죠?! 내일 승리를 하셔서 사상 처음으로 여성 장려회 3단이 탄생하게 될까요?!"

"전국에 있는 백설공주 팬에게 한마디 해 주시죠!"

사저는 "예." "아니요." "전력을 다하겠습니다." 같은 대답을 번갈아 사용하면서 취재에 대응하고 있었다. 대단하네…….

여자가 3단이 된다면 역사적 쾌거이며, 열다섯 살에 3단이 된다면 프로가 될 확률도 상당히 높다.

사상 첫 여성 프로 기사—— 소라 긴코 4단 탄생.

그렇게 된다면 나나 명인 같은 중학생 기사보다 훨씬 화제가 될 것이다.

하지만 요즘은 중학생 기사라는 것도 그다지 가치가——.

"야이치 씨, 새해 복 많이 받으세요."

"소타구나. 수고 많네."

미소를 지으며 나에게 인사를 건넨 이는 초등학생 남학생이다. 반바지 아래로 쭉 뻗어 있는 가녀린 다리가 눈부셨다.

『사복을 입으면 여자애로 자주 오해 받아요.』

그 말에 걸맞게, 아직 앳된 구석이 남은 얼굴은 마치 여자애 같았다.

여자 옷을 입으면 내 두 제자에게 필적할 정도의 미소녀가 될 듯한 이 소년은 자주 내 기록을 갈아치우는 장려회 회원이다.

아이가 나를 찾아온 이후로 연맹 밖에서 만나는 일이 거의 없어졌지만, 예전에는 자주 내 아파트에 묵으며 같이 장기를 두고는 했다.

『야이치 씨는 친형 같아요.』

『야이치 씨와 같이 여기서 살면 좋겠어요.』

『저는 야이치 씨……의 장기를, 좋아해요.』

그런 말을 하면서 나를 따르는 귀여운 후배……지만, 장기에 있어서만큼은 전혀 귀엽지 않은 상대이기도 했다.

"쿠누기 2단! 잠시 시간을 내주시겠습니까?!"

"올해 안에 사상 첫 초등학생 기사가 될 가능성도 있습니다만, 자신은 있으신가요?!"

"소라 2단과 나란히 서 있는 사진을 찍고 싶습니다만, 괜찮을까요?!"

소타를 발견한 보도진이 몰려왔다.

"……야이치 씨, 죄송해요. 차분하게 이야기를 나누고 싶지만……."

"응. 가 봐."

내가 쓴웃음을 지으며 보내주자, 취재용 스마일을 머금으면서 보도진 앞에 선 소타는 순식간에 카메라에 둘러싸였다.

간담이 크다고나 할까, 주목을 받는 일에 익숙하다고나 할까…….

요리가 담긴 접시를 든 히나츠루 아이, 그리고 음료수만 손에 든 야샤진 아이가 그런 소타와 교대하듯 내 곁으로 다가왔다. 주정뱅이 간병은 끝마친 것 같았다.

"사부님? 방금 그 애는 누구죠……?"

"쿠누기 소타 2단. 열한 살이니까, 너희보다 한 학년 위야."

"그런데 장려회 2단?! 괴, 괴물이네……."

그 거만한 아이 아가씨조차도 그를 『괴물』이라고 불렀다.

그 정도로, 초등학교 5학년에 장려회 2단인 그는 파격적인 천재다.

내 두 제자의 재능은 여류 안에서는 파격적이라고 할 수 있다. 사상 최강 클래스일 것이다.

하지만 남녀의 틀에서 벗어난다면…… 파격적, 이라고는 말할 수 없다.

히나츠루 아이의 종반력과 야샤진 아이의 구상력은 장려회에서도 충분히 먹히는 무기일 것이다. 하지만 장려회에는 그런 그들보다 훨씬 특수한 재능을 지닌 강자가 우글우글했다.

그 힘은 장려회를 돌파해서 프로가 된 자와 비교해도 손색이 없었다.

그렇다면, 어째서?

왜 뛰어난 힘을 지녔는데도, 프로가 되는 이와 되지 못하는 이가 생겨나는 것일까?

나는 그 이유를 문득 중얼거렸다.

"······장기의 신."

"예? 신······?"

히나츠루 아이는 의아하다는 듯이 고개를 갸웃거렸고, 야샤진 아이는 미심쩍어 하는 듯한 표정을 지었다.

내가 자세하게 설명을 해 주려고 했을 때──.

"뭐야. 내가 장기의 신에게 버림받았다는 이야기 중이야?"

양복 차림의 남성이 밝은 목소리로 나에게 말을 걸었다.

나는 마찬가지로 밝은 목소리로 대답했다.

"카가미즈 씨는 신에게 사랑받고 있지 않을까요? 웬만한 사람들은 이미 수명이 다 됐을 거라고요."

"하하하. 그래도 나름 고생이 많다고."

카가미즈 히우마 3단.

연령은, 칸토와 칸사이의 장려회 회원을 통틀어서 가장 연장자인 29세.

장려회에는 원칙적으로 26세라는 연령제한이 있지만, 그 이후에도 승리가 패배보다 많다면 30세까지 장려회에 남아 있을 수 있다. 그걸 『과반수 승리 연장』이라고 한다.

그 제도 덕분에 카가미즈 씨는 목숨이 붙어 있는 상태이며, 그걸 가지고 『신에게 사랑받고 있다』고 표현할 수 있는 것도 사이가 좋기 때문이다. 그리고 카가미즈 씨라면 분명 프로가 될 것이라고 생각하니까 할 수 있는 말이기도 했다.

나는 카가미즈 씨에게 두 제자를 소개했다.

"이번에 여류기사가 된 제 두 제자를 소개할게요. 히나츠루 아이와 야샤진 아이예요. 앞으로 같이 일을 하게 될 테니까, 잘 좀 챙겨 주세요."

"처, 처음 뵙겠습니다!"

"……잘 부탁드려요."

히나츠루 아이는 긴장했는지 딱딱하게 굳어버렸고, 야샤진 아이는 퉁명한 어조로 그렇게 말하며 가볍게 고개를 숙였다.

"저야말로 잘 부탁드립니다. 선생님."

카가미즈 씨는 차렷 자세를 하더니 깊이 고개를 숙였다.

장려회 회원은 상대가 초등학생일지라도 공적인 자리에서는 여류기사를 『선생님』이라고 불러야 한다.

"카가미즈 씨는 내가 장려회에서 신세를 많이 졌던 사람이야. 기보 기록법과 차를 내놓는 법 등, 칸사이 장기회관의 룰을 전부 이 사람한테서 배웠어. 물론 장기도 배웠지."

나는 어른에게 『선생님』이라고 불려서 동요한 제자들에게 말했다.

"여류기사가 되면 장려회 회원과 함께 공식전의 기록 담당을 할 때도 있어. 두 사람 다 카가미즈 씨에게 가르침을 받도록 해."

"장기도 배운 거야? 당신이? 이 사람에게?"

야샤진 아이는 카가미즈 씨와 나를 번갈아 보면서 물었다.

"그래. 내가 장려회에 갓 들어갔을 때부터 카가미즈 씨는 3단이었거든."

"뭐, 순식간에 추월당했지만 말이야."

카가미즈 씨는 겸손한 어조로 그렇게 말했지만, 나와 이 사람 사이에는 실력 면에서 차이가 거의 없다.

카가미즈 씨는 장려회 회원이면서 젊은 프로 기사들도 참가하는 『신인전』에서 우승한 적도 있다. 나도 딱 한 번 출전한 적이 있지만, 1회전에서 지고 말았는데 말이다……

장려회 회원이 신인전에서 우승한 것은 전대미문의 일이다. 프로에게는 엄청난 굴욕인 것이다.

즉, 카가미즈 씨는 프로에게 충분히 먹힐 정도의 장기 실력을 갖추고 있다.

그런데도…… 장려회를 돌파하지 못하는 것이다.

장기 세계는 장기 실력이 전부지만, 장기 실력 이외의 무언가가 작용하고 있다고 여길 수밖에 없는 곳이 바로 장려회이기도 했다.

"참, 야이치. 네가 부탁했던 그거 말인데, 찾아냈어."

"정말요?!"

"그래. 내 지인의 지인이 가지고 있던 걸 우연히 발견했지."

카가미즈 씨는 내 제자들을 힐끔힐끔 쳐다보면서 작은 목소리로 말했다.

"데이터화해서 쿠구이 양에게 주긴 했는데⋯⋯ 그러고 보니, 쿠구이 양의 모습이 보이지 않는걸?"

"그 사람은 진짜 귀족이잖아요. 그래서 궁중 의식에 참가하고 있는 것 같아요."

나는 카가미즈 씨에게 스마트폰을 보여줬다.

『현재 왕궁~.』

그럼 엄청난 메시지가 사진이 첨부되어서 왔다. 기모노 차림의 쿠구이 마치 산성앵화(야마시로 오카)가 궁중에서 영악하고 깜찍한 여우 같은 미소를 짓고 있었다.

"이 아이⋯⋯ 귀엽기는 하지만 무시무시하네."

"맞아요. 무슨 생각을 하는지 모르겠다니까요⋯⋯."

"너는 조심하는 편이 좋을걸?"

"예? 뭘 말이에요?"

카가미즈 씨는 고개를 갸웃거리는 나를 위로하듯 어깨를 두드려준 후, 맥주를 보충하기 위해 이 방을 나섰다.

오늘 첫수 의식의 준비 및 연회의 운영을 장기 연맹 직원분과 함께 담당하고 있는 이가 바로 카가미즈 씨를 비롯한 장려회 회원이다. 카가미즈 씨는 붙임성이 좋고 남들을 잘 챙겨주기에 다른 사람들도 항상 그에게 의지했다.

나도 무심코 여러 가지 부탁을 했지만——.

"⋯⋯재주가 좋아서 남들보다 많이 일해⋯⋯. 그 탓에 다른 장려회 회원보다 장기에 투자하는 시간이 줄어서 출세를 못하는 거야⋯⋯."

신이 진짜로 있다면, 저런 사람을 프로로 만들어 줬으면 한다.

하지만 장기의 신은 질투가 심하고 잔혹하니까, 장기 이외의 다른 일을 잘하는 사람은 보지 않는다. 결국 나처럼 장기 말고는 아무것도 못하는 바보가 출세하고 마는 것이다. 좋은 사람일수록 괴로움에 몸부림 치는 곳이 바로 장기계다.

그렇다면…… 나는 두 제자가 어떻게 되기를 바라는 걸까?

여류기사로서.

그리고, 인간으로서…….

"저기…… 사부님? 저분이 말한 데이터가 뭔가요?"

히나츠루 아이가 내 옷을 잡아당기면서 물었다. 그 손에는 꽤 힘이 들어가 있었다.

"응? 아, 너희에게 이야기해 줄 만한 건 아니야."

"……음란물 데이터인가요?"

"장기말이야! 장기말 재료! 카가미즈 씨는 내가 찾던 장기말용 문자 데이터를 찾아줬을 뿐이야!"

"장기말의 서체라면 딱히 일부러 찾을 필요는 없지 않아?"

야샤진 아이는 추잡한 것이라도 본 듯한 눈길로 나를 응시하며 그렇게 말했다. 이 녀석도 음란물 데이터라고 생각하는 것 같았다.

"……좀 특수한 서체거든. 모처럼 주문하는 거니까 이 세상에서 딱 하나뿐인 오리지널 장기말을 만들어 볼 생각이야."

"오리지널…… 장기, 말? 그런 걸 만들 수 있나요?"

"물론이지. 장인분들에게 부탁한다면 말이야."

나는 조금 떨어진 곳에서 담소를 나누고 있는 집단을 손가락으로 가리켰다. 그들은 『칸사이 장기판말 모임』이라고 적힌 전통 외투를 걸치고 있었다. 마치 이제부터 축제라도 시작하려는 사람처럼 보였다.

　"저쪽은 반사(盤師)와 구사(駒師) 분들이야."

　"반사? 구사?"

　"간단하게 말해, 장기판과 장기말을 만드는 사람들이지?"

　히나츠루 아이가 고개를 갸웃거리자, 야샤진 아이는 『그런 것도 몰라?』라고 말하는 듯한 어조로 그렇게 말했다.

　"장기말로 유명한 곳은 야마가타현 텐도시지만, 칸사이에도 예부터 전통을 지키는 장인들이 있어. 아무리 장기를 잘 두더라도 멋진 장기판과 말이 없으면 전통 문화인 장기를 지킬 수 없지."

　"와아~! 그런 일을 하는 분도 있군요!"

　히나츠루 아이는 탄사를 터뜨렸지만, 야샤진 아이는 냉소 섞인 어조로 이렇게 말했다.

　"그래 봤자 사양 산업이잖아. 인터넷 대국도 늘어가는 추세이고, 직접 대국을 할 때도 태블릿을 이용하는 편이 시간 카운트도 가능하니까 편해. 장기판과 말 같은 건 머지않아 세상에서 종적을 감출걸?"

　"……뭐, 그렇게 생각할 수도 있지만——."

　야샤진 아이의 날카로운 지적에 어떻게 대항할지 생각하고 있을 때…….

　——이이이이이이이이이이!!

──기이이이이이이이이이이!

""기이?""

방 밖에서 정체불명의 고함 소리가 들려왔다.

내 두 제자는 함께 고개를 갸웃거렸지만── 나는 누가 『온 건지』 바로 눈치챘다.

"큰일 났어!! 케이카 씨!"

"으, 응?!"

"아이들을 데리고 도망쳐! 서둘러!!"

"도망치라니…… 누구한테서 말이야?! 어디로 도망치면 되는데?!"

"어디든 상관없어! 일단 한시라도 빨리 이 건물 밖으로 나가!!"

내 서슬 퍼런 목소리에 압도당한 케이카 씨는 "아, 알았어!" 하고 말하며 두 여자 초등학생의 손을 잡았다.

아직 사태를 전혀 이해하지 못한 내 두 제자는…….

"저, 저기?! 대체 뭐가 어떻게 되고 있는 거야?!"

"사부님?! 대체…… 대체 누가 온 거죠?! 사부님~!"

피난하는 아이들의 목소리를 들으면서, 나는 곧 나타날 존재에 맞설 각오를 다졌다……!

🔔 슈마이 선생님

"거 ● 기이이이이이이이이이이이이이이이이이이이이이이이이이이!!"

제정신인지 의심이 되는 절규가 울려 퍼졌다.

그 목소리는── 이 방을 나서는 제자들과 교대하듯 안으로 침입한 기모노 차림의 여성의 입에서 터져 나왔다.

"긴코! 긴코는 어디 있지?! 긴코를 내놔!!"

오른손에 쥔 술병으로 나발을 부르고, 왼손에 쥔 일본도를 휘두르며, 핏발 선 눈으로 내 사저를 찾고 있는 이 여성은 단순한 정신병자가 아니다.

사상 첫 여성 타이틀 보유자── 혼인보 슈마이.

여류, 가 아니다.

남성 프로도 참가하는 바둑 7대 타이틀 중 하나를 처음으로 획득한 여성이다.

장기로 치면 명인위에 해당하는 『*혼인보(本因坊)』 타이틀을 20대에 획득한, 천재 중의 천재인 것이다!

본명은 따로 있지만, 타이틀 획득 후에는 바둑계의 관례에 따라 혼인보 슈마이라는 아호(雅號)를 쓰고 있으며, 그 후로 『슈마이 선생님』이라 불리게 됐다.

프로가 되기 위한 허들이 장기보다 낮은 바둑계에는 여성 프로가 드물지 않다.

하지만 여류 타이틀이 아니라 남녀 공통인 7대 타이틀을 딸 정도의 활약을 선보인 일본의 여자 기사는 바둑 역사를 통틀어도 이 슈마이 선생님뿐이다.

---

* 혼인보(本因坊) : 일본 바둑의 타이틀. 우리나라에서는 한자 발음에 따라 '본인방'이라고도 하며, 조치훈 9단 (1956~)이 제44회부터 제53회 혼인보전에서 승리(10연패)해서 제25세(世) 혼인보가 된 것으로 유명하다.

그 인기는 바둑 인기가 높은 중국, 한국, 유럽에서도 드높으며, 여성의 사회 진출에 대한 목소리가 커지고 있는 작금에는 잔 다르크처럼 싸우는 여성의 상징적 존재가 됐다.

바둑과 장기는 형제 격이라 교류가 깊으며, 나와 사저도 어릴 적부터 이 사람과 친분을 쌓아왔다.

존경스러운 선배다.

자신과 마찬가지로 여성의 몸으로 성별의 벽을 뛰어넘기 위해 도전하는 사저에게 관심을 가지고 있으며, 이렇게 술자리나 타이틀전의 전야제, 그리고 즉위식에 얼굴을 내미는데——.

"거●기이! ●시기이이이이이이이이이이이이이이이이이!!"

그 기풍과 마찬가지로, 슈마이 선생님의 성격은 지극히 이례적이다.

술에 취했다 하면 지금처럼 음란한 발언을 마구 해대는 것이다. 그리고 슈마이 선생님은 항상 술에 취해 있다. 이 사람이 술에 취하지 않는 때는 한 해에 며칠밖에 안 되며, TV로 중계 방송되는 기전에서 술에 취한 채로 바둑을 둔 적도 있다고 한다.

역시 정신병자 맞네.

"긴코오오오! 어디 있냐아아아아아! 이 슈마이가 너를 찾아왔어어어어어어어!!"

"서, 선생님! 저, 여기 있어요……."

"오오, 긴코! 여기 있었구나, 긴코! 어딘가에서 거●기하고 있는 줄 알았어!"

"그, 그런 거 안 해요!"

© shirabii

"뭐?"

슈마이 선생님은 뜻밖이라는 듯한 표정을 지었다.

"하지만 오늘은 다 같이 ● 시기하는 날이지? 첫 섹 ● 의식인가 해서……."

"첫수 의식이에요!!"

"뭐야! 첫 ●스 의식 맞네! 역시 기원의 새해 첫 행사를 결석하면서까지 여기에 오기 잘했다니까! 자아, 빨리 ●●하자!"

"그러니까! 새해 처음으로 수를 두는 의식이라고요!"

"뭐?! 장기는 ●●를 하면서 수를 두는 거야?!"

"그러니까, 안 한다고요!!"

사저는 얼굴을 새빨갛게 붉히면서 부정했다.

상대가 다른 사람이라면 바로 발차기를 날렸겠지만, 사저는 슈마이 선생님을 진심으로 존경하기에 평소와 다르게 자기 나이 또래의 여자애처럼 얼굴을 붉혔다.

너무 부끄러운 나머지 근처에 있던 내 뒤에 숨으려고 했다.

"으윽?! 나, 나를 희생양으로 삼지 마요!"

"가만히 있어……!"

"뭐, 뭐 하는 거예요?! 으윽?! 미, 밀지 말라고요!"

"……! ……!!"(꾸욱꾸욱)

사저는 내 뒤에 숨으려 했고, 나는 그걸 저지하려 했다.

그런 우리의 모습은 남들이 보기에 애정행각을 벌이는 것처럼 보일 것이다.

슈마이 선생님은 눈을 치켜뜨더니, 분하다는 듯이 발을 동동

굴렸다.

"젠장!! 정월부터 야이치와 거●기하는 거냐?! 부럽네!! 10대의 발딱 선 거시●를 위아래로 꼭 물려는 거구나! 긴코, 내 말이 맞지?!"

"“아니에요!!”"

나와 사저는 동시에 고함을 질렀다.

슈마이 선생님은 그렇다 치고, 주위에 있던 장기 관계자들도 『저 두 사람…… 역시…….』하고 말하는 듯한 눈길로 쳐다보니 버틸 수가 없다! 부끄러워!!

"뭐?! 거●기를 안 했다고?!"

어찌된 영문인지 슈마이 선생님은 분노를 터뜨렸다! 어이없는 이유로 말이다.

"처녀막도 뚫리지 않은 녀석이 재능의 벽을 뚫을 수 있을 것 같아?! 긴코, 너는 먹음직스러운 거시●가 눈앞에서 자기 좀 먹어달라는 듯이 탐스러운 자태를 뽐내며 까딱거리고 있는데 덥석 깨물지도 않는 거냐?! 그래 가지고 프로라는 벽을 뛰어넘을 수 있을 것 같아?!"

"으……."

사저는 말문이 막혔다. 이 타이밍에 입을 다물면 변태가 더 기세를 부릴 거라고…….

"평범하게 해선 안 돼! 강렬한…… 강렬한 노력이 필요하단 말이야!!"

"으……!"

──강렬한 노력.

그것은 슈마이 선생님의 말버릇이다.

슈마이 선생님의 인품은 보다시피 강렬하지만…… 그것보다 더 강렬한 것은 혼인보 슈마이가 바둑을 위해 모든 것을 내던지며 기울인 노력이다.

그런 노력이 있었기 때문에 술에 취한 상태에서도 웬만한 프로는 상대도 되지 않을 만큼 강해졌으며, 보는 이들 모두의 마음을 흔들 만큼 아름다우면서 격렬한 바둑을 둘 수 있다.

그렇기 때문에, 천재와 바보는 종이 한 장 차이라는 말을 증명하고 있는 듯한 이 인물은 이런 기행을 저질러대는데도 기사들에게 절대적인 존경과 경애의 대상이 되고 있다.

여성으로서 처음으로 바둑계의 높은 벽을 뛰어넘은 혼인보 슈마이는 자신의 뒤를 따르려 하는 은발 소녀를 일본도로 겨누면서 진지한 표정으로 이야기했다.

"잘 들어, 긴코. 여자는 남자보다 약해. 체력적으로 명백하게 뒤지기 때문에, 장시간 대국을 두다 보면 체력 문제로 사고력이 떨어져. 여자는 남자보다 약하단 말이야. 그 약함을 극복하려면 노력할 수밖에 없어. ……강렬한 노력을 말이지."

선생님에게 있어 바둑은 인생 그 자체다. 즉, 목숨인 것이다. 그런 인물이 지금까지 어떻게 살아왔는지는 그 사람이 두는 수에서 그대로 표현이 된다.

장기판 위에서는 기술만이 표현된다는 현대 장기의 사고방식과 상반되지만, 촌스럽고 끈질긴 칸사이 장기와는 친화적인 사고방식이다.

"……하지만, 평범한 노력을 뛰어넘는 강력한 노력을 하기 위해서는 반드시 필요한 게 딱 하나 있어. 이것만은 전하고 싶어……. 나와 같은 길을 걸으려 하는 너에게는, 반드시 필요할 테니까 말이지……. 강력한 노력을 하기 위해서는——."

"위해서는……?"

사저는 위대한 선현의 말을 한 마디도 놓치지 않겠다는 듯이 몸을 앞쪽으로 기울였다.

슈마이 선생님은 그런 사저를 향해 선언하듯 말했다.

"거시 ● 가 필요해애애애애애애애애애애애애애애애애애애애애애애애애애앳!!"

아까까지 했던 멋진 말이 순식간에 풍비박산 났어!!

"슈마이 선생님! 일단 아래층에 있는 숙박실에서 쉬시죠!"

"빨리 기원에 연락해서 데려가라고 해!"

"조심해! 칼을 들고 있어!!"

"경찰을 불러! 그냥 확 경찰에게 넘겨버리라고!"

술병과 일본도를 휘두르며 난리를 치고 있는 슈마이 선생님을 보다 못한 연맹 직원들이 숫자의 우세를 이용해 제압하더니, 그대로 방 밖으로 끌고 갔다.

"끄아아아아아아———!! 거———●———기이이이이이이이이이이이이이이이이이이이이이이이이이이이이이이이이이이이이이———."

슈마이 선생님의 외설스러운 절규가 점점 멀어져 갔다.

충격이 가시지 않는 가운데, 사람들은 작은 목소리로 소곤거렸다.

"······바둑 실력이 나빴다면 이미 인생을 종쳤을 거야······."

"그런데 왜 일본도를 가지고 있었던 거지······?"

"중국의 국가주석과 대담을 했을 때도 '중국어로 거 ● 기를 뭐라고 해?' 같은 소리를 했다가 처형당할 뻔했다잖아······."

"그대로 처형당했으면 좋았을 거야······."

무지막지한 소리를 듣고 있네. 그야 나도 동감이지만.

"저, 저기············ 사저?"

"······."

"너무 신경 쓰지 마요. 저, 저기····· 거시·····기나, 처, 처녀·····나, 그런 건 장기와 전혀 상관없어요. 저 사람이 제정신이 아닌 거지, 멀쩡한데도 실력이 뛰어난 사람은 얼마든지 있잖아요."

"······."

"아, 사저는 내일 중요한 대국을 치러야 하니까 빨리 잊어버려요! 중계도 될 예정이죠? 세간의 주목도가 높으니까, 어설픈 장기를 둘 수는 없····· 아, 그, 그러니까 말이죠! 이상한 발언에 휘둘리지 말고 평소처럼 두면 된다는 말이에요!"

"······."

나는 필사적으로 달랬지만, 사저는 고개를 숙인 채 아무 말도 하지 않았다. 뭐, 새해 벽두부터 저런 인간과 얽혔으니 기분이 복잡하기는 할 거야······.

이렇게 칸사이 장기계의 새로운 한 해는 파란을 예고하듯 그 막이 올랐고──.

이『슈마이 선생님 신년회 습격 사건』의 영향으로, 나와 사저 사이에서는 상상도 못했던 사태가 벌어지고 만다.

♟ 편입시험

"여류 2관이 왔어!"

첫수 의식 다음 날.

연맹 입구에서 기다리고 있던 보도진은 나를 보자마자 일제히 뛰어왔다.

──역시, 뒷문으로 들어갈 걸 그랬어…….

순식간에 카메라에게 둘러싸인 나는, 자신의 판단이 물렀다는 사실을 후회했다.

주목을 받고 있다는 것은 알고 있었는데 말이다.

그것도 그럴 것이, 오늘은──.

"42년 만에 치러지는 장려회 편입시험의 시험관으로서 카라코 쇼지 씨와 대국을 하게 됐습니다만, 현재 심경은 어떠신가요?!"

"카라코 씨가 소라 양과의 오늘 대국에서 이기면 장려회에 복귀합니다. 그리고 지면 또 꿈을 접어야만 하죠. 이런 승부에 임할 때의 심경은 일반적인 대국 때와 다릅니까?!"

"아마 장기계를 휩쓴 장려회 3단 출신을 상대로 승산은 얼마나 된다고 보십니까?!"

보도진의 질문은 각양각색이지만, 내가 할 대답은 하나뿐이다.

"현역 장려회 회원으로서 부끄럽지 않은 장기를 두고 싶습니다."

나는 그렇게 말하며 고개를 숙인 후, 보도진을 지나치면서 건물 안으로 들어갔다.

"……여전히 매몰찬걸."

"뭐, 누구한테나 항상 매몰차지만 말이야."

"저 냉철한 모습을 보아하니, 오늘도 쉽게 이기겠어."

등 뒤에서 들려오는 말을 듣고도 마음은 전혀 흔들리지 않았다. 이미 익숙해진 것이다.

수위 아저씨에게 인사를 건넨 후, 자판기에서 물과 스포츠 드링크를 샀다.

엘리베이터로 3층까지 올라간 후, 기사실에 들러서 전자기기를 전부 로커에 집어넣었다. 나는 대국 전에 항상 규칙적으로 이런 행동을 취한다.

"아, 소라 2단. 좋은 아침이에요."

기사실을 나선 내가 대국장으로 향하려 한 순간, 머리카락을 올려 묶고 정장 차림인 마치 씨와 마주쳤다. 오늘은 기자 모드였다.

마치 씨는 씨익 웃더니 기사실 안을 힐끔 보고 말했다.

"오늘은 용왕이 안 오는 것 같아요. 제자들과 참배를 간다고 들었거든요."

"……알고 있어요."

알고 있거든? 애초에 예회(例會) 일에 연맹에 오지 말라고 야이치에게 명령을 내린 사람은 바로 나야. 그러니까 올 거라고는 눈곱만큼도 생각 안 했거든? 짜증 나게 하네…….

화가 난 나는 마치 씨를 무시하며 혼자서 대국장으로 향했다.

대국실에 들어서자, 하석에 앉아서 열심히 장기판을 닦고 있는 중년 남성의 모습이 눈에 들어왔다.

오늘 내 상대―― 아마 3관인 카라코 쇼지 씨.

『장려회 출신』.

즉, 한때 장려회 회원이었던 사람이다.

나와 재적 기간이 겹치지 않기 때문에 어떤 장기를 두는지 모르지만…… 겨우 열네 살에 장려회원으로서는 최고위인 3단까지 올라갔던 사람이라고 한다.

오이시 미츠루 옥장과 같은 학년이며, 장려회도 동기다.

게다가 3단이 된 것은 오이시 선생님보다 빨랐다고 하니, 이 사람이 얼마나 엄청난 재능을 지녔는지 충분히 예상이 됐다. 과거에는 장기별 사람 중 한 명이었던 것이다…….

"오! 안녕하십니꺼!!"

나를 본 카라코 씨는 만면에 미소를 짓더니, 대국실 안인데도 불구하고 큰 목소리로 인사를 건넸다.

"……실례하겠습니다."

나는 주저 없이 상석에 앉았다.

나는 장려회 회원이다. 그리고 카라코 씨는 예전에 장려회 3단이었으며 나보다 스무 살 넘게 많지만, 현재는 아마추어다. 이 대국장에서는 내가 상위인 것이다.

나는 상석에 앉을 각오는 물론이고, 카라코 씨가 상석에 앉아 있더라도 동요하지 않도록 마음을 단단히 먹어 뒀다.

연맹 건물 앞에서 나를 기다리고 있었던 보도진도 대국실에 들어왔으며, 관전기를 담당하는 마치 씨도 장기판 옆에 앉았다.

장려회 편입시험이란 연령적으로 입회를 할 수 없는 사람을 특례로 3단 리그에 편입하기 위한 시험이다.

그리고 편입을 위해서는 아마추어 대회에서 실적을 쌓아야 하고, 나아가 현역 장려회 회원과의 시험 대국에서 승리해야 한다.

시험이라고 해도 공식전으로 여겨지며, 승패는 시험관인 장려회 회원의 성적에도 반영된다.

여류 타이틀전 이상으로 보도진의 주목을 받고 있는 가운데, 대국 전의 준비를 마친 우리는 이제 장기말을 장기판 위에 배치하기만 하면 된다.

그리고 상위자인 내가 장기판 위에 놓인 장기함을 향해 손을 뻗은 바로 그때였다.

"아, 맞다! 저기 말이재."

카라코 씨는 뭔가가 생각난 것처럼 불쑥 그렇게 외쳤다.

"……?"

나는 장기함을 향해 뻗던 손을 멈췄다.

카라코 씨는 장기판 옆에 둔 가방을 향해 손을 뻗더니, 미안해

하는 듯한 표정을 지으며 입을 열었다.

"저기, 소라 양. 미안한데 부탁 하나만 해도 되긋나?"

"뭐죠?"

"이 장기말로 장기를 두고 싶은디, 그래도 되나?"

카라코 씨가 가방에서 꺼낸 장기말 주머니를 본 순간── 나는 피마저 얼어붙게 만들 듯한 오한을 느꼈다.

────『탈퇴 장기말』.

"윽……!"

그 장기말을 본 순간, 내 마음은 처음으로 흔들렸다. 볼이 딱딱하게 굳어버릴 듯한 충격을 받았고, 머릿속 또한 극심하게 뒤흔들렸다.

과거에 장려회에서는…… 탈퇴를 하는 이에게 격려의 의미로 장기말을 줬다고 한다.

내가 장려회에 들어왔을 즈음에는 없어진 풍습이다.

폐지된 이유는 확실하지 않다.

일설에 따르면 장려회 회원의 숫자가 너무 많아져서, 모든 탈퇴자에게 장기말을 줄 비용을 조달할 수가 없어져서 없어졌다고 한다.

하지만 이 장기말을 기쁜 마음으로 받는 이가 과연 있을까?

어떤 인물은 거부했고, 어떤 인물은 대국장에 내던져 버렸으며, 또한 어떤 인물은 장려회에 속해 있던 시기에 작성했던 기보 노트와 함께 태워버렸다고 한다.

그리고 어느새, 탈퇴 장기말 풍습은 사라졌다……

그 풍습이 언제 사라졌는가. 신기하게도 그것 또한 아무도 알지 못한다.

꿈을 이루지 못한 채 장려회를 떠나게 된 사람들이 그러하듯, 아무에게도 알려지지 않은 채, 조용히…… 어느새 사라졌다.

하지만 이 사람은 그 장기말을 지금도 가지고 있다.

"그래도 되재? 질이 나쁜 장기말은 아니대이."

장기말이 장기판 위에 흩뿌려졌다.

각진 부분이 닳았을 정도로 깨끗하게 닦인 그 장기말을 본 순간, 나는 카라코 쇼지라는 인물의 집념에 압도당했다.

──사람 좋아 보이는 중년 남성.

──한 번은 장기에 걸었던 꿈을 포기했던 장려회 출신 아마추어 강호.

──그 꿈을 차마 포기하지 못해서 다시 도전한, 희망…….

그런 이미지는 흔적조차 남아 있지 않았다.

지금, 장기판을 사이에 두고 나와 마주 보고 앉아 있는 인물은…… 현역 장려회 회원이다.

탈퇴한 후에도 장려회라는 지옥에 사로잡혀 있는————장기별 사람이다.

"어떻노? 이 말을 써도 되긋나?"

상위자와 마주한 나는 고개를 끄덕일 수밖에 없었다.

"…………그러시죠."

"고맙대이!"

카라코 씨는 빙긋 웃은 후, 나에게 상위자가 쓰는 왕장(王將)의 장기말을 건넸다.

"…………."

그 놀라울 정도로 차가운 장기말이…….

활활 타오르고 있던 내 투지를 차갑게 식혔다.

대국이 시작된 후에도, 그 장기말에 닿은 내 손가락 끝은 동상에 걸린 것처럼 얼어붙었고, 마비되어 가더니…… 점점 움직이지 않게 됐다.

그 한기는 독처럼 내 몸에 퍼져나갔고…….

그 독이 온몸을 잠식했을 즈음————나는 투료했다.

"정말 기쁩니더……! 정말, 기뻐요……! 다시 이 무대로 되돌아오다니…… 가슴이 정말 벅찹니더……!"

눈앞에서는 카라코 씨가 손수건으로 눈가에서 흘러내리는 눈물을 닦고 있었다.

내가 패배를 인정한 순간에 보도진이 눈사태처럼 대국실에 침입하더니, 카메라 플래시를 터뜨려댔다.

그들이 촬영하고 있는 것은 카라코 씨가 아니라 상석에서 고개를 숙이고 있는 나였다…….

"정말, 아슬아슬한 싸움이었습니대이……. 마지막 순간까지 이길 수 있을 거라고는 생각도 못했지라. 실력이 아니라 운으로 이겼다고 생각합니더……. 지금도 이겼다는 게 믿기지 않습니대이⋯⋯."

카라코 씨의 목소리는 눈물에 젖은 채 떨리고 있었다.

장기판 옆에 앉아 있던 마치 씨가 인터뷰를 하는 목소리도 들렸다.

"카라코 씨는 장려회를 탈퇴한 후, 직장을 다니면서 아마추어로서 실력을 갈고닦으신 걸로 알고 있습니다만⋯⋯ 앞으로도 장기와 일을 병행하실 겁니까?"

"회사는 이미 관뒀습니더. 회사를 다니며 버틸 수 있을 만큼 물러터진 세계가 아니라는 건 저 자신이 가장 잘 아니까 말이지예."

카라코 씨는 한 치의 망설임도 묻어나지 않는 목소리로 그렇게 말했다.

그 말을 들은 순간, 패배의 상처를 후비는 듯한 고통을 느꼈다.

학교와 장기를 양립하려 하는 자신을 물러 터졌다며 단죄하고 있는 것처럼 느껴졌다.

"소라 양, 고맙대이! 다음에는 3단 리그에서 붙는 기다!"

"⋯⋯⋯⋯예."

보도진이 악수를 하는 사진을 요청하자, 나는 장기판을 사이에 두고 카라코 씨와 손을 맞잡았다.

그 손은 놀라울 정도로 메말라 있었으며, 차가웠다.

──⋯⋯나와 대국을 하면서도 전혀 긴장하지 않은 거네⋯⋯.

『마지막 순간까지 이길 수 있을 거라고는 생각도 못했지라.』

거짓말이다.

한참 전에 승리를 확신한 후, 이 인터뷰에서 뭐라고 말할지 생각하고 있었을 것이다.

패배자를…… 나를 어떻게 치켜세울지를 말이다.

"겨우 한 번 장기를 뒀을 뿐이지만, 소라 양의 실력이 얼마나 대단한지는 충분히 깨달았습니다! 제가 재적하던 시절의 3단 리그보다 훨씬 강합니다! 소라 양이라면 분명 사상 첫 여성 3단이 될 수 있을 테고, 아직 열다섯 살이니 사상 첫 여성 프로 기사도 꿈은 아닐 거라고 생각합니대이!"

만면에 미소를 지으며 마음에도 없는 소리를 한 카라코 3단은 칸사이 사람답게 농담을 섞었다.

"뭐, 열네 살에 3단이 됐는데도 결국 프로가 못 된 제가 이런 소리를 해 봤자 설득력은 없지만 말입니대이!"

보도진은 그 말을 듣고 웃음을 터뜨렸다.

이 사람은 나를 치켜세울수록 자신의 가치가 높아진다는 것을 알고 있다. 소라 긴코에게 이기고 장려회에 돌아왔으며, 또한 프로가 된다. 그 스토리가 자신의 상품 가치를…… 프로의 가치를 높여 준다는 것을 아는 것이다.

그는 3단 리그가 아니라, 프로가 된 후를 내다보고 있다.

애초에 시야에 둔 지평선이 나와 달랐던 것이다.

싸우기 전부터 이기는 것만을 생각했다. 내 멘탈이 약하다는 것을 꿰뚫어 보고, 그 점을 공략해, 예정대로 승리를 거뒀다. 승부사로서 나보다 훨씬 뛰어난 것이다.

──상대는 예전에 3단이었으니까…….

한순간이나마 그런 생각을 한 나 자신을 죽이고 싶어졌다.

© shirabii

♛ 여왕 여류옥좌 장려회 2단

소라 긴코
inko Sora

생 년 월 일	2002년 9월 9일(15세)
출 신 지	오사카부
스 승	키요타키 코스케 9단

🔔 새해 첫 참배

"싸뿌~♡"

조그마한 금색 천사가 귀엽게 달려오자, 나는 양손으로 얼싸 안아줬다.

"하하! 샤를 양은 기모노도 잘 어울리는걸."

"샤우 말이지~? 끼모노, 쩡말 쪼아해~!!"

"잘 어울리네. 정말 귀여워."

"싸뿌, 아나줘~."

"좋아! 회전목마도 태워줄게~!"

"꺄아~♡ ♡ ♡"

내가 기모노를 입은 샤를 양을 안고서 회전목마처럼 빙글빙글 돌자, 샤를 양이 즐거운 듯이 웃었다. 원심력에 의해 흔들리는 옷자락이 천사의 날개 같았다.

첫수 의식이 있고 다음 날. 나는 여초연 멤버들과 함께 신사에 참배하러 갔다.

"샤를 양은 신년 참배를 온 적이 있어?"

"으음. 샤우, 시논 짬빼, 쩌음이야~."

그렇게 말한 샤를 양은 볼을 붉히면서 몸을 배배 꼬더니……

"저기~? 샤우 말이지~? 쩌으이니까…… 싸뿌와 가치 하고 시퍼써!"

"그렇구나! 나도 샤를 양과 같이 하게 되어서 기뻐♡"

내가 그렇게 대답하자, 샤를 양은 행복하다는 듯이 방긋 웃었다.

우와…… 귀여워…….

이런 식으로 샤를 양과 함께 웃을 수 있다니, 정월부터 정말 행복했다. 너무 행복해서 무서울 지경이었다.

"샤를의 첫 상대가 되어서 사부님은 참 좋겠네요."

아이는 미소를 지으면서 축복해 줬다. 내 발을 밟으면서 말이다. 그것도 나막신을 신은 채로…….

"그런데 사부님? 저도 사부님과 새해 첫 참배를 하러 가는 건 처음이거든요? 그건 알고 계시나요?"

너, 너무 행복해서…… 무섭다…….

"쿠즈류 선생님. 새해 복 많이 받으세요."

"아…… 아야노 양도 새해 복 많이 받아."

샤를 양의 뒤를 이어, 기모노 차림의 사다토 아야노 양도 나에게 정중히 인사를 건넸다.

"간호사 복장도 어울렸지만, 기모노도 잘 어울리네."

"예? 간호사 복장……이라뇨?"

"아, 혼잣말이야……."

큰일 났다. 아직도 꿈과 현실이 엉망으로 뒤엉켜 있는 것 같았다…….

나는 이야기를 돌릴 겸, 아야노 양의 옆에 있는 애에게도 말을 걸었다.

"미오 양도 새해 복 많이 받아."

"쌔, 쌔해 뽁 마니 바드쎄요!"

어? 왠지 목소리가 딱딱하네?

혀도 잘 돌아가지 않는 것 같았다. 처음 만났을 때와 비슷한 반응이다. 왠지 반가운 느낌이 들기는 하지만…….

"쿠즈류 선생님. 오늘은 어느 신사에 갈 건가요?"

아야노 양이 밝은 목소리로 그렇게 묻자, 나는 샤를 양을 안아든 채로 잠시 생각에 잠겼다.

"글쎄. 오사카에서 새해 첫 참배하면 스미요시 대사(大社)나 『에벳산』이긴 한데……."

"에뻬……싼~?"

샤를 양이 내 품속에서 고개를 갸웃거렸다. 귀여워♡

"상업의 신을 모신 신사야. 거기서는 1월 9일부터 11일 사이에 『토오카에비스』라는 제례를 하는데, 『장사 번창을 원하면 조릿대 가지고 와!』라는 말을 들으면서 무료로 주는 조릿대에 금화나 도미 모양의 『길조(吉兆)』, 즉 행운을 부르는 물건을 달아. 그리고 그걸 가지고 돌아가는 거지."

""재미있겠네요!""

교토에 사는 아야노 양과 이시카와에서 온 아이가 눈을 반짝였다.

오사카는 상업으로 융성한 도시다.

그러니 사람들 또한 『장사 번창』의 효험이 있는 곳에 모인다. 스미요시와 에벳산은 운과 복을 부르고 장사를 번성하게 해 주는 신이다. 그렇기에 백만 명 단위의 참배객들이 방문한다.

"하지만 너무 혼잡한 곳에 가는 것도 위험할 테니까, 오늘은 이 근처의 신사에 가자."

"""예~!"""

나는 안아 들고 있던 샤를 양을 내려놓으며 손을 잡은 후, 아이들을 인솔하며 신사를 향해 걸어갔다.

"……윽!"

아이는 내 남은 손을 잽싸게 움켜잡았다.

내 첫 제자로서, 다른 애에게 스승을 빼앗기지 않겠다는 독점욕이 발동한 것일까. 그래도 이렇게 어린 제자가 자신을 따라주니 기뻤다.

하지만…….

──이제는 어엿한 여류기사잖아. ……슬슬 홀로서기를 해야 하는데…….

앞장을 서서 걷던 아야노 양이 나를 향해 고개를 돌리며 이렇게 말했다.

"도쿄에 있는 장기회관은 바로 옆에 신사가 있어서 편하다면서요?"

"그래. 어제 첫수 의식 때는 여름 방학에 우리가 다 같이 참배했던 장기당에서 프로 기사들과 여류기사들이 함께 참배를 했다더라고."

칸토와 칸사이의 첫수 의식 광경은 연맹의 홈페이지에 당일에 바로 업로드됐다.

그 일본풍 의식에 중세 유럽의 궁정에서 '헬로~' 하며 튀어나온 듯한 옷차림으로 참가한 아유무와 샤칸도 씨는 물 위에 둥둥 떠 있는 코르크 마개처럼 눈에 확 띄었다…….

참고로 이번 달에는 샤칸도 씨의 여류명적 방어전이 시작된다.

그래서 아유무에게 『스승의 승리를 기원했어?』 하고 메시지로 가볍게 물어보니…….

『훗…… 나에게 신은 기도할 대상이 아니다! 그저 넘어서기 위한 지표에 지나지 않지! 애초에 마스터의 승리는 이미 약속된 운명 중 하나다. 기도를 드릴 필요가 없다만…… 그래도 심심풀이 삼아 새전함에 돈은 넣었다! 어디까지나 심심풀이 삼아서 말이다!』

올해도 여전히 사람의 신경을 건드리는 메시지가 날아왔다. 결국 기도는 한 거냐.

"앗! 신사가 보여요!!"

이 신사는 평소에 한산하지만, 정월이라 그런지 지금은 참배객으로 붐비고 있었다.

다 같이 참배를 한 후, 나는 손뼉을 치면서 이렇게 말했다.

"좋아~! 다 같이 운세를 뽑아볼까! 이 선생님이 한턱 쏠게!!"

"""와아~!!"""

아이들에게 새해 첫 참배 때의 가장 큰 즐거움은 『운세 뽑기』일 것이다.

나와 사저도 사부님과 함께 참배하러 가면 운세 뽑기를 하고 싶다고 졸랐다.

참고로 사부님은 승부사인 만큼 길흉을 엄청 따지며, 운세 뽑기를 하면 대길이 나올 때까지 계속 뽑는다. 이런 기사는 의외로 많다.

　나는 직접 뽑은 쪽지에 적힌 운세를 받아들이는 타입이며, 사저는 나보다 나쁜 운세가 나오면 내 운세 쪽지를 강탈하는 타입이다. 완전 악마대이.

　"만세~! 아이는 대길이야~!"

　"샤우는 끼리야~."

　여초연 멤버들인 운세 뽑기 결과를 보며 일희일비했다. 특히 『승부』나 『연애』를 신경 쓰는 것 같았다. 아이가 『출산』 쪽에도 관심을 가지는 게 좀 신경이 쓰였지만…….

　"자아, 내 운세는 어떨까?"

신탁의 쪽지
운세
言
금전 : 보통
업무 : 그럭저럭
여행 : 적당
혼담 : 어릴수록 좋다
연애 : 풍파가 있을 듯
질병 : 낫지 않을 듯

"이건…… 『길(吉)』인가?"

길이지만 가운데 세로 획이 하나 없다. 인쇄 미스? 이건 운세적으로 봤을 때 어떤 거지?

대길을 자랑하러 온 아이가 고개를 갸웃거리고 있는 내 품으로 고개를 쏙 밀어 넣으며 이렇게 말했다.

"사부님? 왜 그러세요?"

"아, 그게 말이야. 아무래도 인쇄가 잘못된 쪽지를 뽑은 것 같은데──."

"아앗?!"

응?! 왜 그래?!

"아, 죄송해요……. 옆에서 보니, 저기…… 『로리(ロリ)』라고 적은 것처럼 보여서……."

"어엇?! 지, 진짜네……. 옆에서 보면 로리로 보여!!"

『길(吉)』에서 세로 한 획을 빼면 『로리(ロリ)』가 된다니, 새해 벽두부터 엄청난 걸 발견했다.

설마…… 신까지 나를 로리콤이라고 말하고 있는 건가?! 다른 운세는 대충 쓰여 있는데 혼인만 『어릴수록 좋다』라고 구체적으로 적혀 있잖아!

"로리~? 싸뿌, 로리가 머야?"

너를 말하는 거야! 하고는 입이 찢어져도 말할 수 없다.

아야노 양이 미묘하게 나와 거리를 두더니, 머뭇거리면서 물었다.

"저, 저기…… 쿠즈류 선생님? 하나 더 뽑으실래요?"

"……………사양할게."

또 이상한 걸 뽑으면 성가실 테니, 이 운세는 이대로 이 신사에 봉납한 후, 다음에 다른 신사에 가서 운세를 뽑아야겠다…….

"마, 맞아! 운세는 그만 보고, *에마(絵馬)를 쓰자!"

나는 분위기를 바꾸기 위해 인원수만큼 에마를 산 후, 유성 펜도 빌렸다.

다들 운세를 뽑을 때보다 더 기뻐했다. 그리고 즉시 펜으로 에마에 글을 적기 시작했다.

문제에 봉착한 사람은 바로 나였다.

"으…… 음? 뭐라고 쓰면 좋지?"

용왕 방어전을 치르기 이전이었다면 『용왕 방어!』라고 쓰겠지만, 방어전은 얼마 전에 끝났다.

현재 목표라면 순위전 승급이지만…… 용왕이나 되는 자가 최하층인 C급 2조에서 승급하는 것을 올해의 목표로 삼는 것도 좀 그렇다는 생각이 드는데…….

사실 나는 요즘 들어 가슴에 구멍이 뚫린 듯한 느낌을 받았다.

생각에 잠겨도 졸음만 몰려왔다. 그러니 일단 『일문 모두가 건강하게 한 해를 보내기를』이라는 무난한 소원을 적었다.

아이는 『사부님과 쭉 함께 있게 해 주세요♡』라고 적었다.

아야노 양은 『연수회에서 승급하게 해 주세요』.

샤를 양은 『끼모노 실껏 이블래』. 아무래도 기모노가 정말 마음에 든 것 같았다.

---

* 에마(絵馬) : 소원을 빌거나, 소원이 이루어진 답례로 삼아 그림을 그리거나 글씨를 써서 사찰에 봉납하는 편액.

"싸뿌~. 이 에마, 다 쓰면 어떠케 해?"

"신사에 봉납하는 거야. 저쪽에 거는 거지."

"……샤우, 손이 안 다아~."

"그럼 내가 안아서 들어줄게. 영차~!"

"와아~♡"

나는 샤를 양을 안아 들었다. 이런 건 자기 손으로 직접 해야만 효험이 있다잖아! 필요한 조치라고!

"저기~! 사부님! 아이도 손이 안 닿아요!"

"뭐? 하지만 키가 비슷한 아야노 양은 손이 닿──."

"안 닿아요!!"

"…………그렇구나~."

열 살 제자를 안아 들었다. 그렇게 무겁지도 않으니 힘들지도 않지만……

"미오 양은 뭐라고 적었나요?"

"뭐?! 미, 미오는…… 비밀! 비밀이야!"

좀 떨어진 곳에서 우물쭈물하고 있는 미오 양에게 아야노 양이 말을 걸자, 미오 양은 허둥지둥 에마를 숨겼다.

"이, 이런 건 남에게 말하지 않는 편이 효험이 있다잖아?! 아, 아하하."

평소라면 "보여줘, 보여줘~! 아, 미오는 이런 걸 적었어~." 하고 말하면서 다른 애가 쓴 에마를 억지로 보려고 했을 텐데……

나는 몸을 웅크리면서 아야노 양에게 귓속말을 했다.

"……미오 양, 무슨 일 있었니?"

"……아침부터 안절부절 못하는 것 같았어요. 오늘은 쭉 이상하네요……."

미오 양은 결국 자기 에마를 아무한테 보여주지 않으려는 듯이 혼자만 떨어진 곳에 봉납했다.

■ 새해 첫 여초연

참배를 마친 후, 이번에는 우리 집에서 『새해 첫 여초연』 자리를 가졌다.

""""실례하겠습니다~!!"""

"에헤헤♡ 어서 오세요~."

열쇠로 문을 열고 먼저 집안으로 들어간 아이는 현관에서 공손히 무릎을 꿇고 앉은 채 우리를 맞이했다.

작년에 아이가 오기 전까지만 해도 이 집은 꾀죄죄한 장려회 회원과 젊은 기사들의 집합소였다. 카가미즈 씨나 소타와 이 집에서 밤새도록 장기를 두면서 얼간이 같은 이야기를 나누기도 했다. ……당시에 이 집에 오는 여자는 사저뿐이었다. 그런데 지금은 여자 초등학생들로 넘쳐나는 꽃밭이 됐다.

"……겨우 1년 만에 완전히 딴판이 됐는걸."

이웃들에게 이런저런 소리를 듣기는 하지만, 내 눈앞에서 떠들고 있는 여자 초등학생들을 보니 그런 말도 신경 쓰이지 않았다. 예~. 저는 로리콤이에요, 로리콤.

"저기, 다들! 용왕전을 치르러 갔던 하와이와 우리 집에서 찍은 사진이 있는데…… 볼래?"

"""볼래, 볼래~!!"""

아이가 조작하는 태블릿 주위에 모여든 아이들이 꺄아~ 우후후~ 하고 이야기꽃을 피웠다.

이건 장기 연구회가 아니다. 여자애들이 수다를 떠는 모임이다.

게다가 평균연령이 한 자릿수인 수다 모임, 즉 『여아 모임』인 것이다.

"뭐, 오늘 하루 정도는 괜찮겠지."

나는 쓴웃음을 지으며 부엌에 가서 음료수와 과자를 준비했다. 그러고 보니 하와이에 갔을 때 사 왔던 쿠키가 남아 있을 것이다.

"하와이에서 입은 드레스, 정말 귀여워요!"

"에헤헤♡『무무』라는 거래! 아야노, 나중에 입어 볼래?"

"그래도 될까요?!"

키요타키 사부님의 용돈으로 산 무무 말이구나……. 사손(師孫)과 사손의 친구들이 이렇게 기뻐하니, 사부님도 기쁠 것이다. 스마트폰 게임에 과금하는 것보다 훨씬 유익했다.

"이 기모노도 정말 예뻐요!"

"이건 아이의 본가에서 전야제를 했을 때 찍은 사진이야!"

"전야제라기보다 피로연 같아요…… 멋져요……♡"

"정말~♡ 아야노, 말이 너무 과해~♡♡♡"

확실히 그건 전야제보다 피로연이었다. 머릿속에 떠올렸을 뿐인데, 식은땀이 났다…….

"샤우도 이찌? 싸뿌와 껴론할 때, 끼모노 이블 꼬야~!"

"좋아! 어디서 식을 올릴까?"

부엌에서 다다미방을 향해 전력 질주한 나는 미래의 아내를 꼭 안아 들고 빙글빙글 돌면서 결혼식 계획을 검토했다.

나는 샤를 양을 제자로 삼는 것을 거부한 대신, 아내로 맞이해 주기로 약속했다.

두 제자는 어엿한 여류기사가 됐으니, 슬슬 샤를 양과의 장래를 진지하게 생각해야 할 것 같았다!

"하와이에서 묵었던 호텔에는 교회도 있었으니까, 거기서 아무에게도 방해를 받지 않도록 단둘이서 결혼식을 올리는 것도 ──."

"사부님? 여섯 살밖에 안 된 애와 결혼식을 올릴 수 있는 장소는 이 세상 어디에도 없거든요?"

"아, 예."

아이는 전혀 미소 같아 보이지 않는 무시무시한 미소를 입가에 머금었다.

이렇게 여자 초등학생들이 시끌벅적한 가운데…….

"…………."

미오 양만은 대화에 참가하지 않은 채, 아무 말 없이 고개를 꼭 숙이고 있었다.

"미오 양, 왜 그래?"

나는 그런 미오 양이 걱정이 된 나머지 몸을 숙이면서 말을 걸었다.

"아침부터 말수가 적던데, 혹시 몸이 아픈 거야? 아니면 고민이라도 있어?"

"…………저기…… 실은……."

미오 양은 잠시 동안 말을 할지 말지 고민하는 것처럼 우물쭈물했지만, 최종적으로는 내 눈을 쳐다보며…….

"미, 미오는…… 여류기사가 되고 싶어요!!"

……하고 외쳤다. 마음속에 담아두고 있던 것을 전부 토해버리듯 말이다.

"저기…… 일전의 용왕전에서 쿠쭈류 선생님과 명인의 장기를 인터넷으로 보고…… 미오도 그런 멋진 승부를 해 보고 싶어졌어요! 미오가 그런 엄청난 장기를 두는 게 무리라는 건 알고 있어요! 하지만 가슴속이 뜨거워져서………… 미오, 진짜로 여류기사가 되고 싶어요!!"

"…………그랬구나……."

신사에서 열심히 기도하고, 자기 에마를 남들에게 보여주지 않았던 건 그래서였구나…….

다른 애들은 그 갑작스러운 고백을 듣고 각양각색의 반응을 보였다.

아이는 그저 순수하게 놀란 듯한 표정을 짓고 있었다.

아야노 양은 『역시…….』하고 말하는 듯한 표정을 지었다.

샤를 양은 어안이 벙벙해 보인다고나 할까, 딱 하나 남은 쿠키를 먹고 싶어 하는 것 같았다. 귀엽네.

나는…… 눈물이 날 것만 같았다.

누군가가 자신의 장기를 보며 뭔가를 느꼈다고 말한 것이다. 기쁘지 않을 리가 없다.

"저기, 그러니까…… 어떻게 하면 빨리 여류기사가 될 수 있는지 선생님과 상의하고 싶어요……. 더욱 강해지기 위해선 어떻게 해야 하는지도……."

"미오 양은 아직 초등학교 4학년이지? 그런데도 유단자니까 실력은 충분하다고 생각해."

"하, 하지만! 곧 5학년이 되고…… 게다가……."

"게다가?"

"…………아이와 텐은 이미 여류기사가 됐잖아요……."

히나츠루 아이와 야샤진 아이는 미오보다 늦게 연수회에 들어왔다.

게다가 히나츠루 아이는 장기를 본격적으로 시작하고 1년밖에 되지 않았다.

미오 양은 아직 어른이 아니니, 타고난 재능이 다르다고 치부할 수 있을 리가 없다. 객관적으로 봐도 결코 따라잡을 수 없다고 여겨질 만큼 실력에서 현격하게 차이가 나는 상대에게도 질투심을 느끼며, 도전 욕구 또한 마음속에서 치솟을 것이다.

무모할지도 모른다.

하지만 나는 미오 양이 그런 마음을 가졌기에, 여류기사를 목표로 삼을 수 있을 거라고 생각했다. 그래서——.

"……응. 미오 양의 심정은 이해했어."

나는 자세를 바로잡고 미오 양과 시선을 맞췄다.

"그럼 우선 알아둬야 할 것은 빨리 여류기사로 데뷔하는 게 전부가 아니라는 거야. 조바심을 낸다고 강해질 수 있는 건 아니라는 점을 알았으면 해."

"……예?"

"아이는 사정이 있어서 빨리 여류기사가 됐지만, 여유가 있었다면 나중에 데뷔시키고 싶었다는 게 내 본심이야."

"예엣?! 어, 어째서요……? 빠르면 빠를수록 좋지 않나요?"

미오 양은 깜짝 놀랐다. 아이도 화들짝 놀라며 나를 봤다.

이 세계에서 가장 확연하게 드러나는 재능의 지표는 『젊음』이 맞다.

야샤진 아이의 『사상 최연소 여류기사 기록』이 주목을 받는 점만 봐도 알 수 있으며, 당사자는 한시라도 빨리 데뷔하고 싶은 심정이겠지만──.

"프로도, 여류도, 공식전 성적이 나쁘면 은퇴해야 해. 그건 미오 양도 알고 있지?"

"예…… 알고 있어요."

"오가 씨를 알아?"

"안경을 낀 여자 분 말이죠? 회장님의 비서잖아요."

"그래. 오가 씨는 현재 연맹의 직원이지만, 원래는 여류기사였어."

오가 사사리 여류 초단.

그 사람이 왜 은퇴했냐면——.

"중학교 1학년 때 데뷔했지만, 명백하게 실력이 부족했어. 게다가 학교에 다니느라 장기 공부도 충분히 하지 못했지……. 결국 연맹에 취직하면서 은퇴를 결심한 거야."

규정상으로는 좀 더 현역으로 활동할 수 있었다.

하지만 애초에 츠키미츠 회장을 동경해서 여류기사가 된 오가 씨는 연맹 직원으로서 회장의 곁에서 일할 수 있게 되자 여류기사라는 신분에 집착할 필요가 없어졌다. 그래서 순순히 승부의 세계에서 손을 씻은 것이다.

그렇게 6년 동안 현역 생활을 한 끝에, 여류 1급으로서 은퇴한 오가 씨는 규정에 따라 여류 초단으로 승격됐다.

"여류기사가 힘든 건 프로 기사보다 대국 기회가 적기 때문이기도 해. 공식전이 적으면 실적을 쌓을 기회도 적고…… 무엇보다 강해질 기회가 적어. 그러니 살아남으려면 강해진 후에 여류기사가 되는 수밖에 없어."

프로의 세계에서 찬스는 한정되어 있다.

그 찬스를 자신의 것으로 만들 수 있느냐 없느냐 또한 승부사에게 중요한 자질이다.

내가 그 전형적인 예다. 용왕전에서만 승승장구 했기 때문에 타이틀 보유자가 됐다. 만약 그 승리가 모든 기전에 분포되어 있었다면 아직도 송사리에 불과할 것이다. 찬스를 거머쥐었기에 송사리가 최상위에 설 수 있었다.

이 세계에서는 그것을 『승부력』이라고 부른다.

결과가 전부인 장기계에서는 결과를 내는 것이야말로 실력이다.

설령 그것이 장기의 신이 변덕을 부린 결과일지라도……

"미오 양이 진짜로 여류기사가 되고 싶은 거라면, 나는 엄격하게 조언할 수밖에 없어. 그래도 들을 거야?"

"…………예! 말씀해 주세요!!"

미오 양은 자세를 반듯하게 하고 내게 말을 재촉했다.

"미오는…… 미오는, 쿠쭈류 선생님의 모든 것을 받아들이고 말겠어요!!"

좋아.

미오 양의 각오가 진심이라고 확신한 나는 자신의 의견을 피력했다.

"일본제일이 되도록 해."

"일본…… 제일?"

"초등학생 명인전이라는 건 알지?"

"아, 예……."

"초등학생 때 무리라면, 중학생이나 고등학생이라도 괜찮아. 아무튼 학생 신분인 동안에 아마추어 여성 중에서 일본제일이 되는 거야. 토너먼트에서 이기고 올라갈 힘을 갖춘다면, 그 힘은 분명 여류기사의 세계에서도 통할 거야."

프로 기사를 목표로 삼는 이들이 모인 장려회에는 초등학생 때 입회하는 것이 주류다.

그러니 초등학생 명인은 예외로 치더라도, 프로를 목표로 삼는 인간은 학생 장기에서 결과를 남기더라도 평가받지 못한다.

　하지만 여류 장기계에서는 중학생이나 고등학생 시절에 아마추어로서 활약한 다음에 여류기사가 되는 사람이 많다. 연수생은 신분적으로 아마추어로 분류되기 때문에, 연수회에서 실력을 갈고닦으면서 대국 기회를 얻기 위해 아마추어 대회에 출전하기도 하는 것이다.

　"어디까지나 내 견해지만, 미오 양이 이제부터 열심히 공부한다면 분명 아마추어의 무대에서 일본제일이 될 수 있을 거야."

　"쿠, 쿠쭈류 선생님……!"

　"물론 스승이신 쿠레사카 선생님과도 충분히 이야기를 나눠보고 결정해. 프로의 세계에 들어간다면 스승의 말은 절대적이거든. 원래라면 우선 쿠레사카 선생님과 상의를——."

　"서……선생님!"

　"응?"

　"좋아해요!!"

　"뭐어?!"

　나에게 상담을 받던 여자 초등학생에게 고백받았어?!

　"좋아~! 빨리 장기를 두자!"

　느닷없는 일이 벌어진 탓에 내가 딱딱하게 굳어버린 가운데, 미오 양은 기모노 자락을 걷어 올리면서 장기판을 꺼냈다.

　최근에 도착한 바로 그 장기판이다.

　"미오는 더 강해질래!! 더 강해져서 일본제일이 될 거야!!"

　"그래요, 미오 양! 바로 그 마음가짐이에요!!"

"샤우도, 뿌랑쓰 제이리 될 꼬야~!"

"좋아~! 샤우는 프랑스를, 미오는 일본을 제패하자~! 파이팅~!!"

"오~♡"

목표를 찾았기 때문일까, 미오 양에게서 망설임이 사라졌다.

아까와 뭔가 달라진 것은 아니다. 장기 실력이 좋아진 것도 아니다.

하지만 결의하지 않았던 미오 양과 지금의 미오 양은 일주일 후, 한 달 후, 1년 후에는 크게 차이가 날 것이다.

목표가 명확해지면, 사람은 더욱 찬란히 빛난다.

"……초등학생은 눈부신걸."

나는 미오 양의 환한 미소를 보면서 그렇게 중얼거렸다.

미오 양은 목표를 찾았다.

──그럼…… 내 목표는 뭐지?

명인을 이겼고, 용왕위도 지켰다. 그런 내가 이제부터 목표로 삼아야 할 것은……?

내가 장기를 익히고 처음으로 막연한 불안에 가까운 감정을 느끼고 있을 때, 내 옆에 있던 아이 또한 막연한 불안에 떨고 있는 것 같았다.

"…………미오…… 은근슬쩍 사부님을 좋아한다고…… 역시 미오도 사부님을………… 또 늘어났어…………. 사부님은 모지리……………!"

……왜 나를 욕하는 건데?

"자, 자아! 다들 슬슬 장기를 두자! 연구회를 하려고 모인 거 잖아? 안 그래?! 안 그래?!"

"부우우~~!!"

아이는 골이 제대로 난 것처럼 볼을 한껏 부풀렸지만······.

"미오!"

"응!"

"절대로 안 질 거야!!"

"응?!"

영문 모를 선언을 하며 미오 양과 장기판을 사이에 두고 마주 앉은 아이가 장기말함을 열어서 왕장(王將)을 움켜쥐더니, 기합 이 잔뜩 들어간 손놀림으로 그것을 치켜든 후———.

따아아아악!!

도전장을 던지듯 그 장기말로 장기판을 내려친 순간······.

"빠직————···············!!!!"

"우왓!"

귀에 익지 않은 소리가 들리더니, 미오 양은 방석 위에서 무릎 을 꿇은 채 펄쩍 점프했다.

그리고 장기판을 손가락으로 가리키면서 외쳤다.

"아, 아이가······ 장기판을 쪼갰어————!!"

"""뭐어————?!"""

깜짝 놀라면서 장기판을 보니······ 진짜 쪼개졌다아아앗!

손에 너무 힘이 들어가기는 했지만, 설마 장기판을 쪼갤 줄이 야······.

"죄………… 죄송해요————!!!!!!!"

무릎을 꿇은 상태에서 그대로 뒤편으로 펄쩍 물러난 아이는 나에게 사죄를 했다. 목소리에 울음기가 섞여 있었다.

"제, 제가…… 당치도 않은 짓을……! 새로 장만한 장기판인데……."

"으음~~……."

나는 장기판에 난 상처를 만져보면서 얼마나 부서졌는지 확인해 본 후, 이렇게 말했다.

"……이건 이제 못 쓰겠네."

"히익."

아이는 숨을 삼켰다.

"싸…… 싸뿌님? 이 짱기빤…… 분명…… 엄청 비싸다고 하지 않으셨어요……?"

"응~? 휴가 비자라는 고급 목재로 만든 천지결 장기판이거든. 아무리 싸게 잡아도 500만 정도는 할걸?"

"어버버…… 어버버버버……!!"

"어떻게 하지? 뭐, 우선 부서진 부분의 사진을 찍어서 그 사람에게 확인해달라고 한 다음…… 가게에 보내서……."

"잘못했어요! 정말 죄송해요! 아이가…… 아이가 난폭하게 다룬 바람에 비싼 장기판이 완전히 못 쓰게 되어버렸어요!"

"응? 완전히 못 쓰게 된 건——."

"이, 이렇게 되면…… 몸으로 갚겠어요……!"

훌렁.

아이는 내가 말을 끝까지 잇기도 전에 기모노를 벗기 시작했다.

그런 아이의 행동에 호응하듯…….

"그, 그럼 미오도! 몸으로 갚을게요!!"

홀렁!

"미오한테도 잘못이 있고…… 아까, 쿠쭈류 선생님에게 신세를 졌으니까요!!"

힘차게 일어선 미오 양은 허리에 두른 끈을 당기더니, "어~머~나~." 소리를 내면서 빙글빙글 돌고 탈의를 시작했다.

그 즐거워 보이는 모습에 마음에 동한 건지…….

"샤우도~! 샤우도 싸뿌에게 땁례하래~."

"뭐어?! 그, 그럼…… 저도……?"

홀렁홀렁~. 샤를 양도, 아야노 양도 기모노를 벗기 시작했다. 어어어엇?!

"다, 다들 잠깐만! 벗지 마! 기모노는 한 번 벗으면 다시 입기 힘드니까 벗지 말라고오오오오오오오오오오오오오오오오오오!!"

새해 첫 참배, 새해 첫 연구회, 그리고 새해 첫 기모노 탈의…….

처음으로 가득한 정월은 여자 초등학생의 탈의라는 영문 모를 결말을 맞이했다.

△ 아가씨의 정월

"······이런 일이 낮에 있었어~. 진짜 난처했다니깐~."

"새해부터 변태 로리콤이라고 자랑하는 거야? 귀가 썩을 것 같으니까 작작 좀 할래?"

지도 대국의 감상전을 하면서 첫 여초연 이야기를 하자, 야샤진 아이는 그렇게 딱 잘라 말했다.

오늘은 올해 첫 레슨을 하는 날이다.

고용주이기도 한 야샤진 아이의 할아버지에게 새해 인사도 할 겸, 오래간만에 롯코산 아래에 있는 야샤진 가문의 저택을 찾아 왔다.

첫수 의식 때 만났으니, 딱히 오래간만에 만나는 것도 아니다.

하지만, 그 이전······ 용왕 방어전 때는 전혀 만나지 못했다. 방어전이 끝난 후에 여류기사 신청의 사무 처리를 위해 만났고, 타이틀을 지킨 나에게도 '이겼구나? 흐음~.' 하고 말했을 뿐이다.

호의적으로 받아들인다면 바쁜 스승을 신경 써 준 것이다.

뭐, 그저 나를 만나는 게 귀찮았을 뿐이겠지······.

"······첫째 제자는 홀로서기를 못해서 문제지만, 둘째 제자는 자립심이 너무 강해서 걱정이네. 고집 좀 그만 부리고 스승인 나에게 어리광을 부리는 게 어때?"

"말도 안 되는 소리 작작 좀 해 주겠어?"

"응……."

"전에도 말했지만, 나는 경쟁 상대와 친해질 생각은 없어. 여류기사로서 최소한의 의무는 지키겠지만, 그 이외에는 마음대로 할 거야."

"너무하네. 회장님을 차고 내 제자가 되어 줬으면서 말이야."

"가족놀이에는 흥미 없어."

아이는 딱 잘라 그렇게 말했다.

"첫수 의식 때도 느꼈지만, 칸사이는 칸토에 비해 가족적인 느낌이 지나치게 강해. 하지만 결국 장기계란 경쟁의 세계잖아? 서로 친해져 봤자, 그런 건 기만이야. 타인을 밀어낸 죄책감을 얼버무리는 것에 지나지 않아."

"가족놀이……."

스승으로서, 아이의 이런 딱딱한 태도는 불안 요소다.

아이의 태도는 승부사로서 타당하다 할 수 있다. 옛날에는 그런 태도로도 족했다.

하지만 공동연구가 당연시되고 있는 현대에서 외톨이 늑대는 『연구 그룹』이라는 무리에게 제거당할 운명이다.

"……뭐, 요즘은 꼭 그렇지만도 않지만……."

"뭐가 그렇지만도 않다는 건데?"

"응? 아……."

나는 말끝을 흐린 후, 이 고독을 감수하며 홀로서기를 하려고 드는 천재의 성격에 대해 생각했다.

이 아이가 『가족』이라는 말에 과도하게 반발하는 것은 부모님을 여읜 것과 관련이 있을지도 모른다.

"그나저나 여류기사가 됐다고 부모님에게 보고한 거야?"

"성묘라면 다녀왔어."

"그래……. 뭐라고 하셔? 축하를 받았어?"

"별말 듣지 못했어. 영혼 같은 건 이 세상에 존재하지 않거든."

아이는 어깨를 으쓱하며 말을 이었다.

"존재하는 것은 생전의 흔적 뿐…… 추억이나 유품 같은 것뿐이야."

"부모님이 남겨준 장기 도구 같은 건 없어? 장기판이나 장기말 같은 거 말이야."

"할아버님께서 전부 처분하셨어. 그걸 쓰면 내가 슬픈 표정을 짓는다면서 말이야."

"그럼 지금 쓰고 있는 건——."

"새로 산 거야. 사용감은 딱히 다르지 않아."

"그렇구나……."

"장기판과 말만이 아니야. 기보나 연구 노트 같은 것도 관에 넣어서 전부 같이 태운 것 같아. 나는 장례식 전후의 일을 거의 기억하지 못하지만, 혹시 알고 싶다면 아키라한테라도——."

"아, 괜찮아! 미안해."

나는 괴로운 기억을 떠올리게 한 것을 사과한 후, 화제를 바꿨다.

"맞아! 여류기사가 됐으니까, 축하를——."

"됐어."

"그래? 기념 삼아 장기판이나 말 같은 건 어때?"

"좋은 장기판과 말을 쓴다고 장기 실력이 좋아지는 건 아니잖아?"

"비싸고 좋은 도구를 안 쓰고 먼지나 쌓이게 두는 건 아깝다는 생각 덕분에 장기를 계속 두게 되어서 실력이 늘기도 한다고."

"상관없어. 어차피 지금도 매일같이 장기 공부를 하는걸."

그건 그렇지…….

"나는 강해지고 싶어. 재능과 실력은 남이 나에게 선물해 줄 수 있는 게 아니야. 그러니까 나는 아무것도 필요 없어."

"그렇구나. 너는 강해지고 싶은 거지?"

나는 장기말을 정리하면서 고개를 끄덕인 후…….

"그럼 슬슬 『데뷔』를 시켜 주지. 이미 그럴 자격이 있으니까 말이야."

"뭐? 여류 데뷔전은 나중에 하는 걸로 알고 있는데?"

"공식전을 말하는 게 아니야."

나는 씨익 웃으면서 말했다.

"기사와 장려회 회원만 들어갈 수 있는 특별한 장소—— 칸사이 장기회관의 『기사실』에 데려가줄게."

♟ 제위의 오사카 방문

"이야, 긴코 양. 오래간만이구나."

계단으로 연맹 3층에 도착하자, 초로의 남성이 말을 걸어왔다.

"미네 씨…… 안녕하세요."

칸사이 장기회관에서 가장 고참인 직원이다.

이 사람은 나와 야이치가 어릴 적에도 장기회관의 직원이었다. 항상 웃는 얼굴로 나와 야이치를 지켜보는 이 사람을 우리는 몰래 《교장 선생님》이라고 불렀었다.

"일찍 왔구나. 오늘은 어떤 대국의 기록을 맡은 거니?"

"A급 순위전의 기록을 담당해요."

"그거 늦은 시간까지 해야겠네."

미네 씨는 위로하는 듯한 어조로 그렇게 말했다.

내가 일전의 편입시험에서 꼴사나운 장기를 뒀다는 것은 물론 알고 있을 텐데도 언급하지 않는 점이 감사했다.

장려회 회원의 업무 중에서 가장 중요한 것은 바로 『기록 담당』이다.

프로와 여류기사의 공식전은 반드시 기보로 작성된다. 그리고 그 기보를 작성하는 사람이 바로 기록 담당이다.

타인의 대국을 옆에서 그저 보기만 하는 것은 지겹고, 장기꾼으로서 굴욕이라 느낄 수도 있지만, 한편으로는 옛날부터 최고의 수행 방법으로 여겨지기도 했다.

대국자의 숨결을 느끼면서, 대국자와 같은 생각을 할 수 있다.

그 대국자가 강할수록 많은 것을 얻을 수 있으며, 대국 종료 후의 감상전에서 대국자들의 검토에 참여할 수 있는 특권 또한 주어진다.

칸토에 비해 대국 숫자가 적은 칸사이에서는 이 기록 담당이라는 일을 따내기 위해 쟁탈전이 벌어진다. 심심할 겨를이 없는 것이다.

게다가 기록 담당의 일은 단순히 기보 작성만 있는 것이 아니다. 제한시간의 관리, 초읽기, 대국 전후의 준비 등등, 나름 해야 할 일이 많다. 요즘에는 기보도 태블릿으로 입력하니 전자기기에 관한 지식도 필요하다…….

카라코 씨에게 진 날로부터 이틀 후.

나는 기록 담당으로서 일을 하기 위해 이곳에 왔다. 강해지기 위해서 말이다.

"오늘 대국의 기록 담당을 꼭 맡고 싶었어요. 다들 마찬가지여서 결국 장기말을 던져서 정했죠……."

"오이시 선생님의 대국이지? 《휘젓기의 마에스트로》는 인기가 좋지. 곧 옥장전의 방어전도 시작되는데, 그 대국의 기록 담당도 순식간에 정해졌단다. 긴코 양도 오이시 씨 때문에 이 대국의 기록 담당을 맡으려고 한 거구나?"

"……예."

나는 고개를 끄덕이기 직전, 잠시 눈을 내리깔았다.

"오이시 씨의 상대는 누구였더라?"

"제위예요."

"아…… 그 사람이구나."

미네 씨는 약간 난처한 표정을 지었다.

"음, 이번 대국은 큰일이겠는걸. 제위는…… 이런 말은 실례일지도 모르지만, 뭘 생각하는지 알 수 없는 분이니까."

"……실례를 범하지 않도록 유의할게요."

"오늘 기록 담당이 긴코 양이라 다행이야. 맛있는 차를 끓여주니까 말이야."

"감사……합니다."

칸토는 대량으로 만들어 둔 차를 내놓지만, 칸사이에서는 기록 담당이 직접 차를 끓인다. 그래서 차를 끓이는 사람에 따라 맛이 심하게 다르다. 차를 다시 끓여달라고 요구하는 사람도 있으며, 대국자가 직접 끓이는 사태도 벌어진다.

하지만……『차가 맛있다』는 칭찬을 들을 때마다 마음이 복잡했다.

승단 스피드가 빠를수록 기록 담당을 맡을 기회가 줄며, 차를 끓이는 법을 제대로 익히기도 전에 프로가 되는 것이다. 야이치가 전형적인 그런 케이스다.

"그런데 오늘은 평일이잖니? 학교에 안 가도 되는 거야?"

"오늘은 창립기념일이에요."

"그렇구나. 긴코 양의 학교는 창립기념일이 한 해에 몇 번이나 있나 보네."

"……오늘은 진짜예요."

《교장선생님》은 내 거짓말을 단번에 꿰뚫어 봤을 것이다.

그런데도 눈감아주는 것은 장기를 향한 내 자세를 높이 사기 때문이다.

칸토에서는 이런 행동을 용납하지 않는다고 들었지만, 칸사이에서는 기합이나 근성을 중시하는 기풍이 아직 남아 있다.

"그럼 준비를 해야 하니 이만 실례할게요."

"응. 힘내렴."

나는 미네 씨에게 고개를 숙인 후, 5층에 있는 대국실로 향했다.

어상단의 방 중앙에 장기판과 말, 그리고 방석을 준비한 후, 옆에는 기록용 책상을 뒀다. 힘이 약한 나에게는 이런 것도 중노동이다.

"휴우…… 다 됐어."

그 후, 기록용지와 제한시간 확인을 위한 표, 그리고 태블릿 등의 기록도구를 준비했다.

마지막으로 해야 하는 것은 바로 장기말 닦기다.

잘 마른 천으로 장기말을 하나씩 닦았다.

가장 먼저 상위자가 쓸 왕장(王將)부터 닦았다. 다음은 옥장(玉將)…… 그런 식으로 닦는 순서도 정해져 있다. 순서를 지키지 않더라도, 누군가가 그걸 보고 꾸짖지는 않지만 말이다.

"하지만…… 장기의 신은 보고 있잖아."

나는 거의 무의식적으로 그렇게 중얼거리면서, 앞면과 뒷면만이 아니라 모든 면을 깨끗하게 닦았다.

장기말을 다 닦은 후, 이번에는 장기판도 닦기 시작했다.

상석이 아니라 하석에 앉아서 말이다. ……장기의 신이 보고 있을 테니까 말이다.

그리고 깨끗해진 장기판 위에 장기함을 둔 순간, 등 뒤에서 인기척이 느껴졌다.

"앗! ……안녕하세요."

허둥지둥 뒤를 돌아본 나는 그대로 뒤편으로 물러서며 인사를 건넸다.

그런 나를 키가 크고 호리호리한 남성이 내려다봤다.

"……."

그 사람은 아무 말 없이 고개를 살며시 끄덕인 후, 다음 순간에는 내 존재 자체를 잊은 것처럼 조금 전까지 내가 있던 장소에…… 하석에 앉았다.

『제위』————— 오키토 요우.

칸토 소속이라 직접 만나는 일은 지극히 적다.

하지만 그의 얼굴은 철이 들기 전부터 알고 있었다.

장기계 7대 타이틀 중 하나인 『제위(帝位)』를 보유한 인물이자, A급이기도 한 최정상 프로다.

A급 소속과 타이틀 보유가 당연시되는 『S급』 기사 중 한 명이자, 명인 이후에 장기계의 패권을 쥘 거라고 여겨지던, 천재 중의 천재다.

하지만 이 사람은 한 번, 그 지위를 잃은 적이 있다.

타이틀도, A급이라는 지위도, 프로 기사로서의 자존심과 신뢰도, 전부 잃었고…… 목숨마저 잃을 뻔 했다.

그리고 되살아났다.

그뿐만 아니라 예전보다 훨씬 강해졌지만, 예전보다 더 많은 것을 잃으며, A급의 자리에 되돌아온 것이다.

대국이 시작되려면 30분 이상 남았다. 나는 숨이 막히는 듯한 느낌을 받은 나머지, 이 자리를 벗어나기로 했다.

"⋯⋯차를 끓여오겠습니다."

그는 대답하지 않았다.

──⋯⋯듣던 대로, 말수가 적은 사람이네.

대국실을 나선 나는 급탕실로 향하면서, 문틈으로 제위의 등을 쳐다보았다.

제위는 장기판 앞에 아무 말 없이 앉은 채, 기계처럼 조용히 생각에 잠겨 있는 것 같았다.

오이시 선생님의 장기와는 달랐다.

나는 오늘, 이 사람의 장기를, 가장 가까운 곳에서 보고 싶었다.

그 안에 강해질 방법이⋯⋯ 인류를 초월할 방법이 감춰져 있을 테니까.

⌂ 기사실 데뷔

『공원 데뷔』라는 것이 있다.

단순히 자기 아이를 공원에 데려가기만 하면 되지만 실패하면 앞으로의 인간관계 형성에 막대한 마이너스가 되는, 아이를 키우는 어머니에게 있어서 매우 중요한 이벤트다.

나 또한 그런 중요한 데뷔일을 맞이했다.

"괘, 괜찮을까⋯⋯? 괜찮겠지⋯⋯?"

초등학교 수업이 끝날 시간부터 계속 안절부절못하면서 연맹

1층 입구를 어슬렁거리고 있을 때, 마침 계단을 이용해 내려오던 여성이 나에게 말을 걸었다.

"쿠즈류 선생님, 왜 그러시죠? 평소보다 더 거동이 수상해 보입니다만?"

"쿠, 쿠구이 씨……."

관전기자인 쿠구이 씨다.

그 정체는 여류 타이틀 보유자이자 《유린의 마치》라는 별명을 지닌 쿠구이 마치 산성앵화다.

평소에는 '입니더', '입니대이' 같은 사투리를 요염한 어조로 사용하는 인기 여류기사다. 하지만 관전기자로서 일할 때는 말쑥한 정장 차림으로 표준어를 사용하는 상식인이 되기 때문에, 나는 항상 이 상태이기를 바랐다. 정장 차림일 때는 풍만한 가슴이 더 강조되어서 눈요기도 되니까 말이다……. 꿀꺽.

아차! 지금은 이럴 때가 아니지.

"시, 실은 오늘…… 제자들을 처음으로 기사실에 데려갈 생각이거든요……."

"아~. 『기사실 데뷔』를 시키려는 거군요."

쿠구이 씨는 동정하는 듯한 표정으로 나를 쳐다보며 고개를 끄덕였다.

『기사실』이란 연맹 3층에 있는 길쭉한 방을 말한다.

그곳은 프로, 여류, 장려회 회원, 그리고 관전기자만이 이용할 수 있는 자습실 같은 장소다.

이른 아침부터 밤늦은 시간까지 젊은이들이 장기를 두며 실력을 갈고닦는 수행장일 뿐만 아니라, 그들이 교류를 나누는 귀중한 장소이기도 했다.

"제자분은 여류기사가 되셨으니까요. 기사실에 출입할 자격은 얻었지만…… 하지만 그 방에 출입하더라도 같이 장기를 둘 상대가 없다면 그다지 의미가 없죠."

"예! 바로 그게 문제예요!"

여류기사가 되면 기사실에 자유롭게 출입할 수 있다.

하지만 그렇다고 해서 기사실을 자신이 있을 곳으로 삼았다고 볼 수는 없다.

공원과 마찬가지로, 그곳에 있는 사람들에게 받아들여지지 않는다면 아무 의미도 없다. 나는 제자들이 혼자서도 수행을 할 수 있는 여건을 만들어주고 싶지만…….

"쿠구이 씨는 어땠나요? 잘 풀렸나요?"

"저는 딱히 문제가 없었어요. 기사실에 출입하던 장려회 회원분들은 어린이 교실이나 연수회에서 저에게 가르침을 줬던 분들이 많기도 했고요."

장려회 회원은 기본적으로 아르바이트를 할 수 없다.

하지만 연맹에서 소개해 주는 장기 관련 업무라면 허용된다.

그래서 어린이 교실의 강사나 각종 장기 이벤트의 도우미, 도장이나 매점 아르바이트, 연수회에서의 지도 등, 연맹에서 장기를 둔다면 장려회 회원과 접점이 생긴다.

하지만…… 내 두 제자는 예외다.

"히나츠루 양과 야샤진 양은 연맹에 출입하기 시작하고 여류기사가 되기까지 1년도 채 걸리지 않았으니까요. 그런 짧은 기간 동안 장려회 회원과 친분을 쌓을 기회는 없었을 거예요."

"그래요! 바로 그게 문제예요!"

"게다가 용왕이 너무 과보호를 했죠. 홀로서기를 하는 건 어려울 것 같군요."

"그, 그렇게 보였나요……?"

"예, 그랬답니다."

쿠구이 기자는 힘찬 어조로 단언했다.

"오히려 용왕이 애지중지하는 제자와 멋대로 이야기를 나누거나 장기를 두면 스승의 심기를 건드리는 게 아닐까 하고 여기며 두려움에 떠는 장려회 회원도 있어요."

"내, 내가…… 제자들의 기사실 데뷔를 방해한 건가요……?"

"그만큼 로리…… 아니, 제자를 소중히 여기는 걸로 여겨지고 있는 게 아닐까요?"

"방금 로리콤이라고 말하려다 말았죠?! 설마 장려회 회원들도 하나같이 나를 로리콤이라고 생각하는 건가요?!"

"그런데 용왕의 기사실 데뷔는 어땠죠?"

쿠구이 씨는 노골적으로 이야기를 돌렸다.

"나요? 나는 카가미즈 씨가 친절하게 대해 준 덕분에 잘 풀렸지만……."

"혹시 데뷔에 실패한 사람이 있나요?"

"…………사저가……."

"아…… 그랬죠……."

사저가 기사실을 처음으로 방문한 것은 네 살 때다. 10년도 더 됐다.

당시에는 기사실의 분위기도 좀 느슨한 편이었고, 장려회 회원과 젊은 기사들의 수행 장소라기보다 휴게실 같은 느낌이었다. 연습 장기도 두지만, 그 옆에서 잡담을 나누거나 야구 중계를 보는 장소였다. ……그래서 사저와 나는 사부님을 따라 견학 삼아 기사실을 방문했다. 엄청 가슴이 뛰었다.

나는 남자애라 그런지 금방 대국 상대를 구해서 접장기로 한 수 배웠다. 칸사이 장려회 명물인 10초 장기를 둔 것이다. 물론 엉망진창으로 깨지기는 했지만, 정말 즐거웠다.

하지만 사저는 여자인 데다 낯을 엄청 가리는 탓에 기사실의 분위기에 쉽게 녹아들지 못했다.

사부님의 뒤편에 숨은 채 신경이 곤두선 고양이처럼 주위 사람들을 위협했고, 웬일로 기사실에 있던 오이시 씨를 향해 "네가 오이시지?" 하고 말하더니, "우리 사부님을 괴롭히지 마!! 몰이비차 따위 이 세상에서 사라져버려!!" 하고 말했던 게 바로 이때다.

남들의 기억에 남는다는 의미에서 본다면 최고의 데뷔였지만…….

"……안 그래도 눈에 띄는데, 그런 식으로 데뷔를 한 바람에 몰이비차 파의 미움을 된통 샀죠. 결국 『소라 긴코를 쳐부수는 모임』 같은 것도 결성됐다니까요……."

"그런 일도 있었죠."

"내 제자들이 그런 실패를 겪게 하고 싶지 않아요! 하지만 아이 아가씨는 사저와 맞먹을 정도로 콧대가 높고, 아이도 고집 하나는 사저와 맞먹는데……."

"……용왕 러브러브인 점도 맞먹을 거에이."

"응? 방금 뭐라고 하셨어요?"

"듣지 말라고 작게 말한 거니까 신경 쓰지 마세요."

쿠구이 기자는 빙긋 웃더니…….

"그렇게 불안하면 다른 날에 하면 되지 않을까요? 좀 더 준비를 해서……."

"준비라면 했어요! 그야말로! 완벽하게요!"

"어떤 식으로 말이죠?"

"사저가 기록 담당을 맡아서 기사실에 없는 날을 골랐어요! 그런 날은 바로 오늘뿐이라고요!"

"아하, 확실히 오늘뿐이겠죠."

내 제자와 사저가 기사실이라는 좁은 공간에 같이 있는 것은 여러 종류의 독충을 한 상자 안에 넣는 것과 마찬가지다. 분명 누군가가 죽을 것이다. 경우에 따라서는 모두 죽을지도 모른다.

그래서 그 도깨비가 없을 때 데뷔시키고 싶지만…….

"아, 맞다! 쿠구이 씨가 그 애들을 기사실에 안내해 주지 않겠어요?!"

"제가…… 말인가요?"

"쿠구이 씨와 츠키요미자카 씨는 기사실의 주인이라도 된 것처럼 툭하면 그 방을 차지하고 허튼소리나 늘어놓잖아요?! 그런 쿠구이 씨가 인정해 준다면, 내 제자들도 기사실에 큰 무리 없이 녹아들 수 있을 거예요!"

"사람을 무슨 감옥의 고참 죄수처럼……."

"비슷하잖아요?! 부탁할게요! 이 빚은 언젠가 꼭 갚겠어요!!"

나는 두 손바닥을 맞대며 고개를 숙였다.

하지만…….

"싫어요."

"왜요?!"

"그야──."

쿠구이 씨는 안경을 벗으면서 내 귓가에 입을 가져가더니…….

"……내보다 딴 여자애들을 더 신경 쓰기 때문이대이."

입술이 귀에 닿을락 말락 하는 거리에서 그렇게 속삭이면서 요염한 미소를 지은 후, 자판기에서 페트병 차를 두 개 사서 들고 계단을 올라갔다.

그 어마어마한 색기 때문에 얼이 나가 있던 내가 다시 정신을 차린 것은…….

『텐짱과 후쿠시마역에서 합류했어요~!』

……아이의 메시지가 왔을 때였다…….

기사실에서는 장기를 두는 소리와 대국시계의 전자음만이 담담히 울려 퍼지고 있었다.

"안녕하세요~."

나는 가볍게 인사를 건네며 안으로 들어갔다.

연습 장기를 두고 있는 장려회 회원이 세 쌍 정도 있었다. 그들은 용왕이 왔는데도 대답조차 하지 않으며 장기에 몰두하고 있었다. 이곳은 그런 행동이 허용되는 공간이다.

인간이 아니라 장기야말로 가장 존중받는 공간―― 그곳이 바로 칸사이 본부 기사실이다.

"여어. 역시 타이틀 보유자쯤 되면 늦장 출근을 하는걸."

"야이치 씨♡"

길쭉한 방 안쪽에서 검토용 장기판을 사이에 두고 앉아 있던 두 장려회 회원만이 내 인사에 답했다.

카가미즈 히우마 3단과 쿠누기 소타 2단이다. 나이는 스무 살 가량 차이가 나지만, 이 두 사람은 사이가 좋았다.

나는 방 밖에서 우물쭈물하고 있는 두 제자에게 손짓을 했다.

"자아, 그런데 서 있지 말고 들어와."

"시……실례하겠습니다……."

"……실례하겠어요."

느닷없이 여자 초등학생이 두 명이나 들어오자, 대국을 하고 있던 장려회 회원들도 한순간 이쪽을 쳐다봤다. 하지만 곧 장기판을 향해 고개를 돌렸다. 이곳은 여자 초등학생보다 장기가 중요시되는 공간인 것이다…….

"이야, 두 사람 다 이쪽으로 와볼래?"

카가미즈 씨가 미소를 지으며 내 제자들을 향해 손짓을 했다.

나는 스승으로서, 두 제자의 머리에 손을 얹으며 억지로 인사를 시켰다.

"실은 오늘이 이 아이들의 기사실 데뷔 날이에요……."

"자, 잘 부탁드려요!"

"뭐하는 거야?! 아이도 아니니까 인사 정도는 할 줄 안단 말이야!"

히나츠루 아이는 순순히 고개를 숙이고 나서 내 손을 꼭 움켜잡았고, 야샤진 아이는 자신의 머리에 놓인 내 손을 거칠게 쳐냈다. 내 제자들의 개성은 확연하게 표현된 것 같았다.

카가미즈 씨와 소타는 그리움이 묻어나는 듯한 어조로 이렇게 말했다.

"하하하. 뭐, 누구나 기사실 데뷔를 할 때면 긴장하는 법이지."

"그래요. 저도 긴장했었다니까요."

"에이, 소타는 눈곱만큼도 긴장 안 했었잖아."

"그랬나요? 잘 생각이 나지 않네요."

소타는 웃음을 흘렸다. 확실히 열한 살 어린애답지 않게 차분해 보였다.

"너희가 와 줘서 다행이야. 오늘 대국을 소타와 검토하고 있는데, 영 진행이 느려서 말이야. 이참에 기사실 데뷔자의 대국 상대를 맡아 볼까?"

카가미즈 씨는 내 두 제자를 향해 고개를 돌리더니…….

"야샤진 양? 나와 대국을 하지 않겠어?"

댄스 신청을 하듯 야샤진 아이를 향해 손을 내밀었다.

그러자 소타는 의아하다는 듯이 고개를 갸웃거렸다.

"왜 저 애와 두려는 거죠?"

"응? 뭐…… 흥미가 있거든."

야샤진 아이는 그 말을 듣고 카가미즈 씨를 뚫어져라 쳐다보더니, 이렇게 물었다.

"당신…… 로리콤이야?"

"왜 그렇게 생각하는 거지?!"

"그야 우리 스승과 친하잖아? 그러니 흥미를 가지는 대상도 비슷……."

그 말은 내가 어린 여자애에게 흥미가 있다는 소리야?!

"무, 무례하잖아! 모처럼 장려회 3단이 장기를 같이 두자고 했으니, 순순히 한 수 배우도록 해!"

"…………."

야샤진 아이는 값을 매기는 듯한 눈길로 카가미즈 씨를 관찰한 후…….

"당신, 몇 살이야? 적어도 20대 후반이지?"

느닷없이 폭탄 발언을 입에 담았다. 어어어어이!!

"아무리 3단이라도 그 나이가 될 때까지 장려회에서 노닥거리고 있을 정도로 소질 없는 인간의 장기는 배우고 싶지 않아. 어차피 한 수 배울 거면 저 사람한테 배울래. 쿠누기 2단…… 맞지?"

"저는 상관없어요."

소타는 바로 응했다.

카가미즈 씨는 쓴웃음을 지으면서 야샤진 아이에게 자리를 양보했다. 카가미즈 씨를 향해 고개를 숙인 나는 둘째 제자를 노려보았지만, 아이 아가씨는 스승의 분노 같은 건 산들바람 정도로도 여기지 않는 것 같았다. 하아…….

소타가 내 얼굴을 쳐다보면서 물었다.

"어느 정도 접어두도록 할까요?"

"맞장기를 두겠어."

내가 대답하기도 전에 야샤진 아이가 말했다. 으윽…….

아이 아가씨는 장려회 2단과 자신이 같은 수준이라고 주장한 것이다. 여류기전에서 승승장구해서 기고만장……해진 것이 아니라, 본인에게는 이게 정상 영업인 것이다.

"……이 아이는 마이나비 본선에서 칸토 장려회의 노보료 카렌 2급에게 완승한 적도 있어. 맞장기를 두더라도 그렇게 꼴사나운 대국은 되지 않을 거라고 생각해."

"흐음. 대단하네요."

소타는 내 말을 듣더니 빙긋 웃었다.

야샤진 아이는 왕장(王將)과 선후수를 정하기 위해 장기말을 던질 권리는 양보해 어느 정도 경의를 표한 후, 대국시계의 스위치를 눌렀다. 후수가 된 야샤진 아이의 손길에서는 기합이 흘러나왔다. 2단 상대로도 이길 수 있다고 생각하고 있으며, 이길 생각으로 싸울 심산인 것 같았다. 날카로운 긴장감이 느껴졌다. 내 손을 움켜쥔 아이의 손에도 힘이 들어갔다.

시계가 움직이기 시작하자, 소타가 첫 수를 두기 전에 입을 열었다.

"야샤진 양."

"왜?"

"첫 수에서 『의미 없는 수』가 뭐라고 생각하죠?"

"뭐?"

"첫 수의 이점을 포기하며, 한 수를 버리는 듯한 수 말이에요."

"갑자기 무슨 소리를 하는 거야? ……3팔금 같은 거 아니야?"

"그렇군요. 그것 말고는요?"

"내가 그런 걸 어떻게 알아? 뭐, 7팔금 같은 거라든가?"

따악.

소타는 첫 수를 뒀다. 그러자 야샤진 아이는 고양이처럼 눈을 치켜떴다.

"앗……?!"

첫수————3팔금.

"나를 얕보는 거야……?"

야샤진 아이는 동공이 열릴 정도로 눈을 치켜떴지만, 소타는 한쪽 볼만 살짝 씰룩이는 미소를 지었다. 자신만만했다.

"…………."

야샤진 아이는 상대의 도발이라고 할 수 있는 그 수를 꾸짖듯 속공으로 결판을 내기 위해 비차(飛車) 앞의 보(歩)를 전진시켰다.

그리고 소타의 두 번째 수는————.

"""어?!"""

야샤진 아이만이 아니었다.

관전하고 있던 나, 히나츠루 아이, 카가미즈 씨, 그리고 옆에서 장기를 두던 장려회 회원조차도 그 수를 보고 경악했다.

　──7팔금.

　소타는 야샤진 아이가 의미 없다고 단언한 수를 연달아 둔 것이다. 두 수를 버린 거나 마찬가지다.

　"……………………죽여 버리겠어…….'"

　평소 새침한 목소리로 장난삼아 입에 담던 『죽여 버리겠어』가 아니다.

　명확한 살의가 담겨있는, 오싹할 정도로 낮은 목소리로 그렇게 말한 야샤진 아이는 장기판 맞은편에 앉아 있는 상대를 노려보았다. 그리고 상대의 심장을 날붙이로 찌르는 듯한 손놀림으로 비차 앞의 보를 전진시켰다.

　서반의 진형 구성을 본 히나츠루 아이는 눈을 깜빡였다.

　"와아아~! 선수의 금이 만세＼(＾o＾)/를 하고 있어요~!"

　"응…… 만세를 하고 있네…….'"

　프로 공식전에서 첫수 3팔금은 존재하지 않는다. 그리고 방어의 핵심인 금(金)을 옥(玉)으로부터 애초부터 떨어뜨려놓는 그런 의미 없는 수를 두는 인간은 존재하지 않는다.

　그렇다…… 인간은 이런 장기를 두지 않는다. 인간은.

　야샤진 아이는 정석을 부정하는 그 수를 보더니, 장기의 정석에 따르며 상대방을 꾸짖으려 했다.

　하지만…….

　"어, 어째서……?!"

　70수 정도 됐을 즈음, 야샤진 아이는 공격할 수단을 대부분 잃었다.

『완절(完切)』이라 불리는 상태다.

야샤진 아이가 가장자리에서 공격하자, 소타는 그 공격을 가볍게 피하며 전부 무효화시킨 것이다.

보통은 투료할 상황이지만——.

"……이대로 끝낼 수는 없어!!"

야샤진 아이는 이를 악물면서 비차(飛車)를 내주더니, 응수 태세에 임하면서 철저항전의 뜻을 드러냈다. 자신의 특기인 응수로 소타의 미스를 유도할 심산이겠지만…….

"…………."

소타는 말받침에 놓여 있던 잡은 말을 쥐더니, 손가락으로 그것을 빙글빙글 돌리기 시작했다.

장기말과 장난을 치고 있는 듯한 그 동작에 호응하듯…….

"이렇게, 이렇게, 이렇게……."

내 옆에 있는 또 한 명의 제자가 몸을 앞뒤로 흔들어대기 시작했다. 이 국면에서 외통수의 냄새를 맡은 것이리라.

"이렇게, 이렇게, 이렇게이렇게이렇게이렇게이렇게이렇게이렇게————."

따악!!

히나츠루 아이가 몸을 앞뒤로 흔들고 있을 때, 소타는 만지작거리던 장기말을 장기판에 뒀다.

"윽?!"

장기판 위에 펼쳐진 그 한 수를 본 순간, 우리 둘은 눈을 치켜떴다.

——아이가 수를 끝까지 읽기도 전에……?!

그 후로 소타는 노타임으로 계속 수를 두더니…… 야샤진 아이의 옥(玉)에 장군을 걸었다.

역시 끝까지 수를 읽은 것이다. 나나 히나츠루 아이보다 먼저 말이다.

도망칠 곳이 없는 장소까지 몰린 야샤진 아이는 이를 갈면서 장기말을 던졌다.

"큭!! ……더는 무리야."

"응? 뭐가 말이죠?"

"내가 졌다는 말이야!!"

"후후. 감사합니다."

소타는 한쪽 볼을 씰룩이면서 인사를 건넨 후, 이렇게 말했다.

"솔직히 고백하자면, 저는 애초부터 첫수로 3팔금을 둘 생각이었어요."

애초부터……?

"느닷없이 제가 3팔금을 둔다면 경계할 테니까…… 하지만 아까 같은 식으로 물으면 보통 3팔금 아니면 7팔금을 언급하기 마련이잖아요?"

알고 나면 단순한 마술이다.

야샤진 아이는 자기 생각에 따라 『3팔금』을 말했다고 생각했지만, 실은 소타가 그러도록 유도했다. 그리고 소타가 장기로 삼는 전법에 자기 발로 뛰어들고 만 것이다……

"그래. 내 제자를 일부러 부추겨서 자기가 원하는 수를 두게 컨트롤한 거구나."

"예. 카가미즈 씨를 업신여기는 걸 보고 열 받기도 했고, 칸토의 2급한테 이긴 거 가지고 장려회를 얕보면 곤란하니까요."

"윽……!!"

귀엽게 생긴 소타의 입에서 신랄한 말이 쏟아져 나오자, 야샤진 아이는 분하다는 듯이 입술을 깨물었다.

하지만 진정으로 신랄한 것은 다음 말이었다. 소타는 진심 어린 눈빛을 머금으며 이렇게 단언한 것이다.

"뭐, 저는 첫수 3팔금도, 7팔금도 친짜로 최선의 수라고 생각하지만 말이에요."

"3팔금이 최선의 수……?"

나는 이 발언을 듣고 놀랐으며, 패배한 야샤진 아이는 바보 취급을 당했다고 생각하는 건지 눈빛이 더 날카로워졌다. 큰일 났다.

"아…… 저기, 뭐냐."

말로 형용할 수 없는 분위기가 흐르는 가운데, 나는 억지로 이야기를 정리하려 했다.

"이제 너희도 장려회 회원의 실력과 장기의 심오함을 충분히 이해했을 거라고 생각해! 이 기사실에 오면 이렇게 강한 사람들과 장기를 둘 수 있으니까, 더욱 강해지기 위해 적극적으로 이용——."

"사부님~."

"응? 아이, 왜 그래?"

"이곳에는 프로인 선생님들도 자주 오시나요?"

"그래. 나처럼 젊은 사람들이 중심이니까, 너도 익숙해지면 편하게 드나들 수 있을 거야."

히나츠루 아이는 환한 얼굴로 내 손을 움켜잡으며 말했다.

"그럼 사부님도 평소에 이곳에서 연습 장기를 두시겠네요?!"

"응? 뭐, 그래."

"그럼, 저는 사부님과 연습 장기를 두고 싶어요!"

"뭐? 나와?"

"예! 사부님은 용왕이니까 제일 세죠? 그러니까, 사부님에게 가르침을 받고 싶어요! 그게 가장 공부가 될 거예요! 아이의 기사실 데뷔전은 사부님과 치르고 싶어요!!"

"오오? ……응? 어라~?"

홀로서기를 시키려고 여기에 데려온 건데…… 나는 제자와 장기를 더 많이 두기로 약속을 하고 말았다. 어쩌다 이렇게 된 거지?

나는 오늘, 제자들의 기사실 데뷔를 성공시키기 위해 이곳에 온 건데───.

"…………반드시…… 죽여 버리겠어…….."

야샤진 아이는 주위 사람들과 친해지는 것은 고사하고 더욱 독기를 품었고…….

"앞으로 쭈우우욱~ 집에서만이 아니라 연맹에서도 사부님과 같이 있을 수 있겠네요♡ 더욱, 더욱, 더욱~! 사부님과 장기를 두고 싶어요♡♡"

히나츠루 아이는 나한테 더욱 들러붙었다.

실패다!

제자들의 기사실 데뷔는 완전히 실패로 끝났다!!

"으음…… 저기………… 그러니까…………."

무슨 짓을 하더라도 전부 역효과만 나는 상황에서, 나는 두 제자들을 이끌어 나갈 방법을 전혀 찾아내지 못했다.

오늘은 그것 말고도 두 사람이 경험해 줬으면 하는 데뷔가 더 있는데……!

생각해!

이 국면을 타파할 기사회생의 한 수를 찾는 거야──!!

"마, 맞아! 이 기사실에서는 4층과 5층의 대국실에서 펼쳐지는 공식전을 리얼타임으로 볼 수 있어!"

"그런 건 핸드폰 중계로도 볼 수 있잖아?"

"에이, 그건 중계기자가 작성한 데이터만 보는 거잖아?! 이건 천장 카메라의 영상을 그대로 볼 수 있어! 생중계라고!"

나는 야샤진 아이의 흥미를 끌기 위해 기사실 안쪽에 있는 모니터를 조작했다.

"IP 카메라라서 연맹의 로컬 네트워크로 관리하는데, 오사카의 대국만이 아니라 칸토의 대국도 전부 볼 수 있어. 대국을 하지 않을 때는 다다미만 나오지만 말이야."

"흐음…… 꽤 재미있네."

"그렇지?! 기사실은 재미있는 곳이야!! 응!!"

나는 기사실의 인상을 좋게 하려고 그런 말을 늘어놓았다.

하지만 내가 말을 잇기도 전에, 두 제자는 화면에 집중하고 있었다.

오늘 있는 칸사이의 대국은 딱 하나 뿐이다.

그리고 모든 기전(棋戰) 중에서 제한시간이 가장 긴 대국이니, 아마 한밤중까지 이어질 것이다. 저녁때가 되어서야 24수째를 두면서 겨우 장기말이 격돌하기 시작했다. 비정상적일 정도로 페이스가 느렸다.

두 대국자가 신중을 기하고 있는 것이다. ……하지만 그럴 만한 이유가 있는 대국이기도 했다.

A급 순위전 7회전── 오이시 미츠루 옥장 VS 오키토 요우 제위.

"타, 타이틀 보유자 간의 대결이네요……!"

"곧 시작될 옥장전의 전초전이기도 하네. 절대로 질 수 없는 일전인 거야…….."

내 두 제자는 대국자의 이름을 보더니 긴장한 목소리로 그렇게 말했다.

장기 자체도 독특했다.

"그런 대국에서…… 맞비차?"

야샤진 아이는 화면을 쳐다보면서 인상을 찡그렸다.

"……그 할망구가 여류명적을 상대로 썼던 전법이네."

할망구=케이카 씨.

"그래. 몰이비차 전법 중에서도 난전이 되기 가장 쉬운 전법이지. 힘겨루기를 좋아하고 가벼운 휘젓기를 즐겨 쓰는 오이시 씨와 상성이 좋은 전법이기도 해. ……하지만, 카가미즈 씨? 오이시 씨가 맞비차를 쓰는 걸 어떻게 생각하죠?"

"신기한 일인걸."

몰이비차 파인 카가미즈 씨는 《휘젓기의 마에스트로》의 열렬한 신봉자이며, 오이시 씨가 대국을 하는 날에는 꼭 연맹에 온다. 오늘도 우리가 오기 전까지 소타와 이 장기를 검토하고 있었을 것이다.

"싱글벙글 중비차에서의 파생으로 맞비차를 사용할 때는 있지만, 오이시 선생님이 이 전법을 두는 것 자체는 드문 일이야."

야샤진 아이는 내 얼굴을 쳐다보면서 물었다.

"상대방의 연구에서 벗어나려는 속셈이야?"

"그런 의도도 있겠지만, 이건——."

국면이 진행될수록…… 집중력 또한 가속됐다.

수면부족 상태라 멍하던 사고능력이 극도로 집중되는 것이 느껴졌다.

오이시 씨의 구상이 내 장기관(將棋觀)을 자극한 것이다.

이렇게 외부로부터 자극을 받으면 내 의지와 상관없이 스위치 같은 게 켜지면서 아이디어가 차례차례—— 미래로 이어지는 분기점이 넘쳐 나온다.

장기가…… 멈추지를 않아……!

"……아래에 내려가서 계속 이야기하자."

"“아래?”"

내 두 제자가 동시에 되물었다.

사실 오늘 이 아이들에게는 기사실 데뷔 이외에도 또 하나의 데뷔를 시킬 예정이다.

"사부님? 아래에서 뭘 하는데요?"

"괜히 뜸 들이지 말고 빨리 말해."

나는 궁금해 하는 제자들에게 대답해 줬다.

"여류기사의 중요한 업무————— 보드 해설의 『리스너』야."

♟ 첫 보드 해설

『그럼 지금부터 A급 순위전 7회전, 오이시 미츠루 옥장과 오키토 요우 제위의 대국에 대한 해설회를 시작하겠습니다. 사회는 저, 카가미즈 히우마 3단이 맡겠습니다.』

2층 도장에서는 마이크를 쥔 카가미즈 씨가 능수능란하게 사회를 보고 있었다.

이 도장 옆 비상문 너머에 있는 계단의 층계참에서, 나는 야샤진 아이에게 비난을 당하고 있었다.

"……잠깐만! 나, 그런 말 못 들었거든?!"

"그럴 거야. 나도 말하지 않았거든~."

"왜 말하지 않은 건데?!"

"그야 미리 말했으면 도망쳤을 거잖아?"

사자는 천 길 낭떠러지에서 자식을 떨어뜨린다고 한다.

나 또한 그 사자와 같은 심정이다. 사람들 앞에서 이야기를 하는 것에 익숙해질 방법은 반복 경험뿐이다. 여류기사에게 리스너는 결코 피할 수 없는 업무다. 그러니 빨리 경험해 보는 편이 나을 것이다.

"으으으~…… 기, 긴장돼요~!"

히나츠루 아이는 양손으로 머리카락을 가다듬으면서 겁먹은 강아지처럼 안절부절못했다.

한편, 야샤진 아이는 혀를 차면서 짜증 섞인 목소리로 나를 비난했다.

"이 쓰레기! 미리 알려주지도 않고 이런 일을 시켜?! 너, 진짜 쓰레기구나!"

"고마워. 최고의 칭찬이야……."

나는 비상문을 살짝 열어서 도장 안을 살펴보았다.

장기판이 치워진 도장 안에는 접이식 의자가 줄지어 놓여 있다. 해설회 준비를 해준 사람은 카가미즈 씨와 소타를 비롯한 장려회 회원이다. 그리고 의자는 손님들로 가득 차 있었다.

카가미즈 씨는 나를 향해 눈짓을 보내면서 해설자를 소개했다.

『오늘의 해설자는 쿠즈류 야이치 용왕, 첫 리스너는――.』

자, 시작이다.

나는 히나츠루 아이의 손을 잡아끌면서 비상문을 연 후, 임시 대기실인 비상계단의 층계참에서 도장 안으로 들어섰다.

바로 그때, 카가미즈 씨의 목소리가 해설회가 개최된 도장에 울려 퍼졌다.

『첫 리스너는 얼마 전에 여류기사가 된 히나츠루 아이 여류 2급입니다!』

짝짝짝————!!

"우와아……! 자, 잘 부탁드립니다!!"

성대한 박수를 받은 아이가 이마가 무릎에 닿을 듯한 기세로 힘차게 고개를 숙였다. 몸 한 번 정말 유연하네.

『이 자리에 계신 여러분은 이미 아시겠지만, 히나츠루 여류 2급은 용왕의 첫 제자입니다. 그리고 오늘은 히나츠루 선생님의 리스너 데뷔일이기도 합니다! 오늘 이 자리에 와주신 여러분은 정말 운이 좋으시군요! 귀중한 데뷔전을 마음껏 즐겨 주십시오.』

"으음~ 그렇게 됐어요. 여러분, 잘 부탁드립니다."

카가미즈 씨의 아나운스를 내가 이어받으면서, 해설이 시작됐다.

대형 장기판 보드의 오른편에는 내가, 그리고 왼편에는 히나츠루 아이가 섰다. 이게 해설회에서의 일반적인 자리 배치다.

한편, 긴장한 듯한 아이는 손님까지 신경을 쓸 수 없는지, 겁먹은 강아지처럼 나만 쳐다보고 있었다.

——아이의 긴장이 객석까지 전해진 탓에 분위기가 굳어졌는걸…….

우선 가벼운 토크로 분위기를 풀면서 제자의 긴장 또한 누그러뜨리는 게 스승의 책무일 것이다.

"아이는…… 아, 『히나츠루 양』이라고 불러야겠군요. 둘이서 대화를 나누니 집에 있을 때 같은 느낌으로 대하게 되네요."

아하하하하…….

객석에서 낮은 웃음소리가 들려왔다. 약간 분위기가 풀린 것
같았다. 조금만 더 하면 돼!

"히나츠루 양은 오늘 처음으로 리스너를 맡았습니다만, 애초
에 장기를 시작한 지도 1년 정도밖에 안 됐죠. 그런데 벌써 여류
2급이 되다니, 정말 재능이 대단한걸요!"

"예엣?! 저, 저기…… 아이도…… 아, 아니지! 저, 저도……
이렇게 빨리 여류기사가 된 게 믿기지가 않아요……."

"그렇군요. 그럼 사부님이 잘 가르쳐 준 덕분인 거군요."

푸하하!

객석에서 웃음이 터져 나왔다. 반응은 이 정도면 충분할 것이
다!

"하지만 히나츠루 양. 이렇게 빨리 여류기사가 됐으니, 해설
회를 볼 기회도 거의 없었겠군요?"

"아, 예……. 실은 거의 없어요……."

아이는 자신 없는 목소리로 그렇게 말하며 고개를 숙였다.

"하지만 사부님이 해설하시는 모습을 본 적은 있어요."

"호오, 어디서 봤죠?"

"도쿄의 장기회관에서요."

아, 지뢰를 밟았다.

그 순간, 나는 절대로 밟아서는 안 되는 지뢰를 힘껏 밟았다는
사실을 깨달았다.

긴장한 아이의 목소리가 정체불명의 열기를 머금기 시작했다.

"여류기사 선생님과 니코니코 생방송에서의 기제전 해설을 함께 하시는 모습을 견학한 적이 있어요. 로쿠로바 선생님과 즐겁게 해설을 하셨죠."

"그런 일도 있었죠. 그럼 이번 대국의 첫수부터 해설을——."

"사부님은 로쿠로바 선생님의 가슴만 보셨어요."

"뭐어?! 아, 안 봤거든?!"

"보셨죠?"

"…………뭐, 힐끔힐끔하기는 했는데……."

"『용왕 가슴 너무 쳐다보네ㅋㅋ』라는 코멘트가 달릴 정도로 뚫어져라 쳐다보셨죠?"

"…………."

"로쿠로바 선생님만이 아니죠? 케이카 씨나 쿠구이 선생님의 가슴도 보잖아요. 사부님은 가슴이 큰 여성이 좋아죽는 거죠?"

"그, 그게…… 하하하. 꽤 날카로운 공격인걸! 그럼 첫수부터 해설을——."

"말 돌리지 마세요. 지금은 사부님이 가슴이 큰 여성을 좋아하는지·아닌지에 대해 이야기하고 있잖아요."

"하, 하지만 지금은 장기 해설회……."

"이것도 엄연한 장기 해설이에요! 장기계의 정점에 선 용왕에 대해 해설하는 거라고요! 손님 여러분도 듣고 싶으시죠?!"

"그래~!" "용왕, 도망치지 마!" "너, 로리콤이 아니었던 거냐?!"

칸토 쪽 손님들은 얌전한 편이지만, 칸사이의 손님은 해설자와 리스너가 말하고 있을 때도 태연하게 딴죽을 날려댄다.

그 덕분에 분위기가 달아오르기 때문에 평소에는 감사하지만…… 오늘은 입 좀 다물고 있어!!

"다, 다음 한 수! 다음 한 수 퀴즈를 해 보죠!"

『뭐?! 이 타이밍에 말이야?!』

카가미즈 씨는 내 말을 듣더니 화들짝 놀랐다.

뭐, 놀라는 것도 무리는 아니다. 대형 보드의 장기말은 단 한 번도 움직이지 않았다. 즉, 첫수를 맞혀 보라는 소리다. 솔직히 말해 예상 같은 것을 할 필요가 없다. 나도 기보 중계를 봤기 때문에 이미 알고 있는 것이다.

하지만 이럴 수밖에 없다고!

『그, 그럼 다음 한 수 퀴즈를…… 으음, 오이시 옥장이 첫수로 뭘 둘지…… 아니, 뭘 뒀는지를? 방청객 여러분께서 맞춰주셨으면 합니다…….』

해설회의 재밌거리라면 바로 이거!

대국자가 다음에 어떤 수를 선택할지 맞추는 게임이다.

정답을 맞힌 사람은 장기 기사의 사인 색지와 부채, 장기서적 등을 받으며, 흔치 않은 기사 굿즈를 손에 넣을 귀중한 기회이기도 했다.

『쿠즈류 선생님. 후보수를 세 개 정도 거론해 주시겠습니까.』

"그럴까요. 그럼——."

"사부님이 선택할 법한 여성 타입을 맞혀 주세요!"

"뭐?!"

"후보는 이 세 가지예요~."

A 초등학생

B 글래머 여류기사

C 기타

"어?! 다음 한 수 퀴즈가 원래 이런 퀴즈였어?!"

투표 결과는 『A 초등학생』이 압도적으로 많았다고 한다.

『오래 기다리셨습니다. 그럼 해설을 계속하겠습니다. 그리고 피치 못할 사정 때문에 리스너를 교대하게 됐으니, 양해 부탁드립니다.』

약간 긴 휴식 시간이 끝난 후…….

"……어때? 준비는 됐어?"

"너야말로 괜찮아? 땀을 엄청 흘리는 것 같은데 말이야."

"…………괜찮습니다…….."

……예정대로 리스너를 교대하기는 했지만, 설마 해설회 시작 15분 만에 교대하게 될 줄은 몰랐다. 첫수를 해설하기도 전에 교대하다니, 그야말로 전대미문의 일이다.

또한, 완전히 흥분한 히나츠루 아이 양은 내 부탁을 받은 케이카 씨가 사부님의 집으로 데려갔습니다. 케이카 씨의 가슴을 보는 아이의 눈길이 무시무시했어.

『다음 리스너 또한 오늘 해설회에서 리스너 데뷔를 합니다.』

카가미즈 씨의 그 말을 신호 삼으며, 나와 야샤진 아이는 도장 안으로 들어갔다.

『용왕의 두 번째 제자이자 사상 최연소 여류기사, 처음으로 출전한 마이나비 여자 오픈 본선에서 현재 맹활약 중인————야샤진 아이 여류 2급입니다!』

짝짝짝짝——!!

아이 때보다 박수소리가 큰 것은 야샤진 아이가 칸사이 출신이기 때문일까.

아니면——.

『야샤진 양은 고향인 코베에서 크게 주목을 받고 있으며, 《코베의 신데렐라》라는 멋진 별명도 가지고 있습니다.』

"잠깐만! 그 별명, 언급하지 말라고 내가 거듭 말했었지?! 너, 죽고 싶어?!"

카가미즈 씨는 당황한 내 제자를 향해 윙크를 했다.

기사실에서 당한 걸 복수한 것 같았다. 아무리 사소한 일일지라도, 승부사는 가만히 당하기만 하지 않는다. 아이 아가씨에게는 좋은 교훈이 됐을 것이다.

제대로 시작해 보기도 전에 한 방 맞은 야샤진 아이가 연이어 묵직한 공격을 당했다.

"아가씨! 이쪽! 이쪽을 봐 주세요!!"

검은색 양복 차림에 선글라스를 낀 여성이 비디오카메라를 든 채 크게 손을 흔들고 있었다.

야샤진 아이의 보디가드인 이케다 아키라 씨(취미는 장기, 특기는 사격)다.

게다가 아키라 씨는 혼자가 아니었다.

"이 아키라, 도장에서 친해진 아저씨와 아이들을 모아서 아가씨를 위한 응원단을 결성했습니다! 어이, 이 자식들아! 아가씨께 더 큰 박수를 보내란 말이다!! 박수를 멈추지 마!!"

"…………아키라………… 나중에 죽었어…………."

소름이 돋을 정도로 섬뜩한 목소리였다. 아키라 씨…… 무모한 짓을 벌이기는…….

나는 마음속으로 명복을 빈 후, 장기 해설을 시작했다.

"자아, 이번 대국에서는 《휘젓기의 마에스트로》가 선수였기에 당연히 몰이비차로 오프닝을 장식했습니다."

"몰이비차……지만, 의외의 전법이군요."

야샤진 아이는 존댓말을 쓰면서 나와 말을 맞췄다. 잘했어.

"선수가 세 수 째에 중앙에 있던 보를 전진시켰죠. 이 시점에서는 선수 중비차가 될 거라고 생각했지만——."

"오이시 옥장이 선택한 것은 후수의 비차와 자신의 비차를 격돌시키는 『맞비차』였습니다! 야샤진 양은 앉은비차와 몰이비차, 둘 다 둘 수 있습니다만 이 전법을 써본 적은 있나요?"

"공식전이나 연수회에서는 쓴 적이 없어요. 연구도 거의 하지 않았고요……."

"그렇겠죠. 맞비차는 난전이 되기 쉬우니까요. 그래서 중요한 승부에서 이걸 쓰는 건 주저하기 마련입니다."

"A급 순위전은 매우 중요한 장기이고, 이 두 사람은 곧 벌어지는 옥장전에서 싸울 예정이니, 오늘은 그 전초전인 거죠? 선생님은 오이시 옥장의 의도를 어떻게 생각하시죠?"

"그럼 수를 두면서 해설해 보도록 할까요."

야샤진 아이는 리스너의 역할을 의식하며, 이야기를 듣기만 하는 게 아니라 화제를 꺼내고 있기에 토크가 매끄럽게 흘러갔다. 대단해. 장기말을 건네주는 것도 매끄러웠다. 아까는 장기말을 주고받는 것은 고사하고 말을 옮기지도 못했는데 말이다.

"자아, 바로 여기입니다."

우리가 도달한 곳은 기사실에서 검토하고 있던 20수 전후의 국면이다.

"선수의 왼쪽 은에 주목하면, 노림수가 뭔지 알 수 있을 겁니다."

"노림수? ……앗!"

보드와 조금 거리를 두며 수읽기에 집중하던 야샤진 아이는…….

"혹시……『역봉은(逆棒銀)』인가요?!"

"눈치챘군요. 역봉은이란 왼쪽의 은을 써서 비차와 함께 상대의 진을 파괴하는 전법입니다. 봉은은 망루와 각교환이 유명하지만, 몰이비차에서 쓰기도 하죠."

"예. 각교환 사간비차………… 설마?!"

야샤진 아이는 커다란 눈을 더욱 크게 떴다.

"맞비차에…… 각교환 사간비차의 감각을 접목시킨 건가요?!"

"예! 그게 오이시 선생님의 새로운 구상입니다."

나는 보드의 왼쪽 은(銀)을 옮기면서 힘찬 목소리로 설명했다.

"역봉은이 성공하면 파괴력은 어마어마하겠죠. 하지만 노림수가 단순하기 때문에 대책을 짜기도 쉬우며, 각교환 사간비차의 대책은 이미 세워져 있습니다. 하지만——."

"그래…… 맞비차 진형이라면 지금까지 연구된 각교환 사간비차 대책을 무효화시킬 수 있구나. 엄청난 발상이네!"

흥분한 나머지 존댓말을 쓰는 것을 깜빡했지만, 그만큼 손님들에게도 오이시 씨의 구상이 얼마나 엄청난 것인지 전해진 것 같았다. 객석이 긴장감에 휩싸였다.

"야샤진 양은 각교환 사간비차도 두죠? 선수의 공격을 어떻게 봅니까?"

"……언뜻 봐서는 어려워 보이네요. 선생님은 어떻게 생각하시죠?"

"현실적으로 본다면 미묘하다고 생각해요. 구상은 재미있지만, 후수가 7육에 각을 둔 경우——."

이거다.

이거라고!

이 매끄러운 진행. 그리고 장기 해설에만 집중할 수 있게 해 주는 맞장구.

야샤진 아이…… 무뚝뚝한 편이라 리스너 일은 무리일 거라고 생각했는데, 어쩌면 적성에 맞을지도 몰라!

"그럼 이 상황에서 오키토 요우 제위에 관해 이야기를 나눠 볼까요. 아무리 칸사이의 해설회라고 해도, 오이시 씨의 이야기만 하는 건 편파적일 테니까요."

"그런다고 오이시 옥장이 유리해지는 것도 아니니까요."

객석에서 또 웃음이 터져 나왔다. 잘했어, 아이!

하지만 다음 질문이 전부 엉망진창으로 만들었다.

"야샤진 양은 오키토 제위에 대해 알고 계시나요?"

"알아. 《컴퓨터에게 진 첫 프로 기사》지?"

술렁!

훈훈하던 객석의 분위기가 순식간에 얼어붙었다.

그리고 내 얼굴에서도 점점 핏기가 사라졌다…….

"그때는 《인류의 수치》, 《장기계를 끝장낸 대역죄인》 같은 소리를 들었잖아. 뭐, 특기 전법을 썼는데도 장군조차 해 보지 못하고 참패를 했으니 그런 평가를 당하는 게 당연할 거야."

"아니, 저기…… 야샤진 양? 그 화제는——."

"문제 될 건 없지 않아? 컴퓨터 소프트가 인류를 초월했다는 게 사람들의 공통적인 인식인걸. 명인도 소프트와 싸우면 질 거야. 다들 그렇게 생각하지?"

야샤진 아이가 객석을 향해 그렇게 말하자…….

"맞아!" "말 한번 잘했어!" "아니야! 나는 명인을 믿어!"

아까까지와는 다른 의미의 열기가 생겨나고 있었다.

컴퓨터 소프트와 인간의 대국…… 특히, 최정상 기사인 오키토 씨가 소프트에게 졌다는 것은 프로나 장려회 회원이 함부로 입에 담기 힘든 화제다.

하지만 야샤진 아이는 그 금기를 주저 없이 깨부순 것이다.

"저 오키토라는 사람은 이제 인간과의 연구회도 때려치우고 소프트와의 연구에만 몰두하고 있지? 그리고 승률도 급상승해서 젊은 기사들도 주목하고 있다며? 차라리 져서 잘된 거 아니야?"

"어, 어이! 말이 너무──."

"하지만 좀 안되기는 했네. 그 어떤 새로운 수를 내놓더라도『어차피 소프트가 가르쳐 준 거지?』같은 소리를 들으며 경멸을 당하잖아. 아무리 타이틀을 따더라도 공허할 뿐일 텐데······그래도 소프트에게 의지하는 게 당연해진다면, 주위의 평가 또한 달라질지도 몰라."

금기를 무시한 토크에, 객석이 열띤 반응을 보였다.

"맞아! 그렇게까지 해서 이기고 싶냐?!" "하지만 재미있는 장기를 보여준다면 그걸로 충분해!" "프로라면 자신이 고안한 수로 승리를 쟁취하려고 해야 하는 거 아니야?!" "그렇게 치면 공동연구라는 것 자체가──."

이미 대국을 제쳐두고『인류와 소프트 중에 무엇이 더 강한가』, 『장기계는 앞으로 어떻게 변해갈 것인가』를 논의하는 자리가 되어버렸고······.

수습이 불가능해진 해설회는 '초등학생이 잘 시간이니까' 라는 이유로 도중에 종료됐다.

실패야!

리스너 데뷔도 완벽하게 실패했어!!

△ 유감봉

초등학생이 귀가하는 타이밍에 오이시 씨는 담배에 불을 붙이더니, 토금(と金)을 옮겼다.

"용왕, 어떻게 생각해?"

"외통수순에 들어갔지만…… 후수가 옥을 잡는 이미지가 떠오르지 않네요."

기사실로 돌아간 카가미즈 씨와 나는 모니터 앞의 장기판으로 검토를 시작했다.

오이시 씨가 외통수순을 걸자, 오키토 씨는 수중에 있는 각(角)으로 장군을 걸었다. 드디어 종반전에 접어든 것이다.

"자아, 옥을 어디로 대피시킬까……."

카가미즈 씨가 화면을 향해 얼굴을 쑥 내밀며 지켜보는 가운데, 오이시 씨는 담배를 쥔 손가락으로 옥(玉)을 오른쪽 대각선으로 옮겼다. 타이틀 보유자답지 않은 행동이지만, 《휘젓기의 마에스트로》다운 멋들어진 손놀림이다.

하지만 그 손가락은 희미하게 떨리고 있는 것처럼 보였다.

"3육옥? ……옥을 대피시킨다면 4육일 거라고 생각했는데 말이야."

"4육옥이면 후수가 잡은 말인 은을 5오에 둬서 중앙을 제압할 거예요."

나는 장기말을 옮기면서 대답했다.

"3육옥은 왕이 함락 직전인 성을 버리고 도망치는 수지만, 이 국면에서는 결코 나쁜 수가 아니죠."

"마치 무언가를 두려워하는 듯한 수군."

카가미즈 씨가 말한 『무언가』가 무엇인지는 예상이 됐다.

"너는 이 상황을 어떻게 생각해?"

"선수인 마에스트로가 아주 약간 수를 두기 쉬운 상황이라고 생각해요."

오늘만 몇 번이나 들었던 『어떻게 생각해?』라는 말에, 나는 나름대로의 형세 판단을 밝혔다. 이제 와서 정신이 맑아지는 것이 느껴졌다.

"후수는 가장자리의 보를 전진시켜서 옥이 도망갈 길을 확보했어요. 선수의 옥도 압박하고 있지만, 그래 봤자 압박에 불과하죠. 선수가 4육이나 6육 지점에 잡은 말인 금을 둬서 중압을 제압한 후, 옥이 잡히기 힘든 형세를 구축하면 될 거라고 생각해요."

"그래. 그러면 아마 우세――."

카가미즈 씨는 선수의 말받침에서 금을 쥔 후, 6육 지점에 둘 준비를 했다.

바로 그때였다.

""어?!""

선수인 오이시 씨가 선택한 수를 본 우리는 동시에 고함을 질렀다.

"5칠보?! 6육금이 아니라?!"

카가미즈 씨가 손에 쥔 금(金)을 놓치자, 그 장기말은 그대로 장기판에 떨어졌다.

"어떤 수를 읽었기에 이런 수를 둔 거지⋯⋯?"

"착각⋯⋯을 한 거겠죠. 아마 틀림없을 거예요."

나는 오이시 씨의 생각을 검토용 장기판 위에 표현했다.

"아마 오키토 씨가 다음에 4구용을 둬서 금을 잡으러 올 거라고 생각한 거겠죠. 그렇다면 3이비로 적진에 비차를 투입해서 후수의 옥을 잡을 수 있어요."

"하지만 상대가 5육용을 두면 그대로 선수의 옥이 잡히잖아?"

"예. 거기까지 생각이 미치지 않은 거라고 생각해요."

"오이시 선생님이 그런 단순한 착각을 했다는 거야⋯⋯?!"

"믿기지 않지만, 다른 이유는 없어요. 아아⋯⋯ 역시 사과했네요."

오이시 씨는 내줄 예정이었던 금(金)으로 후수의 용을 잡았다. 이것으로 일련의 수순은 수비에 쓰이던 금은을 자기 손으로 내팽개쳤을 뿐인 의미 없는 수가 됐다.

아마 수를 둔 순간부터 5육용으로 지게 될 거라는 것을 눈치챘을 것이다.

그래서 급히 방침을 전환했다. 장기용어에서는 그것을 『사과한다』라고 표현한다.

하지만 사과한들, 국면은 손쓸 방법이 없을 정도로 절망적이었다.

"⋯⋯⋯⋯그렇게 서반에 리드를 했는데 말이지⋯⋯."

카가미즈 씨는 분한지 입술을 깨물었다.

"역시 서반의 구상이 너무 참신했던 걸까? 오이시 씨조차도 완벽하게 두지 못할 정도로 말이야."

"그럴 가능성도 있다고 생각해요."

나는 고개를 끄덕이면서 마음속으로 다른 확신을 품었다.

"제 생각인데…… 패인은 따로 있을 거예요. 오이시 씨는 상대를 너무 경계했어요. 그래서 승부처에서 숨이 턱까지 찬 게 아닐까요?"

이런 식의 패배는 전에도 본 적이 있다. 특정 상대와의 싸움에서 흔히 발생하는 패턴이었다.

서반에서 우위를 점한다.

중반에 그 우위를 확대한다.

하지만…… 종반에 실수를 범해서 진다.

──인간이 컴퓨터에게 질 때의 패턴이다.

"투료……는 못하겠지."

카가미즈 씨는 나지막하게 중얼거렸다. 나는 고개를 끄덕이지 못한 채, 모니터를 계속 쳐다보았다. 동의할 필요도 없을 만큼 자명한 사실이기 때문이다.

3분 후, 오이시 씨는 아무 말 없이 고개를 숙였다.

"…………유감봉."

"예……."

오이시 씨는 자신의 제한시간을 전부 소비했지만, 결국 수를 두지 못하고 투료했다. 그 경우, 제한시간을 기보용지에 기입할 필요가 있지만, 수는 적을 수가 없다.

그러니 수를 적는 칸에는 『──』라고 표기된다.

이것을 흔히 『유감봉』이라 부르며, 바로 투료하면 이게 기입되지 않는다.

기사는 투료할 때 사전에 준비를 하기 때문에, 투료 자체는 시간을 들이지 않고 바로 한다. 『기보 꾸미기』라 불리는 행위다.

하지만 자신의 미처 못 본 수나 잘못 둔 수 때문에 돈사(頓死)했을 경우에는 그럴 여유도 없다. 시간을 들여 생각에 잠겼지만 결국 아무 해법도 찾지 못하고 투료를 하는 것이다.

기보에 그어진 한 줄의 봉에는 그런 의미가 담겨 있다.

분한 심정이 기보가 되어 영원히 새겨지는 것이다.

장기 기사에게 이보다 더한 굴욕은 없다. 미의식이 강한 오이시 씨라면 더욱 그럴 것이다.

"……이 패배의 충격은 오래갈지도 모르겠는걸."

카가미즈 씨는 그렇게 말하면서 짐을 챙기기 시작하자, 나는 뜻밖이라 생각하며 질문을 던졌다.

"감상전은 안 볼 건가요?"

"보고 싶지만…… 저런 오이시 선생님은 차마 못 보겠어. 보기만 해도 괴로워."

몰이비차 파인 카가미즈 씨는 나보다 훨씬 오이시 씨를 존경한다. 그러니 오이시 씨의 현재 심정에 감정이입을 하고 마는 것이다.

"너는 물론 가볼 거지?"

"예."

"그렇게 해. 긴코도 저런 분위기 속에 있는 건 힘들 거야."

카가미즈 히우마 3단은 그렇게 말하더니, 코트를 걸치며 방을 나섰다.

정신을 차려보니, 그렇게 많은 사람들로 북적대던 기사실에는 이제 아무도 없었다.

♟ 싸움이 끝난 후

대국실은 다가가기 힘든 분위기로 가득 차 있었다.

"…………."

투료를 한 오이시 씨는 신경이 곤두섰는지 아무 말 없이 장기판을 노려보고 있었다.

재떨이에는 자근자근 씹힌 꽁초가 버려져 있었으며, 그것이 오이시 씨의 분한 심정을 강렬하게 표현하고 있었다.

"……실례하겠습니다."

나는 작은 목소리로 그렇게 말한 후, 장기판에서 좀 떨어진 장소에 앉았다. 사저와 쿠구이 씨가 나를 힐끔 쳐다봤지만, 두 대국자는 장기판만을 응시하고 있었다.

오이시 씨도, 오키토 씨도, 서로를 쳐다보지 않았다.

『옥장』과 『제위』.

두 타이틀 보유자가 보고 있는 것은 오늘 둔 장기가 아니다.

그들의 시선은…… 곧 시작될 옥장전을 향하고 있었다.

"큭……!"

이윽고 오이시 씨가 화가 난 듯한 손놀림으로 종반의 변화수순을 뒀다.

"……."

오키토 씨는 아무 말 없이 오이시 씨가 둔 수순에 응했다.

감상전이라기보다 제2라운드라고 표현하고 싶어지는, 그야말로 뜨거운 격돌이었다.

오이시 씨는 마치 장작을 패듯 강하고 격렬하게 장기말을 뒀다.

오키토 씨는 그와는 정반대되듯 차분하게 장기말을 뒀다.

감상전은 아무 말 없이 진행됐다.

보통 감상전이라면 승자가 패자를 배려해, 변화수순에서는 승리를 양보하기도 한다.

하지만 오키토 씨는 오이시 씨가 펼치는 온갖 변화를 전부 깨부쉈다.

그것은 마치…… 아무 감정도 없는 컴퓨터처럼, 무자비하면서도 정확했다.

결국 감상전은 대략 한 시간 만에 끝났다.

두 대국자는 끝까지 아무 말도 하지 않았다.

"오키토 선생님. 오늘이 아니라도 괜찮으니, 이번 대국에 대한 추가 취재를 요청드리고 싶습니다만……."

© shirabii

"사양하겠습니다."

장기말을 정리하고 자리에서 일어선 승자에게 쿠구이 기자가 취재 요청을 했지만, 오키토 씨는 노타임으로 정중하게 거절했다.

쿠구이 씨는 당황한 것처럼 딱딱하게 굳었지만…….

"선생님! 그래도 부디——."

하지만 포기할 수가 없는지, 대국실을 나서는 오키토 씨를 쫓아갔다.

장기판 앞에는 오이시 씨만이 남아 있었다.

""…………""

감상전을 지켜본 나, 그리고 기록 담당인 사저는 아무 말 없이 오이시 씨가 어쩌는지 지켜보았다.

이 패배는…… 가볍게 여기고 넘어갈 일이 아니다.

오이시 씨는 이미 순위전에서 4승을 했으니, 강등은 당하지 않을 것이다. 다른 걱정을 하지 않으며 방어전에 전념할 수 있는 태세가 갖춰져 있다.

하지만, 유망할 줄 알았던 연구가 완벽하게 박살 나고 말았다.

오이시 씨의 연구는 바닥을 드러내고 만 것이다.

한편, 승리를 한 오키토 씨의 연구는…… 아직 바닥을 드러내지 않았다.

선승제를 앞둔 상황에서 이 차이는 크게 작용할 것이다. 오이시 씨는 제1국을 앞둔 상황에서 새로운 전법을 선택할 필요가 있으며, 심리적으로도 힘든 상황에 몰리고 말았다.

오키토 씨의 연구는 어느 정도까지 진행된 것일까?

애초에 오늘 대국에서 선보인 대응은 연구에 근거한 것일까?

연구일 경우, 큰 줄기에서 벗어난 이런 부분까지 연구가 되어 있다는 게…….

"……이러고 퍼질러져 있을 때가 아니지."

오이시 씨는 그렇게 말하더니, 무릎을 두드리면서 몸을 일으켰다.

그리고 귀가 준비를 하면서 우리에게 말을 걸었다.

"야이치. 긴코. 내일, 시간 있어?"

"저는 괜찮은데…… 사저는 어때요? 학교에 가야 하죠?"

"저녁때부터라면 괜찮아."

사저가 그렇게 대답하자, 오이시 씨는 뭔가를 생각하듯 그윽한 눈빛을 띠면서 고개를 끄덕였다.

《휘젓기의 마에스트로》는 코트를 걸치면서 용건을 말했다.

"연구회를 하고 싶어. 밤샘 준비를 하고 우리 집에 와."

RYUI

©shirabii

제위

기토 요우

okito

사 번 호	210
생년월일	2월 13일
출 신 지	홋카이도 왓카나이시
스 승	이타시키 스스무 명예9단
용 왕 전	1조
순 위 전	A급

⌂ 어색한 두 사람

"…………으으으~~ 긴장돼~……."

스마트폰으로 시간을 몇 번이나 확인하면서, 약속 시간보다 꽤 일찍 쿄바시역에 도착한 나는 혼잣말을 중얼거리면서 앞으로의 수순을 확인했다.

"우선…… 그때 일을 사과해야지. 응. 우선 사과부터 하자. 용서해 줄 때까지 계속 사과하는 거야……."

안 되면 무릎이라도 꿇고 고개를 조아릴 생각이다. 그래서 무릎이 더러워져도 되는 바지를 입고 왔다.

나는 일전에 사저와 다툰 후로 사이가 좋지 않았다.

"……아, 다퉜다는 표현은 옳지 않아. 내가 일방적으로 잘못했으니까 말이야."

용왕전 제3국에서 참패한 직후의 일이다.

내가 걱정되어서 집까지 찾아온 사저에게, 나는 심한 소리를 했다.

『장려회 회원 주제에 뭘 할 수 있다는 건데요?』

그런 최악의 말을 한 것이다.

"……뭐, 그 직후에 사저도 내 안면에 주먹을 꽂고, 옆구리를 몇 번이나 걷어찼지만……."

그래도 그때는 내가 전면적으로 잘못했다.

"……장기계는 실력이 전부인 세계라서, 강자가 약자에게 무슨 말을 하든 허용되는 풍조가 있어……. 하지만, 그렇기 때문에 인간에게 소중한 것만큼은 자기 의지로 지켜야만 해……."

과거에 고위의 장기 기사가 이런 말을 한 적이 있다.

『장려회 회원은 인간 이하다.』

그 말을 들은 장려회 3단 중 연장자가 그 기사를 찾아가서 불같이 화를 내며 반론했다고 한다.

『확실히 우리는 인간 이하일지도 모르지만, 그런 소리를 하는 녀석이야말로 인간이 아니야!』

옳은 말이다.

프로든, 장려회 회원이든, 명인이든, 여류기사든, 아마추어든, 다들 같은 인간이다. 장기를 잘 두냐 못 두냐는 상관없다. 애초에 장기 실력 따위는 참된 인간인지 아닌지를 가르는 지표가 될 수 없다.

하지만, 그와 동시에———.

"……우리는 죽을힘을 다해 장기만 뒀어. 손가락 끝에서 피가 날 정도로 장기말을 뒀고, 장려회에서 평생 흘릴 눈물을 흘린 끝에…… 프로가 된 거야."

노력하지 않고, 눈물도 흘리지 않고, 프로가 된 사람은 없다.

그렇기 때문에 그 고통에 경의를 표해도 된다고 생각하며, 그 고통 끝에 얻은 장기 실력은 내 입으로 이렇게 말하는 것은 좀 그렇지만, 그야말로 초인적이다. 인간적인 생활을 버리면서까지 손에 넣은 것이니까 말이다.

그러니까…… 그러니까 말이다.

그렇기에 우리는 인간이기를 포기한 프로들의 대결에서 승승장구하는 존재를, 자신보다 장기를 잘 두는 사람을, 인간 이상의 특별한 무언가로 느끼고 만다. 그런 착각에 사로잡히는 것이다.

　명인을 신처럼 여기듯이 말이다.

　"……뭐, 아무튼 제대로 사과해야지."

　나는 다시 마음을 다잡았다.

　사실 용왕 방어전을 치른 이후로 사저와 단둘이서 만나는 것은 이번이 처음이다.

　"……취재나 이벤트 때문에 바쁘기도 했고…… 사저는 나와 단둘이 만나는 걸 피하는 것 같기도 했어……."

　사저가 지켜낸 여류옥좌전의 관전기를 내가 쓰기도 했으니, 만나서 이야기를 나눌 기회는 얼마든지 있었을 것이다. 하지만 두 달가량 아무 이야기도 나누지 않았다. 사저에게 무시당하기 최장 기록이다.

　"즉…… 아직 화가 난 걸 거야…………. 으으, 속 쓰려……."

　하지만 희망이 없는 것도 아니다.

　용왕전 제4국 이튿날 아침의 일이다.

　사저는 내가 '그럼 대국이 끝난 후에 나한테 시간 좀 내줄래요?' 하고 물었을 때, '생각해 볼게.' 라고 대답했다. 고개를 돌린 채이기는 했지만 말이다.

　그러니 용서를 해 줄…… 것 같은 느낌이 들기는 했다.

　"……게다가 슈마이 선생님이 쳐들어왔을 때도 대화를 하기는 했고, 어제 감상전 때도 나를 피하는 것 같지는…… 않은 것 같았어. 아마도…….”

내가 이런저런 생각을 하는 사이, 약속 시간이 거의 다 됐다.

저녁때의 쿄바시 역 북쪽 출구. 상점가 근처다.

개찰구는 귀가하는 회사원과 학생들로 붐비고 있었으며, 그 안에서 눈에 익은 세일러 교복을 찾아봤지만 아직 보이지 않았다.

“늦네……. 설마 나를 두고 혼자서 먼저 가버린 건…….”

슬슬 올 때가 됐다는 생각이 들 때──.

“야이치.”

“어?!”

느닷없이 누군가가 말을 걸어오자, 나는 화들짝 놀랐다.

상대방이 눈앞에 설 때까지 눈치채지 못했다. 아니, 정확하게 는…….

“어라?! 사저…… 맞죠?”

“………….”

묵묵히 나를 쳐다보는 그 눈빛을 보고서야, 나는 상대가 사저 라는 걸 확신했다.

사복 차림이었다.

고지식한 사저는 휴일의 연구회나 VS 때도 세일러 교복 차림 으로 왔다.

게다가 햇빛에 약하기 때문에 여름에도 겨울 교복을 입었다.

하지만 사저는 오늘…… 패션 잡지에서 볼 법한 캐주얼한 복장이며, 변장 삼아 모자도 쓰고 있었다. 마치 자기 정체를 감춘 연예인 같았다.

　──큰일 났다. 너무 귀여워…….

사저가 너무 귀여워서 머릿속이 새하얗게 됐다. 상대방에게 기습을 당해 대국 전에 생각해 뒀던 연구가 전부 머릿속에서 사라져버린 것만 같았다. 사저의 귀여움은 그야말로 폭력적이기까지 했다.

"……가자."

"아…… 예."

사저가 앞장서서 걷기 시작하자, 나는 허둥지둥 뒤를 따랐다.

해가 저물고 네온사인이 빛나기 시작한 상점가 안은──여기는 낮에도 어둑어둑해서 네온사인을 켜두지만── 여자애가 혼자 걸어도 될 장소가 아니다.

"사저! 혼자 가지 마요!"

게다가 이렇게 엄청난 미소녀라면 더 위험할 것이다. 아름다운 꽃에 몰려드는 곤충처럼 다가오는 수상한 남자들을 견제하기 위해, 나는 사저의 옆에 섰다.

『싱글벙글 탕』은 여기서 그렇게 멀지 않다. 이대로 걸어가면 몇 분 안에 도착할 것이다.

그 몇 분 동안 내가 해야만 하는 일이 있다.

1. 사저에게 사과한다.

2. 오늘 연구회에 대해 생각한다.

바로 이 두 가지다.

© shirabi

하지만 이 순간, 내 머릿속을 가득 채운 것은 둘 중 어느 것도
아니었다.

——……손을 잡으면, 안 되……겠지?

나는 어깨가 닿을 정도로 붙어선 사저의 얼굴을 몰래 살폈다.

"…………."

사저는 나를 신경 쓰지 않는다는 듯이 앞만 보며 아무 말 없이
걸음을 옮겼다.

어떨까?

하와이에서는 사저가 내 손을 잡아 줬고, 그대로 같이 손을 잡
고 걸어 다녔다.

——하라주쿠 때는…… 누가 잡았더라?

샤칸도 씨 때문에 불편한 옷을 입게 된 사저가 넘어질 뻔했기
에 내가 부축……했으니까, 내가 잡은 거라고 생각하면 될까?
아니면 사저가 나에게 손을 뻗었나?

——우연을 가장해 손을 맞댄 후, 상대방의 반응을 보며 어떻
게 할지 생각해 볼까? 보를 상대방에게 내주듯 가벼운 느낌으
로…… 애초에 이렇게 내 옆에 바짝 붙어서 있는 걸 보면, 화가
풀린 거겠지? 아, 어쩌면 평소에 신세를 지고 있는 오이시 씨
의 부탁이라 나와 같이 있을 가능성도 있고, 표정도 딱딱한 데
다 아무 말도 하지 않는 걸 보면 역시 화가 풀리지 않은 걸지도
몰라……. 손을 잡으려고 했다가 거부당하면 충격을 엄청 받을
테고, 용서해 주지 않을지도 모르니까…… 으으…….

그런 생각에 잠긴 나는 결국 사저와 손을 잡는 것은 고사하고

말 한마디 나누지 않은 채 목적지에 도착하고 말았다.

♟ 싱글벙글 연구회

"나는 기본적으로 진 대국을 돌이켜보지 않아."

오이시 씨는 우리를 보자마자 다짜고짜 그렇게 말했다.

"특히 중요한 승부 전에 진 장기를 돌이켜보면 기력과 체력을 소모하거든. 차라리 시원시원하게 이긴 대국의 기보를 살펴보고 기분 좋게 승부에 임하는 편이 좋다는 게 내 지론이다만……."

옥장전 7전 4선승제를 앞둔 현재, 쿄바시에 있는 『싱글벙글 탕』은 목욕탕과 장기도장을 임시 휴업했다.

텅 빈 2층 도장에서 우리와 장기판을 사이에 두고 앉은 오이시 씨는 어제보다 피곤해 보였다. 어쩌면 한숨도 자지 않은 걸지도 모른다.

얼마 전에 타이틀전을 마친 내가 입을 열었다.

"하지만 7전 4선승제 승부는 기니까요. ……최소 네 번은 대국을 치러야 해요. 그러니 허점이 있는 상태에서 끝까지 이기는 건 어려워요. 특히 이번 상대는 연구가로 알려져 있으니까요."

"그렇다면 오키토 자식에게는 중비차, 사간비차, 삼간비차, 맞비차라는 몰이비차 풀코스를 먹여 주겠어."

오이시 씨는 상의 호주머니에서 담배를 꺼내려다 갑자기 멈춘 후, 장기말을 장기판에 대충 뒀다.

몸이 약한 사저를 생각해 담배에 불을 붙이지 않은 것 같았다.

나와 단둘이 있을 때는 줄담배를 피우는 이 사람도, 딸을 둔 자식이라 그런지 그런 부분에는 의외로 신경을 썼다.

……하지만 어제 대국에서는 기록 담당인 사저 앞에서 담배를 피운 것 같으니, 집중하면 그런 배려심도 머릿속에서 사라지는 것 같았다.

"뭐, 일단 어제 장기를 검토해 보실까. 어제 대국을 방치하는 건 정신건강상 좋지 않을 것 같거든."

""예.""

사저와 한목소리로 대답한 순간, 나는 가슴이 뛰었다. 하으으~……!!

오이시 씨는 이런 별것 아닌 일에도 가슴이 두근거리고 마는 사춘기 남자애 같은 반응을 보이는 나를 깔끔하게 무시하면서 사저와 둘이서 검토를 시작했다.

"분기점에서는 어땠다고 생각하지?"

"거기서 이미 약간 나빴던 게 아닐까요?"

"구상 자체가 파탄이 난 건가……. 써먹을 만한 수순이라고 생각했는데 말이야."

"역시 봉은은 노림수가 너무 단순해서——."

사저와 오이시 씨가 초장부터 『실패』의 낙인을 찍으려고 하자…….

"아니요."

나는 무심코 끼어들었다.

옆에 앉아 있는 사저가 몸을 딱딱하게 굳히는 기척을 느끼면서도, 나는 말을 이었다.

"오이시 씨."

"야이치, 왜 그러지?"

"어제 오이시 씨가 둔 서반을 제가 나름대로 만져 봤어요."

나는 국면을 되감으면서, 자신의 정신이 가속되는 것을 느끼고 있었다.

눈앞에 흐릿하게 떠올라 있던 장기판이 순식간에 선명해지더니…… 사고력이 둔화됐다.

몸이 뜨거워졌지만, 감정은 점점 차가운 계산의 세계에 지배당했고──.

"직접 받아 보세요."

그렇게 말한 것은 기억하고 있다.

내가 그다음에 기억하고 있는 것은 오이시 씨가 어깨를 으쓱하면서 이렇게 말하는 모습이었다.

"…………졌어. 항복이야, 항복."

어느새 세 시간가량 시간이 지나 있었다.

손 언저리에 둔 페트병도 거의 텅 비어 있었다. 사저가 마신 게아닐 테니, 내가 마신 걸까…….

──……그때와 같다.

명인과 싸웠던 용왕전 제4국의 재대국.

수읽기의 속도를 제어할 수가 없어서, 시간 감각이 비틀린 그때처럼 말이다.

옆에 있는 사저가 괴물을 본 듯한 눈으로 내 얼굴을 응시했다.

"……………………!"

새하얀 얼굴이 새파랗게 질렸으며, 긴 속눈썹이 떨리고 있었다. 벌어진 입에서는 신음조차 흘러나오지 않았다.

오이시 씨는 캐묻는 듯한 어조로 이렇게 말했다.

"예전부터 생각한 연구수순……은, 아닌 거지?"

"예. 어젯밤에 감상전이 끝난 후부터 생각해 본 거예요."

평소와 마찬가지로 잠을 잘 수 없어서, 밤새도록 생각했다. 이런저런 작업도 하면서 말이다.

오이시 씨는 호주머니에서 담배를 꺼내면서 내뱉는 듯한 어조로 말했다.

"……이걸 하룻밤 만에 생각한 거냐? 진짜로…… 왕이군."

왕? 용왕이라고 말한 걸까?

뭐, 좋아.

"방금도 봤다시피, 충분히 쓸모 있는 발상이라고 생각해요. 제1국까지는 준비할 수 없겠지만, 시험해 볼 가치는 있지 않을까요?"

"하지만……."

"이걸로 졌으니 또 쓰는 데 거부감이 들지도 모르지만, 상대도 방심하고 있을 거예요. 그런 의미에서도 재등판할 가치는 충분히 있어요."

"으음……."

"소프트를 써서 검증하면 연구 시간도 단축할 수 있겠죠. 제법 정확한 연구를 쓸 수 있을 거예요."

"소프트, 라……."

"예를 들자면———— 이걸 보세요."

나는 내 가방 안에서 태블릿을 꺼냈다.

그리고 태블릿으로 자택의 컴퓨터를 리모트 컨트롤해서 켠 후, 어젯밤부터 소프트를 사용해 연구해왔던 데이터를 열었다.

태블릿의 화면에는 이런 문자열이 표시됐다.

후보1 심도 38/47 노드 수 12007630879 평가치 32

수순 ▲7팔금(69) △8칠각성(76) ▲동금(78) △5삼은(62) ▲7오은(66) △3삼은(22) ▲8팔금(87) △4사보(43) ▲5구금(49) △1사보(13) ▲5칠각(46) △4오보(44) ▲7팔금(88) △1오보(14) ▲7육각 올림 △2이옥(32) ▲8오보(86) △4사은(53) ▲6사은(75) △7이비(82) ▲7칠보 올림 △7육비(72) ▲동보(77) △8육비 올림 ▲7일비 올림 △4이금(52) ▲7구금(78) △8칠비 올림(86) ▲8일비 올림(71) △6칠용(87) ▲7오각(57) △7사보 올림 ▲8육각(75) △5육용(67) ▲9일용(81) △7육용(56) ▲7사각(86) △6육보 올림 ▲6팔보 올림 △3이금(41) ▲8사보(85)

"……이게 뭔데?"

"어제 대국 30수에 대한 평가예요. 다음 수인 7팔금을 읽었고, 그 후의 전개도 맞췄죠."

"기보를 쓰는 법이 이상하지 않아? 『올림』이 많은데…… 수의 뒤에 딸린 괄호 안의 숫자는 뭐야?"

"그 숫자는 그 장기말이 직전에 어디에 있었는지를 가리켜요.

컴퓨터는 그렇게 국면을 이해하죠. 그러니 자신이 딴 말을 둘 때는 장기판 위에 있던 말을 옮긴 게 아니라서 전부『올림』이 뒤에 붙는 거예요."

"흐음……?"

오이시 씨는 이해를 하지 못한 것 같았다. 『왜 그렇게 번거로운 짓을 하는 거지?』 하고 말하는 듯한 표정을 짓고 있었다.

머릿속 장기판을 지닌 인간과 다르게, 컴퓨터는 숫자와 기호만으로 사고회로를 가동하고 있으니 이렇게 되는 건데…….

"120억 국면 정도 소프트를 돌려봤는데, 평가는 거의 대등해요. 어제 장기는 서반부터 격렬했지만, 나쁘지는 않았던 거죠."

"거의 대등했다는 게 마음에 걸리는걸. 선수가 서반에 점수를 따지 못한다면 작전상 패배인 거잖아."

"소프트는 몰이비차를 낮게 평가해요. 오이시 씨에게는 좀 거슬리는 말이겠지만, 소프트가 대등하다고 평가한 걸 보면 꽤 유망한 전법이 아닐까요?"

"이거, 꽤나 멋대로 떠들어대는걸……."

큰일 났다. 아까 이긴 걸로 우쭐해져서 입을 잘못 놀렸다.

몰이비차가 역풍을 맞고 있는데도 자신의 길을 관철해 온《휘젓기의 마에스트로》는 다른 기사들과의 연구회조차 부정할 정도로 고고(孤高)한 존재다.

자신의 장기를 멋대로 소프트에 돌렸다는 걸 알고 화가 난 걸까?!

"아, 그게 말이죠! 저도 본격적으로 소프트를 사용해 연구하기 시작한 건 일전의 용왕전 때가 처음인데——."

"윽……."

옆에 앉아 있던 사저의 몸이 약간 굳어진 듯한 느낌이 들었다.

크, 큰일 났다……. 그리고 보니 그때 '사저보다 소프트가 낫다' 같은 소리를 했었지……. 나, 사망 플래그를 세운 걸지도 몰라…….

"하, 하지만 소프트가 가르쳐 주는 평가치와 최선의 수를 그대로 채용할 수는 없어요!"

"그래?"

오이시 씨는 의아해했다. 그렇게 화가 난 것 같지는 않았다. ……다행이야…….

"소프트의 장기는 인간과 너무 이질적이거든요. 인간과는 비교도 안 될 정도로 수읽기 능력이 뛰어난 소프트는 방어를 도외시한 칼부림도 주저하지 않아요. 컴퓨터 장기는 컴퓨터의 연산력에 뒷받침되기에 비로소 성립되는 거죠."

하지만 인류가 쌓아온 현대 장기의 발상은 다르다.

"인간은 종반에 실수를 저질러요. 그러니 약간만 실수해도 만회할 수 있도록 상대방보다 옥을 두텁게 감싸죠. 그게 현대 장기의 출발점이에요. 애초에 출발점이 다르니, 소프트가 알려주는 최선의 수를 그대로 채용할 수는 없어요."

사저도 입을 열었다.

"소프트는 비차 앞의 보를 버리는 것을 『손해』라고 판단하잖

아. 그리고 각의 가치를 낮게 보기 때문에 주저 없이 버려."

"계의 가치도 낮게 보지만, 그건 보의 가치를 높게 보기 때문에 상대적으로 그렇게 된 거라고 생각해요."

"그 영향으로 프로나 장려회의 대국에서도 계를 버리는 전략이 유행하고 있어."

"맞아요! 그렇다니까요!"

사저와 자연스럽게 대화를 나누는 게 기쁜 나머지, 나는 옆에 있는 사저를 보며 그렇게 말했다.

"칸토에서는 사람들끼리 연구를 하는 것보다, 소프트가 내놓은 수순에 대해 이야기하는 연구회가 유행하고 있대요."

"칸사이도 기사실에 예전만큼 사람들이 몰리지 않지?"

"연구도, 대국도, 사람들끼리 하는 것보다 정확하니까요. 그리고 손쉽게 할 수 있다는 점도 크게 영향을 끼치는 것 같아요. 스케줄을 맞출 필요가 없고, 이동 시간도 아낄 수 있죠."

"지금까지는 불가능하다고 여겨졌던 공격이 성립한다는 걸 알고, 베테랑 선생님들은 힘들어하고 있어. 감각이 완전히 다르거든."

"인간과 가치관이 다르다는 건 사실이라고 생각해요. 장기를 익힌 순간부터 소프트를 이용한 소타는 『첫수 3팔금도, 7팔금도 진짜로 최선의 수라고 생각한다』 같은 소리를 아무렇지 않게 하죠."

참고로 첫수 7팔금은 마이나비의 일제 예선에서 케이카 씨가 당했던 수다.

인간의 감각으로 본다면 『몰이비차를 둘 수 있으면 어디 둬봐라』라는 도발의 의미가 담긴 기습 전법에 해당하는 수다.

이것이 최선이라는 것은 『몰이비차를 둬준다면 러키~♪』같은 의미이며, 몰이비차를 완전히 부정하는 수인 것이다.

"하지만 어제, 눈앞에서 저의 제자가 첫수 3팔금에 깨지는 걸 봤거든요. 소타의 말이 옳을지도 모른다고 생각해요."

"오호라. 천재 소년의 스승은 컴퓨터인 건가."

초등학생 장기 기사가 될 거라는 기대를 한 몸에 받고 있는 소타를 오이시 씨도 아는 것 같았다.

"뭐, 앞으로 어떻게 할지는 검토의 여지가 있다고 보고······ 내가 느닷없이 소프트의 힘을 빌리는 건 어렵겠지. 미안하지만 방어전이 끝날 때까지 어울려 달라고."

""물론이죠.""

나와 사저는 한목소리로 말했다.

우리에게도 《몰이비차 파 총재》라고 숭배되는 최정상 프로와의 집중적인 연구회는 충분한 메리트가 있었다.

게다가 내가 이 연구회에 참가한 목적은 하나 더 있다.

그것은──.

"저, 저기······."

이야기가 일단락될 때를 기다린 것처럼 누군가가 입을 열었다.

오이시 씨의 외동딸인 아스카 양이었다.

"어? 아스카 양, 오늘은 체육복 차림이 아니네?"

"오, 오늘은······ 목욕탕이 쉬는 날이라서······."

"그렇구나~. 사복도 잘 어울리네. 귀여워!"

"윽?! 으, 으으으……."

오래간만에 만난 아스카 양은 새빨개진 얼굴을 숙인 채, 부끄러워하듯 몸을 배배 꼬았다. 복장이 달라서 그런지 화사해 보였다.

아스카 양은 나한테 칭찬을 듣고 더욱 몸을 배배 꼬더니, 긴 앞머리카락을 잡아당겼다.

"……어이, 야이치. 내가 보는 데서 내 딸을 꼬시는 거냐? 배짱 한번 좋구나."

바로 그때, 오이시 씨가 농담으로 취급하기 힘든 발언을 입에 담았다.

"아, 아니에요! 꼬시는 게 아니라고요! 그냥 솔직한 생각을 말했을 뿐인데——."

"히이익……!"

마치 불이라도 난 것처럼 얼굴이 새빨개진 아스카 양은 이상한 소리를 냈다.

우직! 하는 이상한 소리가 옆에서 나서 고개를 돌려보니…….

"…………."

사저는 빈 페트병을 으스러뜨리면서 놀고 있었다. 이상한 놀이를 하네~.

팔짱을 낀 오이시 씨는 굳은 목소리로 나에게 말했다.

"……뭐, 나도 고집불통은 아니지. 네가 영세 용왕 자격을 손에 넣는다면 아스카와의 교제를 허락해 줄 수도 있다."

"최단시간에 교제하려면 앞으로 용왕 방어전에서 3년 연속으로 승리해야 하잖아요!"

영세 용왕의 자격은 5회 연속으로 타이틀을 지켜내거나, 통산 7회 용왕위를 획득해야만 손에 넣을 수 있다.

명인조차도 이루지 못한 일이니, 거의 불가능이나 다름없다.

"그리고 저는 아스카 양한테 그런 감정이 없다고요!"

"우리 아스카 정도로는 눈에 안 찬다는 거냐?!"

"진짜 성가신 아버지네!!"

항상 쿨한 《휘젓기의 마에스트로》도 귀여운 딸과 얽히는 문제에서는 감정적으로 행동했다. 인간은 정말 불완전한 생물이다. 소프트를 인스톨해 주고 싶을 정도다.

그런 귀여운 아스카 양이 겨우 용건을 입에 담았다.

"저, 저기………… 시……식사를 준비했으니까……."

"고마워, 아스카 양!"

나는 내성적인 성격인 아스카 양이 슬며시 가져온 요리를 보며 나는 눈을 반짝였다.

"오, 톤페이야키잖아! 나, 이거 좋아해♪"

"으, 응……. 전에 좋아한다고 말했으니까…… 또 만들어, 봤는데……."

오사카의 명물 요리이자 오코노미야키와 비슷한 이 『톤페이야키』는 나와 아이가 이 싱글벙글 탕에서 아르바이트를 하던 시절에 정말 맛있게 먹었던 요리다. 따뜻할 때 먹으면 정말 맛있다. 그래서 나는 바로 먹어 봤다.

"맛있어~! 아스카 양, 실력이 더 좋아진 거 아니야?"

"고, 고마워………… 에헤헤……♡"

아스카 양은 부끄러워하면서도 기뻐했다.

그리고 몸을 웅크리듯 두 팔을 몸 중심 쪽으로 모았다…….

내성적인 성격과 상반되듯, 엄청나게 자기주장을 하고 있는 가슴이 두 팔에 압박을 받으면서 강조되더니…… 뜨거워!!

"저기, 여러분…… 맛 좀………… 보, 세요……."

아스카 양이 그렇게 권하자, 오이시 씨와 사저도 톤페이야키를 먹었다.

"음. 야이치 말처럼 오늘 톤페이야키는 평소보다 더 맛있는 걸."

"아, 아빠도…… 그렇게, 생각해……?"

"……좋아하는 남자가 먹을 거라 더 신경 쓴 건 아니겠지?"

"아…… 아니라니깐, 그러네……!!"

옆에서 보면 부녀가 만담을 하는 것처럼 보이지만, 당사자들은 지극히 진지하게 이야기를 나누고 있었다.

그리고 사저는…….

"…………………(울컥~)."

『불만』이라는 말을 의인화하면 이렇게 될 것이다, 같은 느낌이 드는 표정을 짓고 있었다.

저, 저기~.

공짜로 밥을 얻어먹고 있으니까 좀 붙임성 있게 행동해요~.

"이야, 아스카 양이 만든 톤페이야키는 정말 맛있네! 맛있죠?"

예? 사저?"

"…………그래."

맛있다고 전혀 생각하지 않는 듯한, 침이라도 뱉는 듯한 『그래』였다.

아스카 양은 오들오들 떨면서 사저에게 물어보았다.

"저, 저기………… 이, 입에…… 안 맞……나요……?"

"………………아니야."

사저는 또 침이라도 뱉는 듯한 어조로 그렇게 말했다. 그러면서도 두 개째 톤페이야키를 입에 넣었다.

나는 걱정스러운 표정을 짓고 있는 아스카 양에게 귓속말로 말했다.

"(괜찮아, 아스카 양. 이 사람은 소스를 뿌린 음식이라면 웬만한 건 좋아하거든. 아니, 소스만 뿌려주면 뭐든 맛있게 먹어.)"

"(그, 그렇구나…… 다행이야…….)"

아스카 양은 진심으로 안도한 것처럼 커다란 가슴을 손으로 쓸어내렸다. 출렁…….

"(나, 나…… 소라 선생님을, 진심으로 존경해…………. 그러니까, 내 요리를 먹어 주셔서………… 정말 기뻐…….)"

눈가에 눈물이 맺힌 아스카 양이 그렇게 말했다.

자기보다 어린 사저에게 존댓말을 쓰는 것만 봐도, 아스카 양이 소라 긴코라는 장기 기사에게 심취했다는 것을 알 수 있다.

장기를 진심으로 좋아하고, 최선을 다해 노력하고 있으며, 또한 같은 여자이기에, 사저가 얼마나 대단한지 진심으로 이해하고 있으리라.

하지만 사저는 아스카 양의 그런 마음을 전혀 이해하지 못했는지…….

"………………………(울컥~)."

……식사가 끝날 때까지 결국 언짢은 표정을 짓고 있었다.

하아…… 한동안 여기를 계속 드나들어야 하니까, 좀 사이좋게 지내라고…….

△ 사쿠라노미야

"사저! 기다려 줘요!"

연구회가 끝난 직후.

목욕이라도 하고 가라는 오이시 씨의 제안을 거절한 사저는 그대로 싱글벙글 탕을 나섰다.

"좀 기다려 달라고요! 사저! 기다려요!"

"……."

"알았어요! 기다리지 않아도 되니까, 도망치지만 말아요!"

오늘은 싱글벙글 탕에 묵으면서 밤새도록 장기 연구를 할 거라고 생각했던 나는 사저의 갑작스러운 행동 때문에 당황하고 말았다.

허둥지둥 쫓아가고 있기는 하지만, 나란히 서려고 하면 속도를 더 높여서 도망치려 했다.

나는 망설임 없이 걸음을 옮기는 사저의 팔을 잡으며 말했다.

"정말…… 왜 삐친 거예요? 사저 같은 여자애가 이런 시간에 이런 장소를 혼자 돌아다니면 위험하다고요. 내가 혹시 거슬리는 짓을 했다면 사과할 테니까, 일단 같이 걸어요!"

"큭……!!"

사저는 내 팔을 뿌리쳤다. 꽤나 거친 행동이었다. 왜 이러는 건지는 모르겠지만, 열 받은 것만큼은 틀림없어 보였다.

"혹시…… 내가 아스카 양의 요리를 맛있다고 해서 화난 거예요? 뭐, 사저가 만든 요리는 맛없다고 해놓고 아스카 양의 요리는 그렇게 칭찬을 해댔으니까요. 그건 제가 섬세하지 못했을지도 모르지만……."

나는 머릿속에 떠오른 이유를 언급했다.

"하지만 아스카 양은 나와 아이가 오이시 씨 밑에서 아르바이트…… 수행할 적에도 밥을 만들어 줬고, 목욕탕 일을 하는 법도 가르쳐 줬어요. 여러모로 신세를 졌다고요. 게다가 오이시 씨의 딸이니까, 신경을 쓰는 게 당연하다고나 할까……."

무시.

"게다가 그 애는 장기를 정말 좋아해요. 오이시 씨가 반대할 때도 몰래 장기 공부를 했지만, 아이에게 이긴다면 제대로 장기 공부를 하게 해달라고 부탁했었죠. 그리고 아이에게 이긴 후로는 아버지인 오이시 씨에게 장기를 배우고 있어요. 아스카 양의 그런 행동이 기쁘고, 귀엽기도 하잖아요. 사저도 그렇게 생각하죠?"

무시.

"아, 맞다! 사저를 엄청 존경한다고 했어요. 아까도 자기가 만든 요리를 사저가 먹는 걸 보고 눈물이 날 정도로 감격하던걸요. 어때요? 귀엽꾸엑."

사저는 내 복부에 팔꿈치를 꽂더니, 그대로 무너지듯 쓰러진 나를 내버려 둔 채 혼자만 개찰구를 통과했다.

며, 명치에 제대로 한 방 맞았어…….

"기……기다려요……!"

나는 비틀거리면서도 전철에 타려고 하는 사저를 따라잡았다.

전철에 탄 후에도 사저는 아무 말도 하지 않았으며, 나와 시선도 맞추지 않았다. 분노가 점점 커지고 있는 것 같았다.

모자 때문에 표정은 거의 보이지 않지만, 훤히 드러난 목은 새빨갛게 달아올라 있었다.

──공격색을 띠고 있어…….

나는 사저와 10년 넘게 알고 지냈다. 그래서 이 사람이 이 색깔로 물들었을 때는 장난을 치면 안 된다는 것을 뼈저리게 잘 알고 있다. 『공공장소에서라면 괜찮겠지』라고 생각해서는 안 된다. 전철 안에서도 사저는 얼마든지 날뛰니까 말이다.

"…………하아."

나는 사저의 옆에 서서, 남에게 들리지 않도록 작게 한숨을 내쉬었다.

오늘은 싱글벙글 탕에 묵을 예정이었기에, 아이를 사부님의 집에 맡겼다. 이대로 전철을 타고 노다까지 가서 아이를 데려올까? 하지만 이미 잠들었을 시간대다. 억지로 깨워서 집에 데려가는 건 좀 미안한데…….

내가 일단 케이카 씨에게 연락을 해 보려고 스마트폰을 꺼내려고 한 순간…….

꾸욱!

"어?!"

사저가 내 팔을 꼭 끌어안으면서 잡아당겼다.

"어어?! 아직 더 가야 하는데요?!"

사저는 전철을 내리려는 것 같은데, 아직 쿄바시의 바로 옆 역이다.

──쿄바시의 옆? ……어라, 어디였지?

혼란에 빠진 내 눈에 역의 명칭이 들어왔다.

『사쿠라노미야』.

"어어엇?!"

그 명칭을 본 순간── 나는 혼란을 넘어 패닉에 빠지고 말았다.

사쿠라노미야라면, 바로 그 사쿠라노미야다.

칸사이에서 손꼽히는 호텔촌이다.

호텔…… 그것도 관광호텔이나 비즈니스호텔이 아니다.

저기, 그러니까…… 그렇고 그런 곳이다.

레저 호텔. 커플 호텔.

여러 가지 명칭이 있다. 하지만 명칭이 여러 개라도 거기서 하는 짓은 하나다.

러브호텔이니까 말이다.

"어엇?! 저기, 사저? 왜 이런 곳에서 내린 건데요?!"

패닉에 빠진 내 의문을 완전히 무시한 채…….

피부가 분노 때문에 새빨갛게 달아오른 사저는 주저 없이 역을 나서더니, 나를 잡아끌면서 강을 따라 남쪽으로 걸어갔다.

불빛도, 인적도 드문 길을 쑥쑥 나아가더니, 그곳을 벗어나자 환한 장소가 눈앞에 펼쳐졌다.

"어어어?!"

눈에 들어온 네온사인을 본 순간, 나는 무심코 비명에 가까운 목소리를 냈다.

『24시간 언제든 숙박 OK!』

『휴식 1시간 1590엔』

『전 객실 균일가── 세금 및 서비스 포함으로 겨우 이 가격!』

러브호텔이다!

틀림없는 러브호텔이다!

그리고 사저는 그중 한 곳을 향해 망설임 없이 돌격했다.

『HOTEL 백설공주』에 말이다.

"어어어엇?!"

하필이면 거기냐?! 사저는 요즘 보기 힘든 서양식 성 모양을 한 건물에 들어갔다.

그리고 패널식 프런트에서 이용할 방을 순식간에 고른 사저는 내 팔을 잡아끌면서 건물 안을 빠른 걸음으로 이동했다.

그리고 그대로 나를 플레이룸에 끌고 들어갔다.

"어어어어엇?!"

겉모습은 특이하지만 내부는 의외로 평범……한가했는데, 그 방 안은 역시 어마어마하게 특이했다. 침대가 하트 모양에 핑크색이거든요?!

사저는 양손으로 내 멱살을 잡더니, 그대로 배대되치기를 하듯 침대를 향해 쓰러졌다.

"우왓?!"

나는 마치 사저를 덮치는 듯한 자세를 취했다. 현실은 정반대지만 말이다…….

"자, 잠깐만요! 가, 갑자기 뭐하는 거예요?! 나를 이런 곳으로 끌고 와서 대체 뭘 하려는 건데요?!"

설마 장기?! ……를 두자는 건 아니겠지.

밀실에서 나를 자근자근 짓밟으려는 걸까?! 하지만 사저라면 길거리에서도 주저 없이 나를 두들겨 팰 것이다.

──그럼…… 뭐지?

다른 이유를 찾고 있을 때, 사저는 내 멱살을 엄청난 힘으로 잡아당겼다.

퍼억!

"아얏!!"

몸을 밀착시킨 상태에서 기습적으로 멱살을 잡아당겨진 바람에, 나와 사저의 이마가 그대로 충돌했다. 아얏!! 눈에서 눈물이 났다.

──박치기?! 역시, 밀실에서 나를 두들겨 팰 생각인 걸까?!

그런 생각이 든 내가 고통을 참으며 눈을 떠 보니…….

"윽……! 윽……!!"

사저도 울먹거리면서 고통스러워하고 있었다. 자폭한 것이다.

게다가, 아무래도 공격을 한 게 아닌 것 같았다.

──설마 방금…… 키스하려고 했던 거야?! 대체 얼마나 어설픈 거야?!

뭐, 나도 해 본 적이 없으니 제대로 할 자신은 없지만…….

하지만 사저도 그런 것을 해 본 적이 없다는 것은 뼈저리게 알 수 있었다. 실제로 이마의 뼈가 저리기도 했다…….

분명, 사저는 뽀뽀조차 해 본 적이 없다.

그리고 안절부절못하는 것을 보면 러브호텔에 와 본 것도 처음 같았다.

그럴 만도 했다. 두 살 때부터 장기에만 빠져 살며, 장기 실력을 갈고닦는 것 이외에는 전혀 관심을 두지 않았을 테니──.

바로 그때, 나는 눈치챘다.

"사저……."

내 멱살을 움켜쥔 사저의 손을 가능한 한 상냥히 잡은 뒤…….

"혹시…… 슈마이 선생님이 한 말 때문에 이러는 거예요?"

"……."

침묵.

……하지만 사저의 반응을 보니, 내 예상이 맞은 것 같았다.

그렇게 된 건가…….

내가 아스카 양의 사복 차림이나 요리를 칭찬한 거나, 풍만한 가슴을 뚫어져라 쳐다본 거나, 아스카 양과 시시덕거리다 오이시 씨에게 놀림을 당한 것 때문에 사저가 이러는 것은 아니다.

어쩌면 아스카 양을 질투해서 충동적으로 나를 이런 곳으로 끌고 왔을지도 모른다고 생각했지만, 그럴 리가 없다. 사저는 그런 짓을 할 만큼 바보가 아니다.

──하지만, 그것보다 더 바보 같은 짓을 하려는 것이다.

사저는 아마 3관인 카라코 쇼지 씨와 대국을 해서 졌다.

이긴 쪽이 3단이 될 수 있는 중요한 승부에서, 일방적으로 박살이 나고 만 것이다.

평소의 사저답지 않은 꼴사나운 장기를 둔 바람에…….

그리고 첫수 의식 때 슈마이 선생님에게 들었던 말이 이런 형태로 이어지고 만 것이다. 즉──.

──이 사람은 처녀를 버리면 장기실력이 늘 거라고 생각한 거야…….

정말 그런 거라면, 상상을 초월할 정도의 장기 바보다.

"사저…… 초조한 심정은 충분히 이해해요."

나는 침대에 누운 사저를 내려다보면서 최대한 상냥한 목소리로 말을 걸었다.

"안 그래도 장기로 지면, 지금까지의 자신을 전부 부정하고 말죠. 왜냐하면, 패배한 자신을 부정하지 않으면, 뭔가를 바꾸지 않으면…… 강해질 수 없으니까요……."

명인에게 졌을 때, 나는 나 자신이 붕괴되는 소리가 들렸다.

그래서, 강해지기 위해 자신의 모든 것을 리셋하려 했다.

지금까지의 자신을, 자신을 형성하는 모든 것을, 부정했다.

제자를 들인 것. 내제자 시절의 따뜻한 추억. 그리고…… 사형제와의 관계마저도…….

그렇게 하면 강해질 수 있을 거라고 여긴 것이다.

"하지만 단숨에 변할 수 있을 리가 없어요. 변하는 것보다 변하지 않으며 계속 노력하는 것이 중요하죠."

뭔가를 버리기만 하면 뭔가를 얻을 수 있을 리가 없다. 그런 간단한 방법으로 현실을 바꿀 수 있다면, 그 누구도 노력을 하지 않을 것이다.

"나는 용왕전 도중에 그 사실을 깨달았어요."

촉촉하게 젖은 사저의 푸른 눈동자를 상냥하게 응시하며…….

나는 그때 말하지 못했던 감사의 말을 드디어 입에 담았다.

"……깨닫게 해 줬어요. 아이와, 케이카 씨와…… 사저가요."

아이는 쭉 나를 믿어 줬다.

케이카 씨는 샤칸도 씨와의 격전을 통해, 노력이 보답받는 순간을 보여줬다.

그리고 사저는――.

"하와이에서 보낸 밤을 기억하고 있나요?"

"……윽!"

내 밑에 깔려 있는 사저의 몸이 그 말을 들은 순간, 움찔했다.

"그때, 바다에서 사저를 보고…… 부끄러운 소리지만, 나는 처음으로 사저가 정말 아름답다는 걸 깨달았어요. 천사처럼 아름다웠죠. 세간에서 사저의 미모를 칭찬하는 것도 무리가 아니라고 생각했어요. 좀 더 빨리 알았으면 좋았을 거라는 느낌도 들었고요."

"…………."

사저는 깜짝 놀란 듯한 표정으로 나를 쳐다보았다.

"사저는 엄청 예쁘고, 《나니와의 백설공주》라는 별명도 지녔을 만큼 유명하죠. 나는 장기뿐이지만, 사저는 그것 말고도 많은 걸 가졌어요……. 나는 그저 같은 스승을 둔 덕분에 어릴 적에 사저와 함께 살았을 뿐인, 원래라면 사저처럼 아름다운 여자애와 알고 지낼 일도 없는 남자죠. 그러니까――."

내가 자포자기했을 때, 사저는 그래도 나를 버리지 않았다.

잘못된 선택을 한 나를 두들겨 패서, 내 선택이 『잘못됐다』는 것을 알게 해 줬다.

그러니까, 나도 이 말을 할 수밖에 없다.

"그러니까 관둬요. …………좋아하지도 않는 상대와, 이런 짓을 하려고……."

하지 마세요.

나는 그렇게 말하면서도, 마음 한편으로 기대하기도 했다.

사저가 그래도 나와, 저기…… 그런 행위를 하고 싶다고 말해 주는 것을…….

어쩌면 사저가, 나와………… 장기 이외의 다른 걸로도 이어지고 싶다고 생각하고 있을지도 모른다고 말이다. 하지만…….

"…………………싫어."

사저의 입에서 나온 말은 정반대였다.

"야이치 따위, 정말 싫어!!"

그 말은 날카로운 나이프처럼, 내 가슴을 후벼팠다.

"윽……!!"

나는 감정이 말이라는 형태로 입 밖으로 흘러나오는 것을 막기 위해, 입술을 꼭 깨물었다.

알고는 있었어. 사저의 태도만 봐도, 나한테 호의를 가졌을 가능성이 눈곱만큼도 없다는 건 알고 있었다고.

우리 사이에 장기밖에 존재하지 않는다는 걸…….

"옛날부터 정말 싫었어! 정말, 정말, 싫어!"

사형제라 친하게 지낼 뿐, 그 이상의 감정은 없다.

"장기 바보인 점이 싫어! 장기를 잘 두는 것도, 장기 생각만 하는 것도 싫어! 장기에 대해 생각할 때의 야이치의 표정이 가장 싫어!"

사형제이기에, 그런 관계가 될 수 없다.

"촌스러운 점이 싫어! 툭하면 흥분하는 점이 싫어! 아무리 괴로워도 절대 마음이 꺾이지 않는 점이 싫어!"

오히려 용왕전 이후로 나에게 화를 낼 이유라면 얼마든지 있지만, 호의를 가질 이유라면 단 하나도 없다.

"둔감하고 우유부단하고, 아무한테나 상냥해서 툭하면 오락가락하는 점이 싫어……. 그 점은 정말! 정말 싫어!!"

사저는 눈물을 뚝뚝 흘리면서 그렇게 외쳤다.

싫어. 싫어. 싫어.

──그런 건, 말 안 해도 알아.

사저가 나를 좋아할 리가 없다는 걸, 그런 일이 일어날 리가 없다는 것은 알고 있다.

"싫어·········· 바보····· 바보 야이치······."

그러니 내가 사저와 그렇고 그런 짓을 하지 않은 것이 정답이다.

가슴이 욱신거렸지만, 그래도 정답이다.

♟ 일선(一線)

쏴아아아아아아아아아아──··········.

욕실에서 들려오는 물소리가 잦아들더니, 곧 드라이기 소리와 옷깃 스치는 소리가 들려왔다.

그리고 마지막으로 발소리가 들렸다.

"··········샤워, 다 했어."

"아, 예──."

유리로 된 욕실로부터 뒤돌아선 채 침대에 걸터앉아 있던 나는 그 목소리를 듣고 돌아보았다.

눈물자국을 씻어내고 개운해진 듯한 사저가 눈앞에 서 있었다.

세일러 교복 차림이었다.

"???"

나는 한순간, 혼란에 빠졌다.

사저는 사복 차림으로 이곳에 왔다. 하지만 지금은 세일러 교복을 입고 있다.

어…… 잠깐만?

이 세일러 교복…… 평소 입던 것과 좀 다르다고 할까──.

"왜 그런 옷을 입으신 것이옵니까?!"

교훈. 인간은 혼이 몸 밖으로 빠져나갈 만큼 놀라면 극존칭을 쓴다.

"옷에 주름이 졌어."

"다…… 다른 옷은, 없었나요……?"

"없었어."

사저는 짤막하게 대답하더니, 침대에 털썩 드러누웠다.

사저는 《싸우는 세일러 교복》이라는 별명으로 불렸던 적도 있지만…… 싸우면 안 돼!

저 옷차림으로 싸우면 보일 거라고! 배꼽이라든가…… 몸 곳곳이 말이야!!

평범한 호텔이라면 가운 같은 게 놓여 있겠지만, 이런 호텔에는 저런 의상이 비치되어 있는 걸까……?

젠장…… 귀엽네.

큰일 났다. 지금의 사저는 너무 위험하다. 단순히 가슴이 뛰기만 하는 레벨이 아니다. 진짜로 위험하단 말이다.

"저, 저, 저…… 저기………… 그럼, 나는 바닥에 목욕수건을 깔고 잘 테니까……."

나는 번뇌와의 대결을 일찌감치 포기했다. 이길 수 있을 리가 없는 것이다. 같이 잤다간 그대로 확 덮쳐버리고 말 게 틀림없다.

군자는 위험한 곳에 함부로 다가가지 않는 법이다. 떨어져 있으면 어떻게든 될 것이다.

그렇게 생각하며 침대 밑으로 내려가려고 했더니──.

꼬옥.

"어."

등 뒤에 있는 사저가 내 옷을 잡아당겼다. 꽤 세게 말이다.

동요한 나에게 사저가 명령했다. 비교적 단호한 어조로.

"자."

"예?"

"침대에서, 지금 바로 자란 말이야."

"이…… 이렇게, 요?"

나는 파라오의 미라처럼 똑바로 누웠다.

"왜……왜요?"

"베개가 필요하거든."

"베개?"

"……안고 자는 베개."

"으, 윽…….."

사저는 똑바로 누운 나를 가녀린 팔로 꼭 끌어안으며 몸을 밀착시켰다. 그리고 내 귓가에 속삭이듯 이렇게 말했다.

"베개는 움직이면 안 돼."

"으윽, 예…….."

사저는 숨결이 섞인 속삭임으로 내 귀를 희롱하면서 단호한 어조로 이렇게 말했다.

"손가락 하나라도 까딱하면 바로 경찰에 신고할 거야."

"바닥에서 자고 싶은데요……."

"안 돼."

꼬옥~.

말괄량이 세일러 교복 아가씨는 손가락 하나 까딱할 수 없는 허그 베개를 끌어안더니, 인간 베개의 가슴에 얼굴을 묻었다. 여자애의 좋은 향기가 코끝을 스쳤다.

고문이야……!

이건…… 고문이라고……!

"…………아까 하던 이야기 말인데."

"예입."

"저기…… 슈마이 선생님이 한 말은, 정말로………… 실력과 상관이 없다고 생각해?"

"……예. 상관없을 거예요."

설령 상관이 있다고 해 봤자 다소 배짱이 생기는 정도일 것이며, 그런 걸 한다고 장기 실력이 늘 리가 없다.

"야이치도 한 적 없어?"

"그게…………. 예. 없어요……."

"열일곱 살인데도?"

"어쩔 수 없잖아요. 그럴 만한 상대가 없다고요."

"초등학생과 같이 살잖아?"

"그런 짓을 할 리가 없잖아요?! 나를 대체 뭐로 보고 그런 소리를 하는 거예요?!"

"······."

어이, 긴코. 왜 입을 다무는 건데?

"게다가 지금은·········· 그런 상대를 찾을 마음도 들지 않거든요."

아직도 욱신거리고 있는 마음의 상처를 자기 손으로 후벼 파면서, 나는 이 상처가 어떤 건지 생각해 봤다.

이것이 실연의 아픔이라는 걸까······?

"······때때로 생각해 보기는 해요. 만약 나한테 애인이 생기더라도, 지금은 장기를 더 소중하게 여길 것 같아요. 장기보다 소중한 건 지금까지도 없었고, 장기가 아닌 무언가에 마음이 빼앗긴 적도 없어요. 사저도 마찬가지죠?"

"······."

"허풍이 아니라, 진짜로 지금은 장기가 제 애인이에요. 그래서 인간을 애인으로 삼는 걸 상상조차 할 수 없어요. 졌을 때, 누군가가 위로해 주기를 바라기도 하지만······ 역시 지금은 장기만 생각하고 싶네요."

"············."

"다른 사람한테 이런 이야기를 해 봤자 믿어 주지 않을지도 모르지만······ 누구보다도 오랫동안 나와 함께 지냈던 사저라면 이해해 줄 거라고 생각해요. 그러니까──."

"그럼 왜 이기지 못하는 거야!!"

사저는 갑자기 고함을 질렀다. 내 피부에 파고들 정도로 손톱을 날카롭게 세우면서 말이다.

그것은 혼에서 터져 나온 외침이었다.

쭉 마음속 깊은 곳에 쌓아뒀던 것을 토해내는 듯한, 비통한 외침이었다.

"왜 나는 야이치처럼 이기지 못하는 거야?! 쭉 함께 지냈는데! 쭉 같은 걸 해 왔는데! 왜 야이치처럼 되지 못하는 건데?!"

어째서?! 어째서?!

사저는 어릴 적으로 되돌아간 것처럼 그런 말만 반복해서 토했다.

손톱이 파고들 정도로 내 등을 세게 끌어안고, 눈물을 보여주지 않으려는 것처럼 내 가슴에 얼굴을 묻은 채…… 긴코는 계속 고함을 질렀다.

"응? 어째서야?! 야이치라면 알지?! 대체 이유가 뭔데?!"

"그건……."

──재능이, 없다.

그렇게 딱 잘라 말하는 것은 간단했다. 사저에게 나와 같은 재능이 있다면 나와 같은 수준만큼 강해졌을 것이다. 그렇지 않다는 것은 재능이 없다는 것을 뜻했다…….

하지만, 그럴 리가 없다.

사저는 아직 열다섯 살에 불과하다. 중학교 3학년이 3단을 한 걸음 앞둔 위치까지 올라섰으니, 남성 장려회 회원과 비교하더라도 출세 스피드는 빠른 편이다.

즉, 재능은 있다. 프로가 될 재능이 말이다.

그렇다면 무엇이 부족한 걸까?

나는 그게 뭔지 짐작이 됐다.

"사저는⋯⋯⋯⋯ 체력이 부족하다고 생각해요."

"⋯⋯체력?"

"예."

사저는 내 말이 뜻밖이었는지, 울음을 그치고 귀를 기울였다.

"하지만⋯⋯ 장려회의 제한 시간은 여류 타이틀전보다 짧아. 여류의 장기 실력은 장려회 회원에 비하면 낮지만, 나는 다른 장려회 회원보다 공식전을 많이 치렀으니까──."

"장려회에서는 하루에 두 번 대국을 하죠? 내가 말하는 건 장기 체력이 아니라 육체적인 체력이에요."

"⋯⋯⋯⋯."

"3단 리그에 올라가면 도쿄까지 이동도 해야 해요. 그러니 사저는 체력을 많이 소모하겠죠. 여류 타이틀전 덕분에 대국을 치르러 이동하는 데 익숙하다고 해도, 사저는 한 번도 지지 않고 타이틀을 지켰으니까 1년에 대국을 여섯 번밖에 치르지 않았어요⋯⋯⋯."

사저가 보유한 여류 타이틀은 『여왕』과 『여류옥좌』다.

둘 다 5판 3선승제이며, 3승만 하면 지킬 수 있다.

여류옥좌는 가을에, 여왕은 봄에 방어전을 치르니 시기적으로 겹치지도 않는다. 스케줄을 생각해도 딱히 혹독하지 않은 것이다.

하지만 3단 리그는 그렇게 녹록하지 않다.

"3단이 되면 반년 동안 18전에 걸친 리그전을 치러야 하며,

승급 라인은 보통 13승 이상이죠. 1승 1패 페이스로는 올라갈 수 없어요. 연승이 필수예요."

즉, 하루에 2승을 치를 필요가 있는 것이다.

게다가 『연패』를 하지 않는 것도 중요하다.

지는 것은 어쩔 수 없다고 해도, 6패 이상을 하면 그 시점에서 탈락이다. 그러니 첫 대국에서 지더라도 빨리 그 충격에서 벗어나야 한다.

지금까지의 장려회 또한 조건은 동일하지만──.

"3단 리그는 목에 밧줄을 건 상태에서 싸우는 거나 다름없어요. 첫 대국에서 지면 밧줄이 목을 죄는 상태에서 장기를 둬야만 하죠. 그리고 그 밧줄이 느슨해지는 일은 없어요……. 프로가 될 때까지는 말이에요."

"으……!"

내 가슴에 얼굴을 묻고 있는 사저가 숨을 삼키는 게 느껴졌다.

사형수들 간의 데스 매치. 살아남을 수 있는 건 단 두 명뿐.

그것이 바로 3단 리그다.

극한 상태에 처한 인간은 공포 때문에 정상적인 생각을 하는 것조차 어려워진다.

그러니 마지막 순간까지 제정신을 유지한 사람이 승리한다.

장기는 기술이 아니라 마음의 힘을 겨루는 게임이라는 사실을, 프로는 장려회에서 배운다.

그런 장려회에서, 체력이 약한 사저가 이기기 위해서는 무엇이 필요할까?

나는 이 상황에서 쭉 마음속에 품어 왔던 생각을 밝혔다.

"……몰이비차를 두는 편이 좋을 거예요."

"몰이……비차……?"

"예. 앉은비차는 연구해야 할 게 너무 많아요. 앉은비차끼리 대결할 때는 선택지가 너무 많아서 대책을 짤 수가 없고, 서반에는 자신의 특기로 삼는 상황으로 이끌어가기 위해 심리전을 펼치게 되죠……."

"……"

"게다가 몰이비차와 싸울 때는 대항법도 연구해야만 해요. 사전연구와 서반의 심리전 때문에 체력을 전부 소모한 상태에서는 종반의 승부처에서 끈기를 발휘할 수 없죠……. 3단 리그에서 그건 치명적이에요. 사저도 그건 알죠?"

"…………"

『장려회에는 종반이 두 번 존재한다』.

그런 말이 있을 정도로, 장려회의 장기에는 끈기가 중요하다.

애초에 장기계에서는 『포기하지 않고 버틴다』라는 형태의 수를 『장려회』라고 표현할 정도다.

"그러니 사저가 몰이비차를 두면 전법을 자유롭게 선택할 수 있어요. 몰이비차 파와 붙더라도 둘 다 몰이비차니 힘겨루기로 승부하면 되고요. 힘겨루기라면 사저도 칸사이에서 단련했으니 충분히 해 볼 만할 거예요."

게다가 여류기사 중에는 몰이비차가 많으니, 몰이비차에 관한 경험치는 다른 장려회 회원보다 사저가 더 많을 것이다.

사저는 불안 때문에 떨리는 목소리로 말했다.

"하지만…… 소프트는 비차를 옮기기만 해도 평가치가 낮아지고…… 젊은 프로도 점점 앉은비차 파로 전향하고 있잖아?"

"그렇기 때문에, 몰이비차를 두는 거예요."

이제부터 할 이야기가 중요하기에, 내 목소리에는 힘이 실렸다.

"확실히 프로 중에서도 앉은비차 파가 늘어나고 있어요. 하지만 3단 리그를 돌파한 사람들 중에는 몰이비차 파의 비율이 상당하죠. 다들 사저처럼 『강해지기 위해서는 앉은비차』라는 선입관에 사로잡혀 있기 때문에, 몰이비차를 얕잡아보는 거예요."

바로 이 점이다.

내가 오이시 씨와의 연구회에 동의한 건 자신의 장기 실력을 갈고닦기 위해서다.

하지만 또 하나의 목적이 있다. 그것은 바로 사저에게 오이시 씨의 몰이비차를 연구할 장소를 만들어 주고 싶었던 것이다.

"스페셜리스트는 방침에 흔들림이 없기 때문에, 기나긴 리그전을 치르면서도 심리적으로 유리하죠. 전법의 선택 때문에 고민할 바에야 하나의 전법만 갈고닦는 편이 훨씬 나아요."

"……상대방 또한 대책을 세우기 쉽지 않을까?"

"앉은비차 파는 앉은비차와의 대국을 연구하는 것만으로도 벅차요. 몰이비차 대책은 뒷전이죠. 사저도 그랬잖아요?"

"하지만 프로에서 통하지 않아서야——."

"3단 리그를 통과하는 것만 생각하세요."

"윽……!"

나는 숨을 삼킨 사저를 더욱 밀어붙이려는 듯이 말을 쏟아냈다.

"프로가 되고 나서 어쩌고 같은 건 허황된 생각에 지나지 않아요. 3단 리그는 그렇게 물러터진 생각으로는 절대 돌파할 수 없죠. 그건 사저도 알 거예요."

"………."

"게다가 프로가 되고 나서 앉은비차로 갈아타서 최정상까지 올라선 사람도 잔뜩 있어요. 프로가 된 후에 어떻게 할지는 프로가 되고 나서 생각하면 되죠. 안 그래요?"

"………."

사저는 잠시 동안 몸을 딱딱하게 굳힌 채 아무 말도 하지 않았지만, 곧 몸에서 힘을 빼며 작은 목소리로 이렇게 말했다.

"……생각해 볼게."

"나도 협력할 거고, 오이시 씨도 분명 도와줄 거예요. 갑작스럽게 바꾸기는 힘들지도 모르지만, 폼 체인지도 시야에 넣으며 3단 리그에서 싸울 준비를 해 주세요."

"………."

사저는 대답을 하지 않았지만, 그 대신 낮은 목소리로 이렇게 중얼거렸다.

"…………체력을 길러야겠네."

"예."

"어떻게 하면 좋을까?"

"으음, 수영을 해 보는 건 어때요?"

"……실내 풀장이라면 햇빛 걱정을 안 해도 될 거야."

"수영모로 머리카락을 감출 수도 있고, 물안경을 쓰면 얼굴도 가려질 거예요. 사저는 얼굴이 알려져서 눈에 띄니까, 체육관에서 에어로빅 같은 걸 하는 건 어렵겠죠……."

게다가 몸에 굴곡이 없으니 수영 실력도 금방 늘 것이다.

……이런 소리를 했다간 바로 살해당할 게 틀림없다.

"혼자서 다니는 게 불안하다면, 나도 같이 다닐게요. 실은 몸을 쓰는 취미를 가지고 싶었거든요."

수영을 해서 녹초가 되면, 잠이 잘 올지도 모른다.

그런 생각으로 한 제안이었지만, 사저는 다른 의미로 받아들인 것 같았다.

"색골."

"아, 그런 의미는——."

"변태. 밝힘증."

나를 꼭 껴안은 여자애한테 『변태』, 『밝힘증』 같은 소리를 듣는다면 어떤 의미로 받아들이면 될까?

"……야이치, 요즘 수면 부족인 거야?"

"어? 그걸 어떻게 알았어요?"

"눈 밑에 다크서클이 있어."

"아…… 그런가요."

"얼굴이 이상해."

시끄러워.

"명인과의 타이틀전…… 정확하게는 제4국부터였을 거예요.

머릿속에서 장기판이 사라지지 않네요. 지금은 자는지 깨어있
는지도 애매한 느낌이에요⋯⋯."

"⋯⋯⋯⋯⋯부러워."

"예?"

"⋯⋯나는 장기판도, 장기말도 거무튀튀한 상태에서 흐릿하
게 보이기만 한단 말이야⋯⋯. 정말 부러워."

"아, 그래도 이건 이것 나름대로 괴롭다고요."

"야이치는 바보."

"그렇지만 나는 가능하면 이걸 없애고 싶다고요."

"바보. 사치쟁이."

"사치쟁이라니⋯⋯."

"⋯⋯⋯⋯⋯이래서 장기별 사람은 문제라니깐⋯⋯."

장기별 사람? 이 사람, 대체 무슨 소리를 하는 거야?

"머릿속에 장기판이 한두 개 있는 건 딱히 신기한 일도 아니잖
아요? 아이는 열한 개나 있다더라고요."

"⋯⋯⋯⋯⋯."

"그중 여섯 개는 동시에 사용할 수 있다더라고요. 장기 묘수
풀이를 잘하는 것도 납득이 된다니까요. 오이시 씨와 내가 세
개씩 맡아서 맹인 장기를 둔 적이 있는데, 아이는 내 이보까지
완벽하게 지적——."

덥석.

"끄아아아아아아아아아아————!! 왜, 왜 깨무는 거예
요?! 아, 아야야야야야얏! 손가락은 안 돼요! 장기 실력이 준다

고요!!"

나는 사저의 입에서 손가락을 뺀 후, 느닷없이 만행을 저지른 사저에게 엄중하게 항의했다.

"저기, 사저?! 손가락을 깨무는 건 반칙이잖아요!? 손가락과 뇌는 공격하지 않기로 어릴 적에 룰을 정했었잖아요! 장기 실력이 줄면 책임질 거예요?!"

"몰라. 바보. 확 약해져버려."

"정말…… 아아~ 이빨 자국이 났잖아……."

"……야이치는 장기실력이나 확 줄어버려……."

젠장~. 왜 이렇게 화를 내는 거지? 나, 사저가 듣고 화날 만한 소리를 하기라도 한 거야?

내가 고민에 빠져 있을 때, 사저가 이런 소리를 했다.

"……학교를 관둘 거야."

"중학교는 관둘 수 없는데요……."

"고등학교는 안 갈 거야. 연맹 근처의 아파트를 빌려서 자취할래."

"그런 걸…… 혼자 결정하지 마세요. 부모님과 이야기를 나눈 다음──."

"야이치도 혼자서 멋대로 결정했잖아."

"윽……."

나는 그 말을 듣고 꿀 먹은 벙어리가 됐다.

나는 끈질기게 응석을 부리는 고집쟁이를 달래듯 사저의 머리를 상냥하게 쓰다듬어주면서 말을 이었다.

"하다못해 사부님과 케이카 씨하고는 이야기해 보세요. 사부님의 집에 지내면 나도 안심이 될 테니까요……."

"…………."

사저는 아무 말 없이 내 가슴에 자신의 얼굴을 묻었다.

이건…… 동의한다는 뜻일까, 아니면 항의한다는 뜻일까…….

"사저? 알았죠?"

내가 잠시 후에 확인 삼아 물어보니…….

"…………쿨…… 쿨……."

이 인간, 잠들었어…….

"하아아~………… 진짜 내 마음을 모른다니깐……."

나는 내 품속에서 기분 좋은 듯이 숨소리를 내는 사저의 얼굴을 뚫어져라 쳐다보면서 오늘 들어 가장 큰 한숨을 내쉬었다. 갓난아기처럼 무방비한 얼굴로 자고 있네…….

"……긴코는 어릴 적부터 이랬지. 나를 실컷 곤란하게 해놓고, 마지막에는 혼자 멋대로 잠들어버렸어……."

몸만 아름답게 성장한 네 살짜리 여자애를 꼭 안은 채, 나는 눈을 감았다.

피곤한 건지, 이 날은 놀라울 정도로 푹 잠을 잤다.

◻ 외박

"…………외박했네……."

사쿠라노미야에서 맞이한 아침 햇살은 생각했던 것보다 눈부셨다.

인적이 드문 이른 아침에 혼자서 호텔을 나선 나는 역을 향해 빠르게 걸음을 옮겼다.

외박을 했다는 죄책감.

그리고 어제부터 느끼고 있는 가슴의 아픔.

그런 감정이 뒤섞인 탓에 그다지 기분이 좋지 않았다.

"여중생과 러브호텔에서 1박…… 게다가 푹 잤네……."

사저는 일찌감치 귀엽게 콧소리를 내며 잠들었고, 오늘 아침에도 나보다 늦게 일어났다.

요즘 불면증에 시달리고 있는 나 또한 약을 먹지 않았는데도 푹 잠을 잤다.

가슴속은 술렁거리고 있지만, 덕분에 머릿속은 개운해졌다.

"……어릴 적이 생각났기 때문일까? ……그런 걸려나?"

지위도, 명예도, 돈에도 흥미가 없었다.

인간관계나 연애 같은 걸로 고민하지도 않았다.

그저 장기가 너무 재미있기만 했던, 어린 시절…….

사저라는 존재가 나에게 있어 가장 행복했던 시절을 떠올리게 해 준 걸지도 모른다.

어쩌면 나만이 아니라, 서로에게…….

"뭐, 하지만 같이 자는 건 이번이 마지막이겠지."

사저는 나에게 『싫어』 하고 딱 잘라서 말했다.

나를 호텔로 끌고 가서, 저기…… 그렇고 그런 짓을 하려고 한 것도, 단순히 그러면 장기 실력이 늘 거라고 생각했기 때문이다.

"결국 우리에게는 장기뿐인 걸까…….."

장기를 빼면, 나와 사저 사이에는 아무것도 존재하지 않는다.

그럴 만도 했다.

성격도 완전히 정반대이며, 좋아하는 것이나 태어난 곳도 다르다. 같이 본 영화에 대한 감상 또한 달랐다. 아니, 다투기까지 했다. 그리고 대부분 내가 졌다.

장기 이외의 공통점은 전혀 존재하지 않는 것이다.

그러니 장기에 관한 것 이외의 어떤 감정이 우리 사이에서 피어날 리가…….

──……적어도, 사저의 마음속에는 아무런 감정도 없었던 것이다.

그런데도…… 나는 이런저런 오해를 하고, 혼자서 멋대로 흥분해서…….

"으으으으으으…… 부끄러워!"

나는 혼자서 역을 향해 걸으면서, 벌겋게 달아오른 얼굴을 아침의 차가운 공기로 식혔다.

사저와는 따로따로 호텔을 나서기로 했다.

서로가 세간의 주목을 받고 있는 이 상황에서, 우리가 함께 이런 호텔을 나서는 광경을 누군가가 목격했다간 난리가 날 것이다. 지나칠 정도로 경계하는 편이 딱 좋으리라.

『지금, 역의 플랫폼이에요.』

『5분 후에 오는 전철을 타고 돌아갈게요.』

『내가 전철을 타고 나면 호텔을 나서세요.』

『호텔을 나서는 모습을 남들이 보지 못하도록 주의해요!』

나는 사쿠라노미야 역의 플랫폼에서 연달아 메시지를 보냈다. 곧 상대방이 메시지를 확인했다는 표시가 떴다.

사저에게서는 『알았어.』라는 짤막한 답장이 왔다.

……조금은 달콤한 메시지가 올 줄 알고 한동안 화면을 쳐다봤지만, 결국 아무런 메시지도 오지 않았다.

"자아…… 열차를 타기 전에 말을 맞춰두기로 할까."

나는 통화 버튼을 눌렀다.

몇 번 신호가 간 후, 상대방이 전화를 받았다.

"아, 여보세요? 아스카 양? 어제는 느닷없이 나가서 미안해."

『아………… 아뇨, 저야말로…….』

"아스카 양과 오이시 씨는 아무 잘못 없어. 우리한테 문제가 있었던 거야."

『그, 그런……가요…….』

"그리고 아침 일찍 전화를 한 건…… 좀 부탁할 게 있어서야."

『?』

아스카 양은 영문을 모르겠다는 듯이 침묵으로 답했다.

이럴 때는 부끄러워하지 않으며 단숨에 말을 늘어놓는 편이 좋을 것이다.

"실은 어제 사저와 사쿠라노미야에서 외박을 했는데, 아스카 양의 집에서 묵은 걸로 해 줬으면 해. 밤새도록 연구회를 하고 방금 따로따로 귀가한 걸로 해 주지 않겠어?"

나 스스로도 엄청난 소리를 하고 있다는 생각이 들었다.

하지만 이럴 수밖에 없는 상황이니까…… 나는 대답을 못하는 아스카 양에게 연이어 말을 건넸다.

　"이런 부탁을 해서 미안해. 그리고 아버님한테도 말을 맞춰달라고 부탁해 주면 정말 고맙겠어."

　나는 거기까지 말한 후, 상대의 반응을 기다렸다.

　"…………."

　기다렸다.

　"…………."

　……기다렸다.

　한동안 기다렸지만, 대답이 없었다.

　"아스카 양? 내 말 듣고 있어? 아스카──."

　『꺄아아～～～～～～～～～～～～～～～～～～!!』

　"윽?!"

　『두, 두 사람이 외박…… 꺄아아～～～～～～! 흐에에에에～～～～～～～～!』

　"아, 아스카 양, 왜 그래?!"

　언제나 차분하던 아스카 양이 영문 모를 괴성을 지르잖아?!

　게다가 그 괴성이 너무 커서, 이른 아침에 역 플랫폼에서 전철을 기다리고 있던 회사원들이 깜짝 놀라 내 쪽을 쳐다볼 지경이었다.

　『죄, 죄죄, 죄송해요……! ……하지만, 왠지………… 흐에에에에～～～～～～!!』

　"그럼 잘 부탁해!!"

나는 허둥지둥 통화 종료 버튼을 눌렀다.

　아스카 양의 목소리가 너무 커서 주위 사람들의 이목을 끌고 말았다. 이런 시간대에 사쿠라노미야에 있는 나를 장기 팬이 알아보기라도 하면 큰일이 날 것이다.

　나는 때마침 도착한 전철에 탔다.

　그리고 달리기 시작한 전철 안에서 크게 한숨을 내쉬었다. 까, 깜짝 놀랐네…….

　"펴, 평소에 통화를 거의 안 해서 볼륨 조절 같은 것에 익숙하지 않네……."

　아스카 양의 목소리가 너무 컸던 바람에 아직도 심장이 벌렁거렸다.

　오이시 씨는 연애 같은 걸 절대로 허락해 주지 않을 것 같으니까…… 면역이 없는 걸까……. 남자의 알몸을 봐도 전혀 동요하지 않던데…….

　"으음…… 오해를 했을지도 모르겠네."

　하지만 솔직하게 이야기를 해도 믿어 주지는 않을 것이다.

　『어제 사저와 함께 사쿠라노미야의 러브호텔에 묵었는데, 방에 비치되어 있던 엄청 얇고 치마가 짧은 세일러 교복을 입은 사저와 끌어안고 크고 동글동글한 침대에서 함께 잤어. 그런데 야릇한 일은 없었고, 나는 아무 짓도 하지 않았단 말이야. 오늘 아침에 눈을 떠 보니 왠지 어색한 분위기였고, 호텔도 따로따로 나섰거든? 그래도 진짜로 아무 일도 없었어. 그냥 같이 외박을 했을 뿐이야.』

"음! 신빙성이라고는 눈곱만큼도 없네."

그야말로 믿어 줄 구석이라고는 눈을 씻고 찾아봐도 없는 내용이다.

"……역시 사저와 호텔에 간 것 자체를 숨길 필요가 있겠네."

다행히 딱 두 명의 입만 단속하면 되고, 두 사람 다 타인의 사생활에 흥미를 가지지 않는 편이며, 소문을 낼 타입도 아니다.

그 점은 다행이지만…….

"……아스카 양조차도 그런 반응을 보였는데…… 만약, 아이가 이 사실을 안다면……!"

사, 상상만 해도 무시무시해…….

내가 공포에 사로잡혀 떨고 있는 와중에도, 전철은 무정하게도 곧 후쿠시마역에 도착한다는 사실을 알려왔다.

🔔 모친과의 대화

"…………다녀……왔습니다……."

귀가한 나는 조그마한 목소리로 '다녀왔습니다.' 라고 말했다.

"……나…… 돌아왔거든요~? 아이 양……? 집에…… 있지?"

자기 집에 돌아왔으니 당당하게 행동하면 된다.

그렇지만…… 왠지 찜찜했다.

뭐, 그 이유는 잘 알거든? 연구회 때문에 외박할 거라고 말해 놓고, 여자애와 러브호텔에 갔기 때문이야…….

내연녀와 여행을 가서 바람을 피우고 돌아온 남편 같은 심경……이려나? 이렇게 불안에 떨 거면 바람 같은 건 피우지 않는 편이 나을 거라는 생각이 들 정도였다.

사부님의 집에 맡겨뒀던 아이가 먼저 돌아와 있을 경우, 얼굴을 보기 전에 마음의 준비를 해 둘 필요가 있다.

호텔을 나서면서 사저의 흔적은 지웠고, 말도 완벽하게 맞춰뒀다. 하지만 내 버릇을 완벽하게 파악하고 있는 아이라면 내 거짓말을 꿰뚫어 볼 것이다. 이런 상황에서는 가장 성가신 상대다.

──마음을 읽히면 안 돼…… 대국에 임할 때처럼 말이야!

"신발이 있네……. 돌아왔구나."

하지만 대답이 들리지 않았다.

"……방에서 자는 걸까?"

그렇다면 이대로 자게 두는 편이 좋을 것이다.

나는 우선 발소리를 죽이며 세면장으로 향한 후, 거울로 내 겉모습을 체크했다. 딱히 이렇다 할 흔적이 남아 있지 않다는 것을 다시 확인한 후, 드디어 제자가 있을 거실 쪽으로 걸음을 내디뎠지만──.

"……응. …………응. 알아, 엄마."

다다미방에서 목소리가 들려왔다. 아이의 목소리다. 누군가와 이야기를 나누고 있는 것 같았다.

나는 기척을 숨긴 채, 사각지대에서 다다미방으로 다가갔다.

"응? 저 사람은…… 아이의 어머니?"

아무래도 아이는 태블릿을 이용해 본가에 있는 어머니와 화상 통화를 하고 있는 것 같았다.

"⋯⋯드문 일도 다 있네."

1년 넘게 같이 지냈지만, 이런 광경은 처음 보았다.

나는 아이에게 본가에 연락하라고 자주 권했지만, 아이는 휴대전화 문자나 전화를 이용했다. 부모님의 얼굴을 보면 장기 수행의 결의가 흐트러진다고 생각한 것이리라.

하지만 지금은 모친과 서로 얼굴을 보면서 이야기하고 있다.

──본가에 다녀와서, 고향 생각이 난 걸까⋯⋯?

그런 제자를 혼자 방치해둬서 쓸쓸하게 했다는 사실 때문에, 나는 가슴이 욱신거렸다.

내가 죄책감을 느끼는 사이에도, 모녀의 대화는 계속됐다.

『아이. 당신은 확실히 다른 사람들보다 한발 앞선 존재가 됐어요. 하지만 그만큼 주위 사람들이 가장 경계하는 존재가 됐죠. 즉, 불리해진 거예요. ⋯⋯한발 앞선 바람에 오히려 더 혹독한 상황에 처했다고 생각해야 할 거랍니다.』

"응⋯⋯. 역시 그렇구나⋯⋯."

『마음 단단히 먹으세요, 아이. 적은 강대해요⋯⋯. 아무리 같이 사는 이점이 있다고 해도 방심해선 안 됩니다.』

같이 사는 이점?

아⋯⋯ 나와 살면서 항상 지도를 받을 수 있다는 말이지?

아이의 어머니는 이렇게 말하는 것이다.

다른 여류기사에 비해 축복받은 환경에 안주하지 마라. 여류 타이틀을 획득하기 위해서는 아직 갈 길이 멀다……라고 말이다!

『《나니와의 백설공주》는 물론이고, 가슴이 크고 연상인 그 여성분도 당신보다 오랜 시간을 함께 보냈어요. 그 사실을 겸허하게 받아들이며, 그들을 넘어설 수 있도록 계속 노력하세요.』

사저와 케이카 씨. 두 사람 다 아이보다 오랫동안 장기를 공부했다.

그 사람들을 이기려면 상대보다 더 노력하는 수밖에 없다. 어머니의 말은 완전 금과옥조였다.

『물론 위만 보다간 발목을 잡힐 수도 있어요. 동년배 여자애도 주의하도록 하세요.』

"알아……. 나도 가장 주의해야 한다고 생각해."

아이는 굳은 표정으로 고개를 끄덕였다. 그 목소리는 비장하기까지 했다.

동년배 여자애──.

야차진 아이는 물론이고, 아마 여류기사가 되고 싶다는 결의를 밝혔던 미오 양도 떠올리고 있을 것이다.

물론 아이는 연수회에서 미오 양에게 이겨서 상대의 마음에 상처를 준 적이 있다. 친구와의 싸움은 항상 혹독했다.

──하지만 그 상냥함이 치명적으로 작용할 수도 있다.

지금은 자신이 앞서고 있지만, 그 지위에 안주한 순간부터 차이가 좁혀지기 시작한다. 장기를 위해서는 우정도 희생할 각오가 필요한 것이다.

──이 아이는 친구를 『적』으로 둘 각오를 한 것일까……?!

마음이 착하고 상냥한 아이에게 그것은 어려울 거라고 나는 전부터 생각해왔다.

하지만 아이가 다음에 한 말을 들은 순간, 나는 간담이 서늘해졌다.

"아이의 친구 중에 샤를이라고 정말 귀여운 애가 있어. 사부님이 엄청 좋아하는 앤데…… 그 애가 아마 가장 위협적인 라이벌일 거야."

샤를 양……?!

"……대단해, 아이."

나는 등을 타고 흘러내리는 땀을 느끼면서 중얼거렸다.

그렇게 어린아이도 경계하는 이 신중함은 스승인 내 입장에서 본다면 그야말로 이상적인 발상이다.

여류기사가 되고 긴장이 풀렸을 줄 알았는데, 그렇지 않았다.

──역시 이 아이는 타고난 승부사야……!

제자가 지닌 무한한 재능을 느끼며 가슴이 뛰고 있을 때, 아이의 어머니는 말을 이었다.

『그리고 안경을 쓴 여성도 조심하세요.』

"안경?"

『정장 차림의 여기자분 말이에요.』

"쿠구이 선생님 말이야?"

『그 여성에게서는 다른 여성에게서 느껴지지 않는 이질적인…… 그래요. 집념에 가까운 무언가가 느껴졌어요. 사실 그런 타입이 가장 위협적이에요.』

응. 역시 손님을 상대하는 일을 오래 한 아이의 어머니는 안목이 날카로웠다.

쿠구이 씨는 『산성앵화』 타이틀을 지닌 여류 굴지의 실력자일 뿐만 아니라, 《유린의 마치》라는 무시무시한 별명을 지닌 위험한 상대다.

기풍은 견고하면서도 잔학함 그 자체! 사저를 제외한 여류 타이틀 보유자 중에서 아이와 상성이 가장 나쁜 상대일 것이다. 여류제위 《휘젓기의 벼락》 사이노카미 이카처럼 칼부림을 벌이려고 달려드는 타입에게는 아이도 만에 하나 정도의 승산이라도 있겠지만, 《유린의 마치》에게는 억의 하나도 승산이 없다.

게다가 쿠구이 씨는 칸사이 소속이다. 앞으로 여류기전에서 자주 맞붙게 될 것이다.

내 두 제자에게 있어 벽이 될 존재다.

"……그건 그렇고, 아이의 어머니는 눈썰미가 정말 대단하시네. 장기를 전혀 모르는데도, 이렇게 급소를 정확하게 꿰뚫어 보다니……."

역시 『전설의 여주인』은 장난이 아니다. 접객업에서 최고가 된 것은 역시 사람을 보는 눈이 있기 때문이리라. 정말 한 수 배웠다…….

『아이. 남녀관계에 있어서 가장 중요한 게 뭔지 아나요?』

"으음…… 감정? 아니야?"

『아닙니다.』

응?

방금…… 남녀관계라고 말하지 않았어? 이거 장기 이야기……

맞지?

"엄마, 가르쳐 줘! 가장 중요한 게 대체 뭐야?!"

딸이 재촉하자, 전설의 여주인은 천천히 입을 열었다.

『형태, 랍니다.』

"형……태?"

『예. 형태야말로 그 무엇보다 중요하죠.』

형태……?

뭐야? 대체 무슨 이야기를 하고 있는 거지?

『감정이나 마음 같은 것은 지극히 유동적이죠……. 얼마든지 변할 수 있는 거랍니다. 녹인 초콜릿이나 다름없죠. 달콤하기만 해선 안 돼요. 명확한 형태가 있어야 비로소 의미를 지닙니다. 알겠나요?』

"알…… 것 같아……."

『우선 형태를 갖추는 거예요. 형태야말로 기본이자 궁극이죠. 장기도 마찬가지 아닌가요?』

"응! 정석이나 싸기를 익히는 게 기본이야!"

『그래요. 모든 것은 형태로 시작해서 형태로 끝나죠. 형태가 있기 때문에, 거기에 마음을 담을 수 있는 거랍니다. ……하지만, 아이. 당신은 아직 어려요. 형태를 얻기 위해서는 나이를 더 먹어야겠죠.』

"얼마나 더 먹어야 하는데?"

『구체적으로는 6년 정도 걸릴 거랍니다.』

"6년이나……!"

『열여섯 살 생일까지 기다려야만 하지만…… 너무 멀죠. 당신의 주위에 있는 암컷 늑대들은 지금 이 순간에도 호시탐탐 기회를 엿보고 있을 거예요. 그러니 한시라도 빨리 승부를 낼 필요가 있는데…….』

"어, 어쩌면 좋을까?!"

아이가 태블릿에 매달리는 듯한 어조로 그렇게 묻자, 그 어머니가 목소리를 낮추고 대답했다.

『…………기성사실…….』

"뭐?"

뭐?

방금 엄청 무시무시한 말이 들린 것 같은데……?

『모친으로서, 지금은 이 말밖에 할 수 없군요. 다른 사람에게 물어보거나 직접 검색을 하거나 해서 조사하세요.』

"응? 알았어~."

아이는 아무것도 모르는 듯한 투로 대답했다.

『그럼 오늘은 이쯤에서 끝내도록 하죠. ……지금까지는 고향 생각이 나지 않도록 연락을 자제했습니다만, 앞으로는 정기적으로 상황을 보고하세요. 이 어미가 적절하게 조언해드리죠.』

"응! 고마워, 엄마!"

아이는 조그마한 손을 흔들면서 통화를 끝냈다.

어머니의 모습이 사라진 화면이 어두워지자, 아이는 곧 내 기척을 눈치챘다.

"앗! 사부님, 돌아오셨군요!"

아이는 나를 향해 돌아서더니, 순진무구한 미소를 지으며 이렇게 말했다.

"언제부터 거기 계셨나요?"

"응? 방금 왔어."

나는 즉시 거짓말을 했다.

왠지…… 들어서는 안 되는 것을 들은 기분이 들었기에…….

"아이야말로 언제 돌아온 거야?"

"방금 돌아왔어요. 그리고 엄마와 화상통화를 했어요!"

"흐음. 좋았겠네."

"엄마가 제 얼굴을 봐야 안심이 되겠다고 해서……."

"그랬구나. 그런데 아이."

"예?"

"어머니와 어떤 이야기를 나눴어?"

"장기 이야기를 했는데요?"

"그렇지?"

"사부님이야말로 어제 외박을 하면서 뭘 하셨나요?"

"장기 연구회를 했어."

"그렇죠?"

우리는 서로의 대답에 납득한 후, 아침 식사 준비를 시작했다.

이렇게 아무 일도 없는 것처럼, 평소와 다름없는 일상으로 되돌아갔다.

……아니, 되돌아간 것 같은 느낌이 들었다.

◌ 긴코의 아침

"…………눈부셔."

건물을 나선 나는 아침 햇살이 너무 눈부셔 눈을 감았다.

모자를 깊이 눌러쓴 나는 빠른 걸음으로 그곳을 벗어났다.

아침 햇살이 쏟아지고 있는 이 호텔촌은 어젯밤과는 완전 딴
판으로 변했다. 나는 강을 따라 난 길을 걸으면서, 입안에 남아
있는 그 말을 다시 맛봤다.

"바보 야이치……."

어젯밤에는 몇 년 만에 같이 잤다.

처음에는 가슴이 뛰었지만, 곧 옛날 생각이 나면서 깊이 잠들
었다. 울다 지쳤던 걸지도 모른다. 부끄럽다…….

"…………바보……."

이제 와서 자신이 바보 같은 짓을 했다는 생각이 든 나는 수치
심과 함께 분노를 느꼈다.

그와 동시에…… 그 멍청한 바보 때문에 화가 났다. 바보.

몰이비차를 두라고 한 그 바보의 제안은 솔직히 무리수라고
생각한다. 벼락치기로 준비한 전법으로 이길 만큼 장려회는 만
만한 곳이 아니다.

게다가 상대를 압박해서 이기는 내 스타일은 몰이비차에 필수
인 휘젓기와는 거리가 너무 멀었다…….

"……재능이 있다면 또 모르겠지만 말이야."

야이치가 자기 곁에 두고 소중히 가르치고 있는 두 초등학생. 히나츠루 아이와 야샤진 아이. 아무렇지 않게 앉은비차와 몰이비차를 둘 수 있는 천재. 한 사람은 머릿속에 열한 개나 되는 장기판이 있고, 다른 한 명은 열 살밖에 안 먹었는데도 참신한 서반 전법을 만들어내고 있다.

그렇게 젊고 재능이 넘치는 아이들을 보고 살았기 때문에, 야이치는 나에게 그런 제안을 한 것이리라.

본인한테도 비상식적인 재능이 있으니까, 나 따위가 해낼 수 있을 리가 없는 짓을 하라고 권한 것이다.

하지만 나는 못한다. 장기별 사람이 아닌 나는 불가능하다.

현재 장려회에서 그런 게 가능한 인간은 아마──.

"윽……!!"

바람이 불자, 등골을 얼어붙게 만드는 냉기가 온몸을 휘감았다. 나는 부르르 떨면서 그 자리에서 멈춰 섰다.

──다음 예회에서 붙게 될 상대는…… 그 아이가 틀림없다.

예전 같았으면 불안과 공포 때문에 걸음을 내딛지 못했을 것이다. 하지만…….

"밧줄이 느슨해지는 일은 없다…………. 프로가 될 때까지는……."

오늘 아침에는 앞으로 나아갈 수 있었다. 아직도 귓가에 그 말이 남아 있기 때문이다.

1월의 따뜻한 햇살을 향해, 나는 다시 걸음을 내디뎠다.

©shirabii

혼인보 슈마이

직 업	바둑 기사	
출 신 지	나라현 나라시	
좋아하는것	거●기	
싫어하는것	쪼그라든 거●기	

🔔 아이 양은 인기인

"히나츠루 양! 사인해 줘!"

4학년 2반 교실에서는 아이가 쉬는 시간에 초등학생들에게 사인 요청 공세를 받고 있었어요.

"응. 해 줄게."

아이는 빙긋 웃으면서 색지와 공책을 받더니, 수업 때 쓰는 서예 세트를 꺼내서 어려운 말을 썼어요.

『현모양처』, 『일부일처』, 『어린 아내』, 『첫째 제자가 가장 소중하기 마련』…… 스승보다 훨씬 잘 쓰는군요.

그리고 마지막으로 고양이 파우치에서 커다란 돌덩어리를 꺼냈어요.

"그게 뭐야?! 도장이야?!"

초등학생은 그런 걸 처음 보는지 흥미를 보였어요.

매니저처럼 아이 양의 옆에 서 있던 미오가 아는 척하듯 이렇게 외쳤어요.

"미오는 뭔지 알아! 『낙관』이라는 거야!"

"낙관~?"

"그게 뭔데?! 응?! 뭔데?!"

"으음…… 장기 기사가 사인할 때는 이걸로 도장을 찍어야 한대."

아이는 장기를 잘 모르는 친구들도 이해할 수 있도록 세세하게 설명해 줬어요.

"기사는 사인을 많이 하고, 팬들이 그걸 사 주니까, 『가짜가 아니에요!』라는 걸 증명해야만 해. 이건 그래서……."

"그럼 이건 아이 양만의 오리지널 스탬프 같은 거야?"

"우와~! 직접 만든 거야?! 아니면 다른 사람이 선물해 준 거야?!"

미오가 또 끼어들었어요.

"스승님이신 꾸쭈류 선생님한테 받은 거지? 아이, 맞지?"

"으, 응♡ 이제 정식으로 여류기사가 됐으니까 필요할 거라면서…… 사부님이 선물해 주셨어♡"

아이는 볼을 붉히면서 고개를 끄덕였어요.

그 말을 들은 초등학생들은 잠시 동안 소곤거리더니──.

"저기…… 히나츠루 양은……."

"텔레비전에서 봤는데…… 친척이 아닌 남자와 같이 살고…… 있지?"

"응! 아이는 내제자라서, 오사카에 왔을 때부터 사부님의 집에서 신세를 지고 있어!"

"""꺄아──♡ ♡ ♡"""

즉, 아이는…… 젊은 남자와 『동거』하고 있는 거예요!

여자 초등학생들의 관심은 그 점에 집중됐어요!! 다들 사인을 받으러 왔다고 말했지만, 실은 아이와 사부님의 관계에 관해 물어보려고 온 거였어요!!

"그 사람과…… 야, 약혼했다는 게………… 사실이야?"

느닷없이 『약혼』이라는 말이 나오자, 아이는 고개를 세차게 저었어요.

"야, 약혼……?! 아, 아직 안 했어~!"

" '아직' 이라는 말은, 언젠가 할 예정이라는 거야?!"

"텔레비전에서 봤어! 히나츠루 양이 어른이 되면 결혼하기로 약속했다며?!"

"뽀뽀는 했어?!"

"겨, 결혼 약속 같은 건 안 했어~! 그건 아이가 여류기사가 된 걸 축하하는 자리를 우리 엄마가 거창하게 마련했을 뿐이야……. 물론 사부님과 키스도 안 했어! …………안, 했지만……."

"""했지만?!"""

아이는 "으~……." 하고 낮은 신음을 흘리더니…….

"저기, 말이야. 다, 다른 사람한테…… 말하면 안 돼?"

"""응!!"""

"저, 절대 말하면 안 돼! 알았……지?"

"알았으니까 빨리 가르쳐 줘~!"

"약속은 꼭 지킬게!"

미오와 다른 초등학생 여자애들이 아이 양을 둘러싸고 재촉했어요.

"아이의 본가에서 용왕전 제4국을 치렀잖아? 천일수국과 재대국 사이에 휴식 시간을 가졌는데…… 그때, 사부님의 방에서…… 아이가 무릎베개를……."

"""무, 무릎베개~?!"""

꺄아~! 꺄아~! 꺄아~! 여자 초등학생 여러분은 흥분을 감추지 못했어요. 아이가 비밀로 해달라고 신신당부했지만, 이미 교실 전체에 울려 퍼질 만큼 큰 소리로 홍보해 버렸네요.

하지만 아이는 싫지 않은 듯한 표정을 지으며 말을 이었다.

"제7국에서, 사부님이 용왕 타이틀을 지켰잖아? 그 후의 파티에서 아이는 중간에 잠들어 버렸는데…… 사부님이 뒤풀이 자리를 빠져나와서, 아이를 방까지 옮겨 주셨어. 그때…….

"""그때?!"""

"고……공주님 안기……를 해 주셨다니깐……♡"

"""꺄아————————!!!!"""

"그리고, 사부님이 아이를 안고 다른 사람하고 이야기를 나눈 것 같은데……『제자가 있었기 때문에 타이틀을 지킬 수 있었다.』라고 하셨어…….

"그 말은『아이 덕분에 이겼다』라는 의미인 거지?"

미오가 그렇게 말하자, 다른 여자 초등학생들도 일제히 동조했어요.

"우와! 히나츠루 양은 승리의 여신이네!"

"게다가 같이 살잖아? 이 정도면 결혼한 거나 다름없네!"

여자 초등학생들의 기세에 밀린 아이는 주책없는 소리를 계속 늘어놓았어요.

"요, 요즘에는 말이지? 아이가 만든 아침밥을…… 매일 먹고 싶다, 고……♡"

"프러포즈~!! 그건 완전 프러포즈잖아!! 아이, 오케이했지?!"

"뭐어?! 그건 역시 프러포즈인 거야~!"

아이는 아연실색했어요.

"으, 으음…… 아이는 평소에서 사부님의 식사를 만드니까, 느닷없이 그런 의미가 담긴 말을 해도 곤란한데…………. 게다가 사부님은 여러 여자에게 비슷한 말을 하거든……. 케이카 씨의 음식은 세계제일이라는 둥, 아스카 양의 요리를 항상 먹고 싶다는 둥…… 소라 선생님의 요리는 맛없다고 말하면서도 만들어 준 요리는 전부 먹어치우니까……. 사부님은 모지리……! 바람둥이……!!"

"아, 아이? 좀 진정해……."

아이의 어둠을 자극하고 만 미오 양이 필사적으로 말렸어요.

바로 그때, 한 초등학생 여자애가 의문을 입에 담았어요.

"하지만 히나츠루 양은 동거뿐만 아니라 공주님 안기도 받기는 했지만…… 그렇다고 연인 사이라고 할 수 있을까?"

"맞아~. 스승과 제자는 선생님과 학생 같은 느낌이잖아?"

"누구라도 알 수 있는 증거? 같은 게 필요할지도 몰라."

그건 엄마한테서도 들었던 말이야! 아이는 그렇게 생각하며 동요했어요.

"사, 사귄다는 증거…… 대체 어떤 걸까?"

"역시 뽀뽀 아닐까?"

미오가 그렇게 말하자, 다른 여자애들도 동의한다는 듯이 고개를 끄덕였어요.

아이는 그 말을 듣더니, 얼굴이 새빨갛게 붉혔어요.

"뽀뽀………… 사부님과의, 뽀뽀………… 하아앙~♡"

"어때? 할 수 있을 것 같아?"

"…………샤를처럼…… 볼에 하는 거라면…….."

"에이, 상대방의 마음을 확인할 거라면 마우스 투 마우스~로 해야지."

"으으으……! 그, 그건 못해~!"

"그래? 아이 양이 부탁하면 해 주지 않을까?"

"그, 그럴지도 모르지만! 그런 건…… 아이는 부끄러워서 부탁 못해~……!"

"그럼 아이 양은 어쩌고 싶은데?"

미오는 관심이 식었는지 대충 질문을 던졌어요.

그러자 아이는 몸을 배배 꼬면서 이렇게 대답했어요.

"가능하면…… 사부님이, 아이에게, 저기…… 해 줬으면, 좋겠어……."

"뭐어~? 하지만 그 선생님은 엄청 둔감하니까 무리일걸?"

"으으으…… 아이도, 그래서 난처하긴 한데……."

쿠즈류 선생님의 둔감력으로 말할 것 같으면, 그걸 제목으로 해서 책을 낸다면 장기 펜클럽 대상은 따 놓은 당상일 정도로 정평이 나 있어요. 그 정도로 절망적이죠.

"하아…… 어쩔 수 없네. 내가 도와줄게."

그렇게 말하면서 나선 이는 반에서 가장 조숙한 애인 미하네요.

일전에 쿠즈류 선생님이 야샤진 아이에게 신경을 쏟을 때, 아이를 불안하게 만드는 발언을 했다가 거꾸로 울음을 터뜨리고 말았던 여자애죠(오줌도 지렸어요).

그런 불행한 일도 있었지만, 원래 남들을 잘 챙겨주는 미하네와 기본적으로 얌전한 아이는 서로를 같은 반 친구로 존중하는 사이가 됐어요.

이번에는 자신의 특기분야라 그런지, 미하네가 자랑스레 이야기를 시작했어요.

"내 애인은 가정교사를 해 주는 대학생인데 말이야~."

"와아~! 대학생이면 쿠쭈류 선생님보다도 나이가 많잖아! 완전 어른이네~!"

"미, 미하네 양…… 대단해……!"

미오와 아이는 존경심으로 가득 찬 눈길로 미하네 양을 쳐다봤어요.

"뭐, 별거 아니야. 남자는 하나같이 어린애거든. 내가 연애 테크닉을 사용했더니, 확 넘어오지 뭐야."

실은 가정교사 선생님과 연인 사이는 고사하고 완전히 어린애 취급을 당하고 있지만…… 자존심이 강한 미하네는 자기가 짝사랑 중이라는 사실을 숨긴 채 허세를 부리고 말았어요.

그걸 모르는 아이는 간절한 눈길로 미하네 양을 쳐다보며 이렇게 말했어요.

"미하네 양, 가르쳐 줘! 대체 어떤 연애 테크닉을 쓴 건데?! 어떻게 하면 그걸 익힐 수 있는 거야?!"

"나는 이 책을 보고 공부했어. 여기에 전부 나와 있더라니깐."

미하네는 그렇게 말하면서, 자신의 가방에서 책을 한 권 꺼냈어요.

🏠 아이, 로리콤을 죽이려 들다

"⋯⋯다녀왔어~."

공식전을 마치고 집에 돌아온 나는 집 안을 향해 말했다.

대국이 일찍 끝났기 때문에 아직 저녁때였다.

"아이~? ⋯⋯어라, 아직 학교에서 돌아오지 않은 건가?"

오늘 대국은 꽤 이상했다.

상대는 칸토의 중견 기사다.

후수가 된 나는 힘겨루기로 상대를 유도해서 형세가 분명치 않은 서반을 돌파했다. 그리고 조금 밀리는 형국이지만 실력을 발휘할 수 있는 상황으로 전개가 되면서, 자 이제부터 기나긴 중반전이 시작될 거라고 기합을 넣었지만──.

"상대가 느닷없이 투료해버렸잖아."

그러자 나, 그리고 기록 담당이었던 카가미즈 씨는 동시에 당황하고 말았다.

아무래도 상대방은 형세를 비관하고 있었던 것 같은데⋯⋯.

"그렇게 나쁘지는 않았다고나 할까, 오히려 내가 밀리는 상황이었는데 말이야. 내 형세 판단이 이상했던 걸까? 하지만 카가미즈 씨도 나와 같은 의견이었는데⋯⋯."

대국을 마친 느낌이 들지 않아서 그런지 머릿속에서는 아직도 장기말이 오가고 있었다. 집으로 오면서도, 나니와스지의 횡단보도에서 빨간색 신호인 걸 눈치채지 못해서 차에 치일 뻔했다.

"용왕전도 포함하면 이걸로 7연승…………. 이기고 있으니 컨디션이 좋은 것 같기는 한데……."

내가 신발을 벗으면서 그렇게 중얼거리고 있을 때…….

"다녀오셨군요♡ 사부님~♡♡♡"

제자가 귀여운 발걸음 소리를 내면서 현관으로 마중을 나와……줬, 는데…….

"어라? ……아이? 그건 뭐야……?"

"에헤헤♡ 좀 『이미지 체인지』를 해 봤어요!"

확실히 이미지 체인지는 이미지 체인지였다.

평소보다 올려 묶은 머리카락이 소악마 같은 달콤한 매력을 자아내고 있다. 『트윈 테일』이라고 하던가? 평소 머리 모양도 괜찮지만, 이 머리 모양도 귀여웠다.

옷도 귀여웠다. 초미니 스커트에 허벅지까지 가리는 흰색 니삭스를 신고 있었다.

헐렁한 소매가 손을 쏙 가리고 있는 모습도 정말 귀여웠다. 『모에 소매』라고 불리는 것이다.

사부라 제자를 편애하는 게 아니라 진짜로 그렇게 보였다.

"…………귀여워……."

귀여워! 웬만한 주니어 아이돌보다 훨씬 귀엽다고!

사진이 인터넷에 나돌아 다닌다면 『기적의 한 장』이라 불리며 어마어마한 속도로 퍼져 나갈 것 같다. 『1만 년에 한 명 있을까 말까한 미소녀』 정도가 아니다. 지금의 아이는 그 수준을 뛰어넘었다. 1억 년으로도 부족하다. 『1억 하고 3년에 한 명 있을까 말까 한 미소녀』라고 부르고 싶다.

아이가 너무 귀여워서 내가 눈을 떼지 못하고 있을 때, 본인은 얼굴을 살짝 붉히면서 이렇게 말했다.

"저, 저기…… 이상, 한가요……?"

"아, 아니야! 정말 귀여워. 그런 옷도 잘 어울리는구나."

첫수 의식 날, 나는 아이에게 『귀엽게 꾸미고 칸사이 장기계를 홍보해달라』 같은 소리를 했다. 진지한 아이는 내가 그때 했던 말을 의식하고 있는 것이리라.

지나치게 귀여워서 좀 불안하지만…… 제자의 헌신적인 마음을 부정해선 스승으로서 도량이 너무 좁은 것이리라. 여류기사라는 자각을 가지기 시작한 거라고 생각하며, 일단 칭찬부터 해줘야겠다.

"응! 정말 귀여워! 이미지 체인지 대성공!!"

"에헤헤♡ 그럼──."

아이는 순진무구하게 내 팔을 잡더니, 45도 각도로 올려다보며 미소를 지었다.

"평소와 지금 중에, 언제가 더 좋나요?"

"뭐?"

"사부님은 어느 아이가 더 좋나요~?"

푸우우우욱~~~~~~~~~~~♡♡♡

나는 가슴을 꿰뚫린 듯한 충격을 받았다!

소악마 같은 귀여운 목소리!

남자의 마음을 순식간에 녹여버리는 시선!

가슴이 조여들더니, 심장이 미친 듯이 뛰기 시작했다!!

뭐…… 뭐야?! 나는 왜 초등학교 4학년의 시선을 받고…… 이렇게 가슴이 뛰는 거지……?!

"예? 사부님~. 어느 쪽이 더 좋아요~?"

"아니…… 어? ……저기………… 야, 양쪽 다…………."

"양쪽 다…… 어떻다고요?"

"야, 양쪽 다………… 좋아요…………."

"에헤헤~♡"

아이는 『방긋~☆』웃더니, 잠시만 내 가슴에 얼굴을 묻은 후…….

"저녁 식사, 금방 준비할게요!"

"으…… 응. 잘 부탁해……."

초등학교 4학년인 제자는 나한테서 떨어지더니, 부엌을 향해 뛰어갔다.

1년가량 함께 지내면서 익숙해진 그 모습이, 평소보다 눈부시게 보였다.

머릿속 장기판에 점거당한 상태였던 뇌도 방금 그 충격에 각성했다.

아, 로리콤에 눈떴다는 의미는 아니거든? …………아니지? 맞지?

© shirabii

"우와~. 오늘은 정말 호화롭네."

"예! 대국 때문에 피곤하실 사부님이 기운을 내 주셨으면 해서요♡"

복장뿐만 아니라 아이가 만든 요리도 평소와 완전 달랐다.

전부 맛있어 보인다는 건 동일했다. 대국이 너무 일찍 끝난 바람에 연맹에서 저녁을 먹지 않아서 배도 고프니까, 잘 먹겠습니다~!

하고 생각했는데…….

"사부님. 실례할게요♡"

털썩.

아이는 지극히 자연스러운 동작으로 내 옆에 앉았다. 트윈 테일이 내 어깨에 닿을 정도로 딱 붙어 앉은 것이다.

평소에는 맞은편에 앉아서 식사를 했는데…….

"어? 내 옆에서 식사할 거야?"

"……안 되나요?"

"아…… 괜찮기는, 한데……."

아이가 나를 올려다보며 조르자, 바로 허락했다. 45도 시선은 정말 최강이다.

사, 사부로서의 위엄이………… 홀로서기가…………..

"그, 그럼…… 잘 먹겠습니다."

"잘 먹겠습니다~♡"

자연스럽게 내 어깨에 머리를 댄 아이는 조그마한 두 손을 맞댔다.

그리고 천천히 나를 향해 고개를 돌리며 입을 벌렸다.

"⋯⋯어?"

아이는 나를 향해 뭔가를 기대하는 듯한 시선을 보내며 입을 계속 벌리고 있었다.

"⋯⋯⋯⋯⋯."

아이는 여전히 입을 벌리고 있었다.

어? ⋯⋯안 먹는 거야? 왜 이러지?

내가 그런 생각을 하고 있을 때, 아이는 벌리고 있던 입을 닫더니, 약간 화난 듯한 표정을 지었다.

"⋯⋯사부님."

"응?"

"이 식사는 누가 만든 거죠?"

"아이가 만들었지."

"식후의 차를 준비하는 사람은 누구죠?"

"그것도 아이가 하지."

"설거지는 누가 하죠?"

"⋯⋯아이 양께서 하시지."

나는 제자를 향해 고개를 숙였다.

"미안해. 나, 아이한테 너무 의지했지? 앞으로는 하다못해 설거지만이라도──."

"그런 게 아니에요!!"

어? 아니야?

"아이는 요리를 만들었으니까, 사부님이 할 일은 아이에게 요리를 먹여 주는 거예요!"

"그……래? 그런 거야?"

"그래요!"

그렇구나~.

"그럼 처음부터 다시 해 봐요. 아~앙♡"

"그럼…… 먹여 줄게."

"아~앙♡"

조그맣게 입을 연 제자는 나에게도 '아~앙♡' 소리를 낼 것을 요구했다.

"아, 아~……."

나는 머뭇거리면서도 제자가 바라는 대로 해 줬다. 주, 죽도록 부끄러워……!

하지만…….

냐암!

"윽……?!"

제자에게 음식을 먹여 준 순간…… 가슴속 깊은 곳을 번개가 꿰뚫은 듯한 충격이 느껴졌다!

크윽! 너……너무 귀엽잖아!!

이대로 이성과 사회적 지위를 전부 내던져 버리고 인간으로서 절대로 넘어서는 안 되는 선을 넘어버릴 뻔했지만——.

"…………나는 로리콤이 아니야. 나는 로리콤이 아니야. 나는 로리콤이 아니야. 나는 로리콤이 아니야…………."

나는 염불처럼 그렇게 중얼거리면서, 겨우겨우 평정심을 유지했다. 꽤 위험한 상태다……!

한편, 내가 먹여준 음식을 먹은 아이는…….

"……하으으……! 너, 너무 부끄러워서, 맛이 느껴지지 않아…………!"

"하아하아…… 아, 아이…… 왜 그러니? 무슨 문제라도 있어……?"

"아, 아무것도 아니에요!"

방금까지 나한테 어리광을 부리던 아이가 갑자기 고개를 휙 돌렸다. 왜 이러지? 내가 기분 나쁘게 행동해서 그런가? 로리콤에 눈뜰 뻔 했기 때문인가? 그런 낌새를 풍긴 걸까?

나는 이 거북한 분위기를 얼버무리기 위해 요리 쪽으로 화제를 돌렸다.

"이, 이건…… 무슨 생선이야?"

"**키스**예요. **키스** 튀김이죠."

"키스? 그건 여름 생선 아니야?"

"냉동되어 있던 걸 본가에 연락해서 보내달라고 했어요."

기름이 위험할 것 같아서 내가 사준 에어 프라이기를 이용해 아이가 만든 이 키스 튀김은 정말 맛있었다. 물론 다른 요리도 끝내줬다.

"이건…… 스튜? 맞지?"

"**츄** 스파이스예요. 슬로베니아의 전통요리인데, 일본으로 치면 감자찜 같은 거예요."

"트, 특이한 요리도 아는구나."

"공부했어요! 잘했죠?"

"어…… 으, 응. 정말 잘했어."

"하냐~♡"

머리를 쓰다듬어주자 엄청 귀여운 소리를 냈다. 맙소사. 왜 이렇게 귀여운 거야?

아이가 귀여운 건 알고 있었고, 예전에도 가슴이 콩당거린 적이 있지만…… 오늘은 왠지 차원이 다를 정도로 귀여웠다.

이 귀여움은…… 샤를 양조차 능가하는 거 아니야?!

내가 머리를 쓰다듬어준 덕분에 기운이 난 듯한 아이는 눈을 반짝이며 말을 이었다.

"다음에는 **쮸~웅**화요리에도 도전해 볼까 해요!"

"자, 잘해봐……."

"내일 아침은 **프렌치** 토스트를 만들 거예요!"

"……기대할게."

나는 그렇게 대답하는 것만으로도 힘들었다.

이제 아이를 쳐다볼 수도 없었다. 너무 귀여워서 돌이킬 수 없는 짓을 저지를지 모른다는 생각마저 들었다…….

"하아~………… 마, 맛있기는 한데…… 정말 지쳤어……."

아이가 식기를 들고 부엌으로 가자, 나는 바닥에 그대로 털썩 쓰러졌다.

요리의 맛이 어땠는지 잘 생각나지 않았지만…… 정말 달콤한 시간이었다는 것만큼은 내 의식 밑바닥에 강렬하게 새겨져 있었다…….

"응?"

내가 문득 다다미방을 쳐다보니── 아이의 가방 옆에 놓인 잡지가 눈에 들어왔다.

"이건…….'

『여자 초등학생 4학년』

"우와…… 반가운걸!"

나는 그 책의 표지를 보자마자 무심결에 그렇게 말했다. 그것은 초등학생용 잡지였다.

나와 사저는 『장기세계』나 『장기 묘수풀이 파라다이스』 같은 잡지만 봤지만, 초등학교 때 같은 반 아이가 이걸 학교에 가져오면 다 같이 보면서 즐거워했다.

"연재만화나 수학 문제 같은 게 초등학생한테는 엄청 매력적이잖아~!"

『장기세계』에도 연재 강좌(『현재 이시다류가 화제! 시타마치 경쾌 이시다로 앉은비차 동굴곰 격파!』, 『진격의 봉은! 급전의 왕도, 봉은의 우수성을 검증한다』 등)나 장기 묘수풀이, 한 수 필지(必至) 문제집 같은 게 실려 있었지만, 같은 반 아이들은 그다지 관심을 가지지 않았다.

"어디 보실까? 요즘 초등학생들 사이에서는 어떤 기사가 인기지?"

나는 페이지를 넘겼다. 권두 특집 기사의 제목은 이러했다.

『연상 남성을 함락(攻略)하는 100가지 방법』

눈에 들어온 그 문자열을 이해하는 데 상당한 시간이 걸렸다.

……뭐야? 이게 대체 뭐지?

내가 알고 있는 초등학생용 잡지는 『오래 나는 종이비행기를 접는 법』 같은 특집이 실리는 잡지였는데…….

나는 호기심이 아니라 공포물을 더 보고 싶을 때에 가까운 감정을 느끼면서 페이지를 넘겼다.

『특집! 이것이 「로리콤 킬링 숏」이다!』

순진무구한 표정으로 상대방의 팔을 잡으며 45도 각도로 올려다보며 웃고 있는 여자 초등학생의 사진이 상세한 설명과 참고 포즈집과 함께 실려 있었다.

이, 이건……!

"전부 아까 내가 아이에게 당하고 가슴이 뛰었던 포즈잖아?!"

나는 허둥지둥 페이지를 계속 넘겼다.

『적극적으로 보디 터치! 여자 초등학생은 상대방을 함부로 만져도 괜찮으니까, 직접 상대를 마구 만져서 로리콤을 유혹해!』

『아무튼 「좋아해」라는 말을 입에 담게 하는 거야! 로리콤은 여성에게 적극적으로 행동할 수 없으니까, 이쪽에서 어택! 선제공격이 기본이야☆』

『어린애는 '어린애다움'이 최고의 무기! 4학년쯤 되면 어른스러운 방향성을 추구하기 마련이지만, 꼭 참고 로리큐트☆노선을 노리자!』

『퍼스트 키스는 허들이 높아……. 그러니까 우선 '아앙~♡' 같은 길로 입을 의식하게 해서 허들을 낮춘 다음에 클리어하는 게 포인트야!』

"…………이건……."

…………나…… 아까 전부 당했는데요…….

게다가…… 이걸 전부…… 당하면서 가슴이 콩콩 뛰었는데 요…………

그렇다는, 건…… 나………… 혹시…… 로——.

"하하…… 하………… 요, 요즘 여자 초등학생들은 조숙하 네~(웃음)"

내가 웃음으로 얼버무리면서 평정심을 유지하고 있을 때.

"그, 그러고 보니 부록도 있지!"

나는 진땀을 닦을 여유조차 없는데도, 구원을 갈구하듯 다른 부분을 봤다.

"이야~ 애들은 어린 마음에 도라●몽이나 프리●어 관련 부 록 굿즈를 가지고 싶어 하기 마련이지~."

장기세계에도 부록이 있지만 대부분 소책자이며, 『외통수순 을 막는 39가지 수순』, 『싸기는 이렇게 부숴라【동굴곰 편】』, 『라이벌과 격차를 벌이는 신감각 몰이비차의 기본! 지금 바로 두자, 다이렉트 맞비차』 같은 거라서 초등학교에서 자랑하기 에는 좀 그랬다. 그래도 장기도장의 할아버지들에게는 자랑할 수 있었다.

"요즘에는 어떤 부록을 주지? 뭐, 열일곱 살이 깜짝 놀랄 만한 걸 주지는 않을 것 같지만——."

『특별 부록! 로리콤을 죽이는 옷』

"아이에에에에에에에에에에에에에에에에에에—————
———?!!!!!"

나는 경악한 나머지 새우처럼 뒤편으로 몸을 꺾으며 절규를
터뜨렸다.

"사부님?! 왜 그러세요?!"

내 절규를 듣고 놀란 제자가 뛰어왔다.

아이가 입고 있는 그 옷은…… 틀림없는 『로리콤을 죽이는
옷』이었다.

그래…….

그렇게 된 거구나……!!

나는 모든 사실을 안 후, 정좌를 취하며 위엄을 갖췄다.

"……아이. 여기 좀 앉아 보렴."

"예~♡"

"잠깐만! 내 무릎 위가 아니라 정면에 앉아! 이러면 포옹하는
것 같잖아! 정좌 자세를 취하란 말이야!!"

"에헷~☆"

아이는 혀를 날름 내밀면서 조그마한 주먹으로 자신의 머리를
톡☆ 때린 후, 남자의 하트를 꿰뚫는 『로리콤 킬』 각도로 나를
올려다보았다.

크윽! 파……파괴력이 어마어마해……!!

잡지에 적힌 정보에 따르고 있을 뿐이라는 건 알았지만……

너무 귀여워서 가슴이 답답해……!! 이성이…… 죽어버릴 것
같아……!!

하지만!!

"하아아————………… 스읍————………………."

나도 장기계 최고위인 용왕 타이틀을 지켜낸 남자!

대국 전처럼 심호흡을 하면서 마음을 진정시킨 후…….

"……아이."

나는 반론을 용납하지 않는 듯한 엄격한 어조로 제자를 향해
명령을 내렸다.

"옷을 벗어."

"어어……?"

한순간, 아이는 어안이 벙벙한 표정으로 나를 쳐다보았다.

그리고 곧 열이 나는 것처럼 얼굴이 새빨개진 아이가 촉촉하
게 젖은 눈동자로 나를 쳐다보며 고개를 끄덕이더니…….

"아…… 예!"

떨리는 손으로 단추를 풀기 시작했다!

조그마한 그 손은 명인이 승리를 확신했을 때 손이 떨리는 것
과 마찬가지로———— 승리를 향한 흥분과 긴장 때문에 크게 떨리
고 있었다.

"드, 드디어 이때가…… 역시 『여자 초등학생 4학년』은 성전
이야……. 대단해……. 미하네, 고마워………… . 그리고 아

빠, 엄마…… 길러 줘서 고마워……. 아이는 오늘 밤, 사부님에게 모든 것을 바치겠어요……!"

"아, 아니야! 그런 의미가 아니라……! 으악~! 잠깐 스톱, 스톱, 스톱, 스톱!!"

나는 느닷없이 눈앞에서 옷을 벗어던지기 시작한 제자를 허둥지둥 말렸다.

어쩌다가 이렇게 된 거지?! 아니, 우선 옷을 벗는 것부터 막아야 해!

"아이! 멈춰!"

"꺄아……♡"

나는 『로리콤을 죽이는 옷』을 이 자리에서 벗으려 하는 제자의 손을 잡으며 그대로 쓰러뜨렸다.

상황적으로 본다면 더욱 위험해졌지만…… 이대로 있다간 『로리콤을 죽이는 옷』 때문에 내가 사회적으로 말살당하고 만다! 이런 광경을 남이 보기라도 한다면 파멸이라고!!

내가 그런 생각을 했을 때, 현관문이 열리는 소리가 들렸다.

"야이치 군~? 아이 양~? 조림을 너무 많이 만들어서 나눠주러 왔……는, 데──."

턱!! 들고 있던 냄비를 수직으로 떨어뜨린 케이카 씨가 떨리는 목소리로 그렇게 말했다.

"너, 너희………… 역시…………."

케이카 씨의 눈앞에는──.

옷을 반쯤 벗은 아이와, 아이의 옷을 움켜쥔 채 덮치고 있는…… 내가…….

"어…… 언제부터야? 아니, 말하지 마! 듣고 싶지도 않아! 그어떤 이유가 있더라도, 이건 용서받을 수 없는 짓이야……. 하지만, 너희의 말을 들었다간, 나는 아무것도 못 본 걸로 해버릴 것 같아!! 그러니까 아무 말도 하지 마!!"

"자, 잠깐만! 아니야!! 케이카 씨, 오해하지 마! 나는 로리콤이 아니라고!!"

"로리콤은 하나같이 그런 소리를 하거든?!"

"그래요! 사부님은 로리콤이 아니에요! 아이를 진심으로 사랑하는 거예요!"

"그런 게 바로 로리콤이야아아아앗!!"

케이카 씨는 몸을 웅크리더니, 통곡을 했다.

아이는 『로리콤을 죽이는 옷』을 벗으려 했다.

그리고 나는 옷을 벗으려 하는 제자를 말리며 필사적으로 오해를 풀려 했다.

케이카 씨에게 자초지종을 설명해서 납득시키는 데는 두 시간이나 걸린 데다, 최종적으로는 오해가 완전히 풀리지는 않은 것 같았다. 케이카 씨는 돌아가면서도 의혹에 찬 눈길로 나를 쳐다봤거든…….

이 순간, 나는 결의했다.

예정보다 조금 이르지만————— 그때가 온 것이다.

♟ 도구야스지

"사부님, 여기 좀 보세요! 코미디언이에요! 요시모토 연예인 사무소에 속한 그 코미디언이라고요!"

"응~. 코미디언이네~."

아이가 로리콤을 죽이는 옷을 입고 나를 죽이려 했던 시기의 주말.

나는 두 제자를 데리고 『난바 그랜드 카게츠』 앞을 지나갔다.

"저기 NMB48 극장도 있어요! 우와~!! 즐~거~워~요~!!"

그러고 보니, 이 애를 오사카의 관광지에 데려온 것 자체가 처음일지도 모른다. 항상 장기만 뒀으니까.

"왜 그렇게 떠드는 거야? 여기가 그렇게 유명한 장소야?"

야샤진 아이는 흥미 없다는 듯한 어조로 그렇게 말했다. 나는 그 말을 듣고 깜짝 놀라서 물어보았다.

"너…… 요시모토나 NMB도 모르는 거야? 칸사이에 살면서 말이야?"

"텔레비전으로는 공영 방송과 케이블의 바둑 장기 채널만 보거든."

"그, 그렇구나……."

역시 아이 아가씨. 정말 금욕적이시다.

"그런데 무슨 일이야? 아키라를 대동하지 말고 혼자서 오사카로 오라고 해서 시키는 대로 했더니, 이렇게 한심한 곳에서 대체 뭘 하려는 건데?"

"뭐, 요즘 내 타이틀전과 연맹 관련 행사 때문에 바빴잖아? 때로는 사제지간이 허물없이 휴일을 같이 보내는 것도 좋을 것 같아서 말이야. 여류기사가 된 너희에게 주는 상이야."

"상? 이건 벌칙게임이잖아. 진짜 바보 같네. 게다가 너는 우리를 상대하고 있어도 되는 거야?"

"응? 그게 무슨 소리야?"

"소라 긴코. 오늘 연승을 하면 3단에 올라가지?"

"나는 장려회 예회 날에 연맹 출입이 금지되어 있어. 사저의 명령으로 말이지."

"……어차피 하루를 날릴 거면, 나는 그 대국이 보고 싶었어. 쿠누기 소타도 3단이 될지 모른다니까……."

야샤진 아이가 투덜대듯 그렇게 중얼거렸지만, 히나츠루 아이는 싱글벙글 웃고 있었다.

"저는 즐거워요! 셋이서만 외출하는 건 처음이잖아요!"

"그러고 보니…… 그러네?"

"맞아요~. 엄청 고대했다니까요……. 이거 좀 봐요!"

아이는 샌드위치가 가득 들어있는 바구니를 보여주며 말을 이었다.

"다 같이 먹으려고 아침 일찍 일어나서 만든 거예요! 잘했죠? 잘했죠?"

"……응. 잘했어."

"에헤헤~♡"

머리를 쓰다듬어달라는 것처럼 고개를 까딱거리는 제자를 본 나는 결국 머리를 상냥하게 쓰다듬어 줬다. 그러자 아이는 새끼 고양이처럼 눈을 가느다랗게 떴다.

여류기사가 되고 홀로서기는 고사하고 더욱 어리광을 부리고 있네……. 로리콤을 죽이는 옷도 그렇고, 점점 문제아가 되고 있어……. 빨리 어떻게든 해야 해…….

새끼 고양이가 된 아이, 그리고 그런 아이의 머리를 쓰다듬어 주는 나를 차가운 눈길로 보던 내 둘째 제자가 이렇게 말했다.

"그런데 여기는 왜 온 거야?"

"오늘 너희와 만나게 해 주고 싶은 사람은 코미디언도, 아이돌도 아니야. 우리가 갈 곳은—— 바로 저기지."

나는 그렇게 말하면서 난바 그랜드 카게츠의 남쪽에 있는 길을 가리켰다.

『도(道)』라고 큼지막하게 적힌 붉은색 간판이 입가에 있는 상점가다.

"저, 저…… 기묘한 곳은 대체 뭐야?"

"저기가 오늘 우리가 갈 곳이야. 센니치마에에 있는 『도구야스지』지."

""도구야……스지?""

"『여기서 구할 수 없는 도구는 없다』는 곳이야."

나는 움츠러든 두 사람을 데리고 도구야스지 안으로 들어가며 설명했다.

"예를 들어 여기는 방석 전문점이지."

""방석?!""

"저기 있는 건 가게 입구에 거는 천을 전문적으로 취급하는 가게고, 저쪽에 있는 건 술집 앞에 거는 초롱이나 간판 같은 걸 파는 가게야."

그런 식으로 음식점에서 쓰이는 도구를 판매하는 가게가 줄지어 있었다.

"우와아! 엄청 커다란 냄비예요! 영업용 대형 냄비네요!!"

"흐음…… 식품 샘플을 직접 만들 수 있구나. 좀 재미있어 보이네……."

히나츠루 아이는 업무용 요리도구에 과하게 반응했고, 야샤진 아이는 식품 샘플에 관심을 보였다. 어른스러워 보이지만 역시 어린애다. 귀여운 구석도 있는걸.

"미안하지만 오늘 우리가 갈 곳은 그런 가게가 아니야. 저쪽으로 가자."

나는 아쉬워하는 제자들을 데리고 옆길로 들어갔다.

"허름한 곳이네……. 이런 곳에 대체 누가 있는 건데?"

"장기의 신이야."

"뭐?"

야샤진 아이는 고개를 갸웃거렸다.

바로 그때, 히나츠루 아이가 뭔가를 눈치챈 것처럼 주위를 둘러보았다.

"어……? 이 신기한 향기는…… 대체 뭐죠?"

"아! 진짜네……. 어딘가에서 향을 피우는 걸까?"

제자들이 조그마한 코를 귀엽게 킁킁 거리자, 나는 그 냄새의 정체를 가르쳐 줬다.

"나무 냄새야."

""나무?""

그 가게의 주위에서는 나무 냄새가 감돌고 있었다.

『텐츠지 바둑판점』

"바둑판 가게……인가요?"

"뭐야. 바둑판 가게잖아. 이런 곳에 있는 장기의 신이라고 해봤자 어차피 사이비 아니야?"

"보통 이런 가게에서는 기본적으로 바둑판과 장기판, 둘 다 취급하거든."

　가게 앞에는 사람이 없었다. 나는 멋대로 안으로 들어가며 이렇게 말했다.

"선생님~? 계시죠~? 어디 계세요~?!"

……대답이 없었다. 인기척도 느껴지지 않았다.

　히나츠루 아이가 내 옷깃을 움켜쥐며 불안이 섞인 목소리로 이렇게 말했다.

"자리를…… 비운 걸까요?"

"아, 사전에 연락해 뒀거든. 게다가 작업 전이니까 술도 안 마셨을 텐데──."

"술?"

야샤진 아이는 미심쩍은 듯한 목소리로 그렇게 말했다.

　좁은 가게 안에는 다리가 달린 멋진 장기판이 줄지어 놓여 있었다. 그리고 장기판보다 사이즈가 큰 것은 바둑판이다. 또한 바둑알통과 말받침, 바둑알과 장기말…… 그중 어느 것에도 가격표는 붙어 있지 않았다.

그것들은 하나같이 이 허름한 가게와는 어울리지 않는 명품이었다.

"이쪽에 있나……?"

그런 신비로운 가게의 안쪽으로 이어지는 장지문을 손으로 열자——.

🔔 장기판 장인

새하얗고 둥그스름하고 탱탱한 무언가가 눈앞에 나타났다.

"……어?"

이게…… 뭐지?

나는 손가락으로 눌러봤다. 톡톡.

"꺄아~."

아. 귀여운 소리가 들렸다.

"???"

나는 얼굴을 내밀어서 냄새를 맡아보았다. 좋은 냄새가 났다.

그리고 드디어 눈치챘다.

이것이 인간의—— 여성의 엉덩이라는 사실을 말이다.

"어어어어어어어어어어어어어어어어어어어어엇?!"

엉덩이이이이잇?! 장기판 가게에, 웬 엉덩이?!

나는 허둥지둥 방구석으로 물러났다. 떨어져서 보니, 바로 알 수 있었다. 여자다. 실오라기 하나 걸치지 않은 미녀다.

그것도 칼집에서 뽑은 일본도를 장기판에 대고 있는 젊은 여성이다. 그것도 알몸으로 말이다.

"왜왜왜, 왜! 왜 알몸인 거죠?!"

"떠들지 마세요!"

칼을 쥔 미녀는 냉정한 목소리로 말했다. 알몸으로 말이다.

"신성한 작업장에서 옷을 입은 채로 떠들다니, 정말 어이가 없군요! 빨리 옷을 벗으세요!!"

"신성한 작업장에 알몸으로 있는 게 훨씬 어이없거든요?!"

"잔말 말고 당신들 전부 옷을 벗으세요!!"

"안 벗어요!!"

"그럼 즉시 이 방에서 나가세요!"

미녀는 칼을 휘두르며 우리를 몰아세웠다. 나도 나가고 싶거든?

타악!

나는 제자를 꼭 끌어안으며 방 밖으로 굴러나간 순간, 장지문이 소리를 내며 닫혔다.

"까, 깜짝 놀랐어……."

운 좋게 여자의 알몸을 봤다기보다, 밤길에 벌거벗고 다니는 여자 변태와 마주친 듯한 느낌이 들었다. 이건 단순한 변태 짓이다. 하나도 기쁘지 않다고…….

"……사부님? 방금 그 여자분은 누구죠? 사부님을 알몸으로 맞이할 만큼 친한 분인가요? 그것보다 왜 사부님의 주위에 있는 여자는 하나같이 저런 사람인 거죠? 더 있다면 지금 즉시 리스트를 작성해 주세요. 아이는 사부님의 첫 번째 제자로서 인사해야 하니까, 한 명도 빠지지 말고 전부 가르쳐 주세요."

아이 양께서는 무미건조한 목소리로 그렇게 말하더니, 빛이 사라진 눈동자를 한 번도 깜빡이지 않으며 나를 뚫어져라 쳐다보았다. 사부인데 겁먹을 것 같아…….

한편, 야샤진 아이는 다른 이유 때문에 떨고 있었다.

"저, 저기…… 선생님? 방금 그 사람, 설마……?"

"응. 아마 그 설마가 맞을 거야."

"진짜로…… 혼인보 슈마이?! 일본 바둑계 첫 여성 타이틀 보유자……? 저 사람이……?"

알고 있었구나. 역시 바둑 장기 채널을 본다는 아이다운걸.

"방금 네가 말한 것처럼, 저 사람은 바둑 타이틀 중 하나인 『혼인보』 보유자인 혼인보 슈마이 선생님이야. 바둑과 장기라는 차이가 있기는 하지만, 나와 마찬가지로 프로 기사지."

"“윽……!!”"

두 제자는 눈을 치켜떴다. 두 사람은 '저 변태가……?!' 하고 말하는 듯한 표정을 짓고 있었다. 역시 아이들은 솔직하다니까.

"그리고 현대에는 몇 안 되는 『반사(盤師)』이기도 해."

““반사……?””

두 사람은 귀에 익지 않은 직함을 듣더니, 고개를 갸웃거렸다.

첫수 의식에 난입했을 때와는 분위기가 다를 뿐만 아니라 알몸이지만, 저 사람은 슈마이 선생님이 틀림없다. 저 사람은 술기운이 몸에서 완전히 빠지면 사람이 달라진다.

『만취한 상태에서 타이틀을 따냈다』라는 말조차 듣는 혼인보 슈마이가 제정신인 건 1년에 며칠밖에 안 된다.

그것은 바둑 대국 때가 아니라——.

“……모처럼 습도와 바람이 완벽한 상황이 사흘 만에 갖춰졌는데……!”

장지문이 열리더니, 유카타를 걸친 슈마이 선생님이 모습을 드러냈다.

히나츠루 아이는 용기를 쥐어짜내서 물어보았다.

“저, 저기! ……알몸으로 칼을 쥐고 뭘 하고 계셨나요……?”

“『타치모리』예요.”

“타치……모리……?”

슈마이 선생님은 어안이 벙벙한 표정을 짓고 있는 히나츠루 아이를 향해 상냥한 목소리로 말했다.

“장기판에 생명을——『신』을 깃들게 하는 의식이 바로 타치모리예요. 히나츠루 아이 양.”

자세한 이야기는 상품을 전시한 가게에서 나누기로 했다.

“방금은 실례했어요. 야이치 씨가 오는 건 알고 있었지만, 작업에 적합한 환경이 갖춰져서 말이죠."

"아, 아뇨……. 저야말로 무리하게 예정을 앞당겨달라고 해서 죄송해요……."

나는 슈마이 선생님이 내온 차를 마시며 황송해 했다.

슈마이 선생님은 술에 취했을 때는 상스러운 육두문자를 외쳐대는 변태지만, 술이 깨면 숙녀로 변모한다. 숙녀라고 해도 실오라기 하나 걸치지 않은 숙녀지만 말이다.

야샤진 아이가 머뭇거리면서 물어보았다.

"당신…… 혼인보 슈마이, 맞지……?"

"예. 본명은 텐츠지 우즈. 이 텐츠지 바둑판점의 주인이랍니다."

"바둑 타이틀을 가진 프로가…… 바둑판도 만드는 거야?"

"『서당 개 삼 년이면 풍월을 읊는다』라는 말도 있죠? 텐츠지 가문은 대대손손 반사 가문이랍니다. 반사 중에는 바둑이나 장기의 룰조차 모르는 사람도 많았지만 말이죠."

슈마이 선생님은 부드러운 미소를 머금으면서 이야기했다.

"직업상, 나라에 있는 본가의 공방에는 고위의 기사 여러분이 찾는 일이 잦았답니다. 기다리는 동안 바둑을 두시기도 했는데, 정확하게 기억나지는 않지만 어릴 적에 그 분들이 바둑을 두시는 모습을 보고 룰을 익힌 것 같아요."

"여, 옆에서 보고 룰을 익혔다니…… 그것도 기억이 나지 않을 때라면 한두 살 때라는 소리잖아? 진짜 어마어마한 괴물이네……."

"바둑판을 만드는 작업도 그 즈음에 익혔죠. 지금은 프로 기사로 활동하면서, 이렇게 가게를 운영하고 바둑판 혹은 장기판을 만들거나 팔거나 한답니다. 거의 취미나 다름없죠."

나는 알몸보다 더 신경 쓰이는 점에 대해 물어봤다.

"그런데 선생님. 방금 그 판은——."

"예. 야이치 씨가 수선을 부탁한 그 판이랍니다."

"윽……! 혹시 방금 그건 제가 부순 장기판……인가요?"

슈마이 선생님이 아무 말 없이 고개를 끄덕이자, 히나츠루 아이는 필사적인 표정으로 물어보았다.

"고칠 수 있나요?! 깨졌는데도?!"

"물론이죠. 그 정도 상처라면 셀로판테이프로 붙여두기만 하면 된답니다."

"""정말요?!"""

"장기판은 생물이에요. 자른 나무를 말려 죽이는 게 아니라, 산 채로 안정시키는 것이 궁극의 판 만들기. 그러니 자가회복력도 남아 있고, 살아 있기 때문에 상처도 난답니다."

"생물……? 장기판이……?"

히나츠루 아이가 혼란에 빠지자, 나는 트릭을 공개했다.

"그 장기판은 『생반(生盤)』이었어. 그래서 깨져도 괜찮은 거야."

"예……?"

아이는 더욱 혼란에 빠졌다.

"장기판과 바둑판을 만드는 데 있어 가장 적합한 나무는 비자

나무랍니다. 하지만 이 나무는 원래『쪼개지니 비자』라는 말을 들을 정도로 간단히 쪼개지죠."

"예엣?! 왜, 왜 그런 나무로 장기판을 만드는 건가요?!"

"그건 비자나무가『붙으니 비자』라 불릴 만큼 잘 붙는 성질을 지녔기 때문이랍니다."

"붙으니…… 비자?"

"생반은 쪼개지더라도 가만히 놔두면 붙는답니다. 눈으로는 흔적도 확인할 수 없을 만큼 딱 말이죠. 하지만 그 쪼개진 부분에 불순물이 들어가면 붙은 부분에 검은색 선이 남죠."

"아하……. 셀로판테이프를 붙이면 불순물이 들어가지 않으니까……."

"예. 괜히 본드 같은 것을 쓰는 것보다 낫답니다."

야샤진 아이가 납득한 듯한 목소리로 그렇게 말하자, 슈마이 선생님은 고개를 끄덕이면서 설명을 계속했다.

"비자나무는 탄성이 매우 뛰어나죠. 그 탄력적인 재질은 바둑돌이나 장기말과 부딪쳐도 충격을 부드럽게 흡수한답니다. ……그렇기 때문에 비자나무로 만든 판으로 바둑이나 장기를 두면 손가락이 피곤하지 않은 거죠."

좋은 판일수록 손가락에 상냥하며, 수를 두는 자의 기합과 공명하는 듯한 소리를 낸다. 비자나무 판이 아니라면 손가락이 피로해지며, 그 피로는 장기 내용에도 영향을 끼치는 것이다.

"바둑과 장기가 천 년 이상의 역사를 가졌듯, 도구 또한 그와 동일한 역사를 지녔어요. 기보가 세련되어지듯, 도구 또한 시행착오를 거치며 세련되어지고 있죠. 왕실 유물창고에 보존되어 있는 목화자단기국과 비교해 보면, 현재의 판은 형태와 재질이 전혀 다르답니다."

슈마이 선생님은 히나츠루 아이의 눈을 쳐다보면서 말했다.

"야이치 씨에게 장기판을 빌려드린 건 『대반(貸盤)』이라는 공정이죠. 생반을 사용자에게 빌려줘서 실제로 이용하게 하며 건조하는 겁니다."

"건조? ……말리는 건가요?"

"예. 판 만들기에서 가장 중요한 공정은 『건조』니까요. 1촌당 1년의 건조가 필요하다고 여겨지고 있습니다."

"7촌 장기판이면…… 7년?! 그렇게나……?"

아이는 깜짝 놀랐다. 건조기간 자체가 자신의 연령과 크게 다르지 않으니 놀라는 것도 무리는 아닐 것이다.

"하지만 아무리 건조하더라도, 벌채한 상태에서는 완전한 건조를 기대할 수 없죠. 짧게 잘라서 판 형태로 성형하면 거기서 비틀림이 필연적으로 발생하니까요. 그래서 판의 형태로 만들어서 건조하는 거예요. 그리고 실제로 사용되는 환경에 둠으로써, 어느 정도의 비틀림이 발생하는지 확인합니다. 그게 『대반』이라고 하는 거예요."

"그렇게까지 하는 거야……?"

야샤진 아이가 깜짝 놀란 목소리로 그렇게 말하자, 슈마이 선생님은 고개를 끄덕였다.

"요즘에는 그렇게까지 하는 반사가 줄었지만, 저는 채산성을 도외시하더라도 스스로 납득할 수 있는 판을 만들고 싶으니까요."

반사로서, 전통기술을 후세에 전한다는 의미도 그 안에는 담겨 있을 것이다. 하지만⋯⋯.

"그 판을 통해 멋진 대국이 펼쳐지고, 뛰어난 기사가 탄생한다면 그걸로 충분해요. 판은 공예품이지만, 수행해야 하는 역할이 있으니까요."

반사와 기사, 그 둘을 겸임하고 있는 혼인보 슈마이다운 생각이다.

선생님이 말한 『강렬한 노력』.

그 노력을 하기 위해서는 기사의 열의를 받아줄 판이 필요한 것이다.

"대반 공정을 마친 생반은 대패로 전체적인 형태를 다듬은 후, 마지막으로 눈금을 새깁니다. 그렇게 해서 완성된 판은 깨지거나 비틀리지 않아요. 소설이나 관전기 등에서 기사가 장기 말이나 바둑돌을 세게 두자 『장인이 만든 판도 우지끈 하는 소리를 내면서 쪼개졌다』 하고 적혀 있는데, 그런 묘사는 판타지예요. 있을 수 없는 일이죠."

슈마이 선생님은 차를 홀짝이면서 유카타의 앞섶을 다시 여몄다.

"차가 식었군요. 그럼 타치모리에 관한 이야기를 해 볼까요."

"그건 칼로 눈금을 긋는 거지?"

야샤진 아이가 그렇게 묻자, 선생님은 "예." 하고 대답했다.

"칼을 사용하는 기원은 밝혀지지 않았지만…… 바둑이나 장기는 귀족의 유흥으로서 발전해 왔으니, 장기나 바둑의 도구를 만드는 장인도 조정이나 무가와 관련이 깊었어요. 장기말 제작의 명수이자 지금도 여러 서체를 통해 이름을 남긴 『미나세』는 조정에서 벼슬을 했었죠."

"서체……?"

"장기말에 문자가 새겨져 있지? 그걸 말하는 거야."

히나츠루 아이가 고개를 갸웃거리자, 야샤진 아이가 가르쳐 줬다. 상냥하네.

"그건 일반적으로 정해져 있는 서체를 베껴서 새겨. 미나세 이외에도 『킨키』나 『료코』 같은 서체도 인기가 있어. 뭐, 간단하게 말해 장기말에 새기는 글자의 폰트 같은 거야."

"꼭 그렇다고 단정할 수도 없어요. 좋아하는 프로 기사에게 써달라고 하거나, 자신이 직접 쓴 글자를 서체로 삼아 장기말을 만들기도 하니까요."

선생님은 야샤진 아이의 설명에 덧붙이듯 그렇게 말했다.

"원래 장기나 바둑의 판은 가구나 법기를 만드는 사람들이 제작했어요. 그러다 점점 전문화되면서, 교토나 오사카를 중심으로 『고쇼 파』라 불리는 반사들이 생겨나게 됐죠. 저희 집안인 텐츠지 가문도 고쇼 파에서 유래된 반사이며…… 고쇼 파에서 이어져 내려온 기법이 바로 타치모리죠."

선생님의 어조에서는 전통을 이어받은 반사로서의 긍지가 어려 있었다.

"한편, 에도로 이주해서 막부에 속하게 된 장인을 『궁정 기반 사』라고 불러요. 그들은 칼이 아니라 뼈인두나 붓을 이용해 선을 그었죠."

"왜 칼을 쓰지 않는 거죠?"

"무가사회의 중심인 에도에서 칼은 무사의 혼이죠. 그 혼을 바둑판이나 장기판을 만드는 데 쓰는 것을 자제해야 한다는 판단을 한 것일지도 모르겠군요."

선생님은 내 의문에 자신의 추론을 섞으며 답한 후…….

"개인적으로는 눈금 작업에 있어서는 타치모리가 가장 뛰어난 기법이라고 생각한답니다."

……하고, 자부심에 찬 어조로 단언했다.

"다른 기법에서는 옻으로 선을 『그리지만』, 타치모리는 옻을 『흘려 넣죠』. 그 결과, 자연스럽게 솟아오른 고결한 선을 그을 수 있어요. 그리고 타치모리를 완벽하게 익히면 다른 기법보다 빠르게 선을 그을 수 있답니다."

"……반사나 타치모리에 대해서는 얼추 알겠어."

찻잔에 손도 대지 않은 야샤진 아이가 물었다.

"그런데 왜 알몸으로 하는 건데?"

"그래요! 그 이유를 가르쳐 주세요!"

히나츠루 아이는 아직도 나와 슈마이 선생님의 관계를 의심하는 것 같았다. 내 팔을 꼭 움켜쥐고 위협하듯 으르렁~ 거리면서 선생님을 쳐다보았다.

"옻칠 작업을 할 때는 먼지가 날리면 안 되기 때문이죠. 건조전의 옷에 먼지가 붙으면 그 부분이 더러워지니까요. 선의 아름다움이 조금이라도 흐트러지면 판 전체의 조화가 흐트러지며, 지금까지 해온 작업이 전부 헛수고가 되어요. 그래서 알몸으로 작업하는 거랍니다!"

슈마이 선생님은 단호한 어조로 단언했다.

술에 취하지도 않았는데, 눈이 살짝 맛이 갔다.

"『보푸라기가 떨어질지도 몰라』라는 불안이 조금이라도 존재하는 상태에서는 선을 긋는 작업에 몰두할 수가 없죠. 그래서 역대 명공들은 한겨울에도 속옷 하나만 걸친 상태에서 칼을 쥐었답니다. 반사로서의 제 스승인 아버지도 마찬가지였죠."

"그럼 선생님도 팬티 정도는 걸치라고요!"

"용왕이나 되는 사람이 무슨 그런 소리를 하는 거죠……. 제자는 스승을 뛰어넘어야 자기 몫을 할 수 있게 됐다고 할 수 있죠! 스승이 속옷을 걸쳤다면 저는 알몸! 그것만큼은 절대로 양보할 수 없어요!!"

야샤진 아이가 고집스럽게 알몸을 관철하려 하는 슈마이 선생님에게 이렇게 말했다.

"그럼 수영복을 입으면 되지 않아? 나일론은 보푸라기가 잘 떨어지지 않잖아."

"흑……!!"

슈마이 선생님은 깜짝 놀란 표정으로 야샤진 아이를 응시했다.

"선생님, 왜 '이 녀석, 제법인걸……!!' 이라고 말하는 듯한 표정을 짓는 거예요. 겨우 그딴 거 가지고 저의 제자를 인정하지 말아 달라고요."

장기 실력이나 재능으로 평가해 줬으면 한다.

슈마이 선생님은 내 말을 못 들은 것처럼, 야샤진 아이와 계속 시선을 맞추더니…….

"당신이 야샤진 아이 양이죠?"

"그래."

"후후…… 역시 그랬군요. 야이치 씨의 안목은 꽤 날카로운 걸요."

"뭐? ……그게 무슨 소리야?"

야샤진 아이는 미심쩍은 표정으로 선생님과 나를 쳐다보았다. 나는 고개를 돌리며 시치미를 뗐다.

"……으~."

히나츠루 아이는 반사가 알몸인 이유에 납득하지 못한 것 같았다.

"………."

그리고 야샤진 아이는 기사 세계에서 자신보다 훨씬 앞서나가고 있는 혼인보 슈마이와 눈앞에 있는 알몸 여자가 동일인물이라는 것을 아직도 의심하고 있었다.

슈마이 선생님은 몸을 일으키더니, 그런 두 사람을 향해 이렇게 말했다.

"평소에는 작업 중일 때 방에 사람을 들이지 않습니다만…… 여류기사가 된 두 사람에게 드리는 선물인 만큼, 반사의 비기를 보여드리죠."

♟ 선긋기

"왜 나까지 옷을 벗어야 하는 건데?!"

야샤진 아이는 순순히 옷을 벗고 있는 나와 히나츠루 아이를 향해 그렇게 외쳤다.

"그야 타치모리를 견학하는 조건이 속옷 차림이 되는 거니까 어쩔 수 없잖아?"

"그럼 나는 안 볼래! 돌아가겠어!"

"슈마이 선생님이 어떻게 해서 그렇게 강해졌는지 알 수 있을지도 모르는데?"

"윽……!"

야샤진 아이는 입술을 깨물면서 입을 다물더니, 분노에 떨면서 상의를 움켜쥐었다. 강해지기 위해서라면 뭐든 다 하려는 각오가 느껴졌다. 마치 사저 같네.

한편, 히나츠루 아이는 목욕 후에는 아예 알몸으로 집안을 돌아다니려고 하기 때문인지 아무렇지 않은 얼굴로 옷을 벗었다.

그리고 나는 로리콤이 아니기 때문에 속옷 차림인 초등학생을 보더라도 행복해 하거나 쾌재를 부르지 않았다. 진짜라고!

"사부님~. 칼로 어떻게 선을 긋는 건가요?"

"나도 어릴 적에 슈마이 선생님의 아버님이 작업하는 모습을 본 적이 있어. 칼로 판을 눌러서 자르려는 것처럼…… 아무튼 엄청났어."

"……이렇게까지 했는데 별것 아니라면, 일본도로 너를 확 찔러버릴 거야."

속옷 차림이 된 우리는 바닥이 나무로 된 작업방을 먼지떨이, 빗자루, 청소기를 이용해 3중으로 먼지 청소를 했다. 그리고 물로 듬뿍 적신 걸레를 사용해 닦았다.

그리고 바닥의 나무판이 물에 젖어서 축축한 이 방의 가운데에 절반 크기의 다다미를 뒀다.

그 다다미의 중심에 장기판을 두자──── 천천히 장지문이 열리면서 슈마이 선생님이 모습을 드러냈다.

"……준비가 다됐습니다."

칼집에서 뽑아든 일본도를 든 반사, 텐츠지 우즈는 야샤진 아이의 조언에 따라 알몸이 아니라 수영복 차림이었다. 풍만한 몸을 감싼 감색 나일론 천으로 된 그 수영복은 보는 이들이 향수를 느끼게 하는 형태를 띠고 있었다.

그것은 바로 학교 수영복이었다.

"슈마이 선생님…… 그건, 좀……."

아무리 술에 취하지 않은 선생님이 정숙한 미녀라고 해도, 20대 여성의 학교 수영복 차림은 제자들의 정서에 악영향을 끼칠 것 같았다. 교육적 배려가 필요했다.

"……이것밖에 없어요."

선생님도 부끄러운 것 같았다.

맨정신으로 학교 수영복 차림에 일본도를 쥐고 있으니 그럴 만도 해…….

"아까도 말씀드렸다시피, 타치모리를 할 때는 절대 먼지가 날리면 안 됩니다. 견학 중에는 꼼짝도 하지 않을 뿐만 아니라, 기침이나 재채기도 자제해 주세요. 먼지를 낸 사람은…… 단칼에 베어버리겠어요!"

"""윽……!!"""

나무판자로 된 방에 방석도 깔지 않고 속옷 차림으로 정좌를 한 우리는 슈마이 선생님의 서슬 퍼런 태도를 보고 압도당했다. 머리카락이나 먼지가 날릴 수도 있으니 고개를 끄덕일 수도 없었다.

"타치모리에 있어서 가장 주의해야 할 점은 바로 옻의 상태입니다."

슈마이 선생님은 용기에서 꺼낸 옻을 솔로 버무리기 시작했다.

"옻의 점성은 시시각각 변하죠. 그리고 점성의 변화는 그은 선에도 반드시 나타납니다. 처음에 그은 선과 마지막에 그은 선에 차이가 존재한다면, 그 차이는 판 전체의 조화를 흐트러뜨리며, 그 판을 사용하는 이들의 사고력도 흐트러뜨리죠……."

옻의 마음을 읽고, 옻에 자기 자신을 동화시킨다.

그것이 타치모리의 핵심이라고 슈마이 선생님은 말했다. 심오한걸…….

"그런데 선생님. 그 옻을 버무리는 솔은 뭐로 된 거죠? 옻에 물들었기 때문인지, 사람 머리카락처럼 보이는데……."

"사람 머리카락이에요."

슈마이 선생님은 당연하다는 듯 내 말을 긍정했다. 예엣~?!

"옻칠에 쓰이는 솔로는 젊은 처녀의 머리카락이 가장 좋다고 하죠……. 그러고 보니 히나츠루 양과 야샤진 양의 머리카락이라면 정말 좋은 솔을 만들 수 있을 것 같군요."

""으……!""

내 두 제자는 공포에 질렸는지 세차게 고개를 저으려 했지만, 먼지를 날리게 해서는 안 된다는 점을 떠올리며 참았다. 잘했어.

버무린 옻을 칼날에 바르는 슈마이 선생님의 손은 긴장 탓에 희미하게 떨리고 있었다.

"이제부터는 시간과의 승부입니다. 모든 선을 12분이라는 제한된 시간 안에 다 그어야 하죠. 15분 이상 걸리면 실패예요."

그것밖에 안 되는 거야……?!

"바둑을 둘 때도 마찬가지죠. 진정으로 수가 읽힐 때는 순식간에 최선의 수를 찾을 수 있답니다. 몇 시간이나 들여가면서 오랫동안 심사숙고를 할 때는 다람쥐 쳇바퀴 도는 것처럼 아무리 생각을 해도 진전이 없죠. 이건 꼭 기억해 둬요."

판의 재료가 되는 나무가 자라는 데는 수백 년이 걸린다.

건조에는 몇 년이 걸리며, 그것을 판의 형태로 만드는 데 또 몇 달이 걸린다.

게다가 그 상태에서 반 년 이상 써야, 결국 판에 적합한 상태가 된다.

하지만 마지막으로, 네모 형태로 형성된 나무를 『판』으로 만드는 작업에 주어진 시간은 겨우 십여 분밖에 안 된다.

정신이 아득해질 정도의 시간을 들이지만, 성공여부는 단 한 순간에 달려 있다.

　그것은 정신이 아득해질 정도의 수련 끝에 둔 단 한 수로 결판이 나고 마는 바둑이나 장기와 매우 흡사했다.

　"……이 장기판에 쓰인 것은 수백 년은 됐을 휴가산 본비자, 게다가 천지결이죠. 이런 목재는 앞으로 백 년은 기다려야 또 손에 넣을 수 있을 거랍니다. 솔직히 저도 손이 떨리는군요……."

　휴가산 본비자는 판 만들기에 있어서 최고로 친다.

　천지결이란 판의 위와 아래(천지)가 곧은결 모양으로 되어 있는 것을 말한다.

　나무의 결이 세로로 올곧게 들어가 있는 것이 곧은결이며, 이것은 판에 있어서 최상의 상태로 여겨진다.

　비자는 탄력이 있기 때문에 손가락에 상냥하며, 또한 올곧은 결은 눈에도 상냥하다.

　그렇기 때문에, 얼마든지 장기를 둘 수 있는 것이다.

　그래서 비자로 된 판을 최고로 친다.

　언제까지나, 그리고 얼마든지 장기를 두고 싶다는 기사의 뜨거운 마음을 받아줄 수 있는, 유일한 판인 것이다.

　"이런 중요한 승부를 치를 때야말로 술에 기대고 싶지만……."

　슈마이 선생님은 자조 섞인 미소를 짓더니, 칼을 고쳐들었다. 그러자 손의 떨림이 사라졌다.

　그 얼굴에는 귀기가 아니라, 미소가 어려 있었으며──.

　"왔구나."

혼인보 슈마이의 몸 안에 무언가가 깃드는 게 느껴졌다.

나는 옆에 앉아 있는 두 제자에게 속삭이듯 말했다.

"잘 봐둬. 신에게 선택받은 기사에게————— 신이 강림하는 순간을 말이야."

""윽……!!""

내 두 제자는 동시에 마른 침을 삼켰다.

슈마이 선생님의 손이 움직였다.

옻칠을 한 일본도를 판에 대더니, 칼날의 곡면을 이용해 판을 베듯 선을 그었다.

간단히, 단순히, 같은 일을 담담히 반복했다.

그렇게 그어진 선은 총 스무 개.

10분 정도 만에 작업은 끝났다.

그리고 겨우 10분 만에…… 비자나무는 장기의 신이 깃든 그릇이 됐다.

⌂ 장기판과 장기말

"어땠어?"

"아, 그게………… 너무 엄청나서…… 저기……."

내가 타치모리의 감상을 묻자, 볼이 빨개진 히나츠루 아이가 우물쭈물하면서 "저기.", "그게." 같은 말만 되풀이했다. 압도당한 탓에 말이 나오지 않는 것 같았다.

"…………."

야샤진 아이도 아무 말 없이 뭔가를 생각하고 있는 것 같았다. 일인자의 절기를 보고, 강함의 비밀을 찾아내려 하는 걸지도 모른다.

타치모리를 마친 슈마이 선생님은 눈금을 새긴 판에 네 개의 별을 새긴 후, 판면 전체를 판자로 감싸서 보호했다. 그 후에는 옻실이라 불리는 보관소에서 천천히 건조시킨다.

"나와 사저도 10년 전에 사부님을 따라 판 만드는 걸 견학했었어. 당시에 우리는 장기판과 말을 너무 험하게 다뤘거든."

사저는 지면 장기말을 나에게 던지거나 다리가 달린 장기판으로 나를 때리려 했다. 장기판으로 때리려고 하는 건 지금도 마찬가지지만…….

"우리가 본 건 슈마이 선생님의 아버님이 타치모리를 하는 광경이었는데…… 그걸 본 후로 나와 사저는 장기판과 말을 소중히 다루게 됐어."

판만들기에 건 집념과 열기.

선을 그었을 뿐인데 나무가 장기판으로 바뀌는 신비.

그런 것들이, 우리가 『장기의 신』을 믿게 만들었다…….

"저와 야이치 씨가 처음 만난 날이기도 하죠. 당시의 저는 진짜 일본도가 아니라 장난감 칼을 휘두르는 어린애였죠. ……왠지 그립군요."

"그런데 슈마이 선생님."

"왜 그러죠?"

"남자 경험의 유무가 장기 실력과 관련이 있다고 생각하세요?"

"예? 있을 리가 없잖아요. 정말 바보 같은 소리군요. 대체 누가 그런 소리를 한 거죠?"

바로 당신이 했다고.

한편, 히나츠루 아이는 가슴을 쓸어내리며 이렇게 말했다.

"그래도 안심했어요! 사부님이 용왕 방어 기념으로 구입한 소중한 판에 상처를 내서 정말 불안했거든요……. 깨끗하게 나아서 정말 다행이에요!!"

"용왕 방어? 아, 그렇지 않아."

"예?"

"그건 내 게 아니라 아이, 네 거야."

"예? ……예에에에에엣——?!!"

"원래 아이와 미오 양의 체격에 맞춰 조금 자를 생각이었어. 그러니까 마침 잘된 거야. 연구회 때 써줬으면 하거든. 여자애에게 7촌 장기판은 너무 크잖아?"

"예……?! 그그그, 그렇게 비싼 걸 받을 수는 없어요!"

아이가 하늘로 날아오를 것 같을 만큼 세차게 고개를 젓자, 나는 쓴웃음을 지으면서 저 장기판을 준비한 이유를 설명했다.

"제자가 프로나 여류기사가 되면, 스승은 기념으로 뭔가를 선물하는 게 장기계의 관습이야. 나와 사저도 사부님에게 선물을 받았어. 그러니까 아이가 받아 주지 않으면 내가 난처해."

"하, 하지만……."

"두 사람의 출세 스피드가 너무 빨라서 8월부터 허둥지둥 준비한 거야. 알고 지내는 여류기사와 상의하면서 말이지……."

그때 상의했던 츠키요미자카 씨와 쿠구이 씨는 나한테서 기모노를 뜯어내려 했지만, 결국 심플한 걸 선물하기로 했다.

"저 장기판은 말이지. 어엿해진 아이에게 주는 선물이자, 아직 못 미더운 아이에게 내가 주는 마지막 가르침이기도 해. 그러니까 받아줘."

"저한테 주는…… 가르침, 이라고요?"

"응. 그리고 물론 내 둘째 제자한테 줄 것도 있어."

"뭐? 나한테도? ……뭔데?"

"장기말이랍니다."

슈마이 선생님이 그 말에 대답했다.

"알고 지내는 장기말 장인에게 제가 발주해서 준비한 거죠. 손님이 원하는 도구라면 뭐든 준비하는 곳이 바로 도구야스지니까요."

선생님은 가게의 선반에서 장기말함을 꺼냈다.

대국에서 쓰는 장기말함과는 달랐다. 전시용의 평평한 장기말함이다.

"야이치 씨의 주문으로, 야샤진 아이 양에게 드릴 장기말을 특별히 주문했답니다. 이 장기말에는 신이 아니라 『혼』이 깃들었으면 좋겠다는 의뢰를 받았죠."

"흥! 넌센스네."

야샤진 아이는 코웃음을 치며 그렇게 말했다.

"도구는 어차피 도구에 불과해. 그런 것에 신이나 혼이 깃든다는 건 미신이야."

"그래? 슈마이 선생님의 타치모리를 보고, 너도 뭔가를 느끼지 않았어?"

"극도로 갈고닦은 기술에 신비성이 존재한다는 건 인정해. 나보다 훨씬 깊은 수읽기 끝에 둔 수를 본 순간, 상대방이 신처럼 느껴질 때도 있어."

명인이 젊은 기사들에게 『신』이라 불리는 이유도 바로 그것이다.

하지만 야샤진 아이는 이어서 이렇게 말했다.

"하지만, 혼이 깃들지 않은 소프트의 장기에 감동하는 건 어째서야? 컴퓨터로 둔 명대국도 명대국이잖아?"

"……응. 그럴지도 몰라."

나는 고개를 끄덕인 후, 이어서 이렇게 말했다.

"참, 슈마이 선생님. 제가 부탁드린 장기말 말인데…… 오늘, 저희 쪽에서 확인해 줬으면 하는 게 있다고 하셨지 않나요?"

"예."

슈마이 선생님은 장기말함의 뚜껑을 열면서 말했다. 내가 아니라, 야샤진 아이를 향해서 말이다.

"아직 조각과 옻칠, 그리고 윤만 낸 단계인 이 장기말의 글씨를 확인해 주셨으면 해서 말이죠."

"글씨?"

"예. 그것만큼은 따님이 직접 확인을 해 주셔야 마음을 놓을 수 있을 테니까요."

"뭐? 무슨 소리를 하는 거야?"

야샤진 아이는 성가시다는 표정을 지으며 장기말 함을 쥐더니…….

"글씨라고 해 봤자 킨키나 미나세 같은 흔한 서체——."

하지만 보석처럼 장기말함 안에 하나하나 나열되어 있는 말을 본 순간, 야샤진 아이는 말을 삼켰다.

그리고 부들부들 떨면서 장기말을 응시했다.

"이, 이건……! 이 글씨는, 설마……?!"

"텐짱? 왜 그래? 누구 글자야?"

"…………아버님…………."

"뭐?! 하지만 텐짱의 아버님은 이미……."

히나츠루 아이는 동요했다.

그렇다. 야샤진 아이의 부모님은 이미 세상을 떠났다. 하지만…….

장기말의 제작을 의뢰했던 내가 설명했다.

"네 아버님이 작성한 기보가 남아 있었어. 그 필적을 가지고 자모(字母)를 만든 후, 그걸로 장기말을 제작한 거야."

기보에는 장기말의 문자가 새겨져 있다.

요즘에는 전자화되어 있지만, 야샤진 아이의 아버님이 살아 계시던 시절에는 손으로 썼었다.

"하, 하지만…… 아버님의 글씨가, 대체 어디에…… 할아버님이 전부 태워버렸다고……."

"아버님이 도쿄에 있는 대학의 장기부에 계셨잖아? 손으로 쓴 기보가 분명 어딘가에 있을 거라고 생각했어. 게다가 그 전에는 칸사이에 사셨잖아. 아마추어 명인이 될 정도의 인물이라면 옛날에 대회 출전이나 부활동, 혹은 도장 같은데 다녔을지도 모른다고 생각했어. 왠지 알고 있을 것 같은 사람을 전부 찾아다니면서 알아봤는데…… 의외로 가까운 곳에 네 아버님을 아는 사람이 있었지 뭐야."

"누군데?! 누가 아버님을 알고 있었던 거야?! 누가 기보를 찾아준 건데?!"

"카가미즈 씨야."

"카가미즈? 그 나이 많은 장려회 회원 말이야……?"

"장려회 회원은 아마추어 기전의 운영을 돕기도 하거든. 카가미즈 씨는 열세 살 때 고향인 미야자키에서 오사카에 와서 자취를 했으니까, 17년가량이나 아마추어 대회에 관여해 왔어. 네 아버님에 대해서도 물론 알고 있더라고."

단순히 알고 있기만 한 게 아니었다.

카가미즈 씨는 야샤진 아이의 아버님에게 장기를 배웠다고 말했다.

『본격적인 앉은비차 파이자, 프로 못지않은 장기를 두는 사람이었어. 꽤 엄격한 말을 듣기도 했지. 아마 자기는 가정 문제 때문에 프로를 꿈꿀 수 없으니까…… 나 같은 녀석에게 꿈을 맡긴 게 아닐까?』

쓸쓸한 표정으로 그렇게 말한 카가미즈 씨가 손을 써 준 덕분에, 겨우 기보 하나를 손에 넣을 수 있었다.

"카가미즈 씨만이 아니야. 칸사이에도, 그리고 칸토에도……

장기와 관련이 있는 모든 사람들이 너를 위해 나서 줬어."

"어째……서……?"

야샤진 아이는 조그마한 몸을 부르르 떨면서 물었다. 그 의문에 대한 답은 지극히 단순했다.

"다시 한 번————네가 아버지와 함께 장기를 두게 해 주고 싶었어."

야샤진 아이는 그 말을 듣더니, 울음을 터뜨리며 그대로 무너지듯 쓰러졌다.

"아………… 아버님………… 아버……님……!!"

"그 장기말에는 네 아버지의 혼이 분명 깃들어 있어. 왜냐면 너는 그 장기말을 보자마자 아버지를 떠올렸잖아……. 안 그래?"

"으……! 으……!!"

장기말을 꼭 끌어안은 채 눈물을 흘리면서도, 야샤진 아이는 흐느낌에 가까운 말을 흘리며 몇 번이나 고개를 끄덕였다.

"장기의 신이 어디에 깃드는가. 사부님은 10년 전에 나와 사저에게 이렇게 가르쳐 줬어."

나는 그날 사부님의 어조를 떠올리면서 자신의 제자들에게 그 가르침을 전했다.

"장기의 신은, 장기를 사랑하는 자에게 깃든다."

사부님은 나와 사저의 머리에 상냥하게 손을 얹으면서 그렇게 가르쳐 줬다.

그러니 장기판과 말을 소중히 다뤄라.

그러니 대국 상대에게 경의를 표해라.

그러니 어떤 대국이라도 성심 성의껏 둬라.

그러니…… 수많은 사람과, 실 컷 장기를 둬라.

"히나츠루 아이."

"예…… 사부님."

"나를 따라주는 주는 건 정말 기뻐. 하지만 앞으로는 너 자신의 세계를 만들어 줬으면 해. 자신의 장기판을 가짐으로써, 그 장기판으로 수많은 사람들과 장기를 두면서, 네 세계를 넓혀 가 도록 해."

"…………예!"

아이는 쓸쓸함과 슬픔이 어린 눈으로 나를 쳐다봤지만——.

그 눈에는 강렬한 의지가 찬란히 빛나고 있었다.

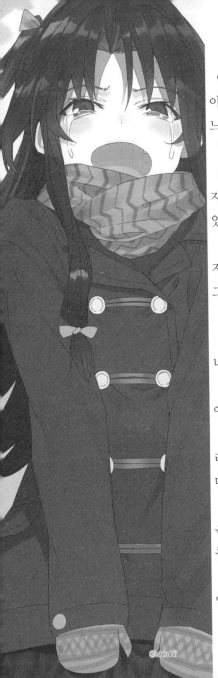

어미새를 아장아장 걸으며 쫓아다니기만 하던 아기 새는, 어느새 믿음직스럽게 성장했다.

"야샤진 아이."

내가 말을 걸자, 내 두 번째 제자는 눈물에 젖은 얼굴을 도로 들었다.

"기사로서, 누구에게도 의지하지 않으며 홀로 싸워나가려 하는 그 결의는 훌륭하다고 생각해."

"……."

"하지만, 이것만은 기억해 둬. 너는 혼자가 아니야."

"예……………………………… 예…………!"

야샤진 아이는 눈물을 줄줄 흘리면서도, 갓난아기처럼 순순히 대답했다.

보석처럼 아름다운 눈물방울은, 이 아이에게 깃들어 있는 아름다운 마음의 단편일 것이다.

예전처럼 이 두 사람을 꼭 끌어안아주고 싶지만, 나는 그러지 않았다.

그저, 나를 올려다보는 두 제자의 머리에 살며시 손을 얹었다.

장기를 둘 때는 누구나 혼자다.

하지만 혼자서는 강해질 수 없다.

혼자 싸우더라도, 혼자 강해지는 것 같더라도, 자신의 장기 안에는 많은 이들이 깃들어 있으며…… 함께 싸워주고 있다. 명인과 싸울 때, 내가 다른 사람들의 존재를 느꼈던 것처럼.

여류기사가 되면서, 우리의 유대는 영원한 것이 됐다.

하지만 그와 동시에, 그 유대는 예전처럼 일방통행이 아니다.

장기는 광대하며…… 동시에 장기로 이어진 사람과 사람의 관계 또한 무한하게 펼쳐져 나간다.

우리는 말주변이 없고, 매사에 서툴다.

그래서 싸움을 통해서만 자신을 표현할 수 있지만…….

장기판과 말을 이용하면, 서로를 이해할 수 있다.

이 세계에 존재하는 그 어떤 행위보다도 깊고, 뜨겁게 말이다.

"아무리 좋아하는 것이라도, 일로 삼으면 괴로워져. 평생 계속하다 보면, 망설임이나 고통을 느낄 때가 산더미처럼 있겠지. 아마추어라면 장기를 두지 않으면 되겠지만…… 여류기사가 된 이상, 그 망설임과 고통으로부터 도망치는 것은 불가능해."

나는 돌이킬 수 없는 길에 발을 들인 두 사람에게 작별의 인사말을 건넸다.

"그러니까, 장기를 좋아하는 마음을 잊지 말았으면 해."

그 마음만 있으면, 장기는 반드시 보답해 줬다.

분명 그것을 『장기의 신』이라고 부르는 것이리라.

"……우리 함께 강해지는 거야."

스승과 제자로서가 아니라…….

같은 목표를 지닌 기사로서, 나는 두 사람에게 그렇게 말했다.

사랑스러운 제자들에게, 장기의 신께서 축복을 내리기를…….

♟ 호외

"으흑…… 훌쩍…… 흐흑……!"

결국, 야샤진 아이는 그 후에도 계속 눈물을 흘렸으며, 가게를 나서고도 울음을 그치지 않았다.

"아, 아버님………… 훌쩍…………."

"진정해, 텐짱. 이걸로 눈물을 닦아. 응?"

히나츠루 아이는 그 등을 어루만지고, 눈물에 푹 젖어버린 손수건을 새것으로 바꿔주며 계속 위로했다. 참고로 히나츠루 아이는 깔끔하게 다림질을 한 손수건을 항상 세 장 가지고 다녔다. 대단한걸.

그건 그렇고──.

"……그 콧대 높은 아이 아가씨께서 이렇게 울 줄이야……."

장기판과 말은 나중에 받기로 했지만, 실제로 그걸 받으면 또 울음을 터뜨릴 것이다. 뭐, 그 덕분에 이 아이가 조금이라도 좋은 쪽으로 달라진다면 선물한 보람이 있었다.

야샤진 아이는 마이나비 본선이라는 높은 벽을 넘어 줬으면 한다.

본인에게 그 정도 실력이 있는지는 미지수지만, 장기를 향한 자세를 바꾼다면 어쩌면 가능성이 있을지도 모른다.

준결승을 돌파한 후, 도전자 결정전에 올라서는 것이다.

그리고 사상 최연소 도전자로서, 사상 최강의 여왕에게 도전한다.

지금까지처럼 적의를 훤히 드러내며 싸우는 게 아니라, 서로를 인정하며 최대한 실력을 발휘하는 그런 선승제 승부를 펼쳐 줬으면 한다……. 그런 내 소망이 이뤄질지도 모른다.

"……장기의 신 덕분일까?"

신이, 야샤진 아이의 아버지가 쓴 기보를 내려줬다.

그러니 야샤진 아이 또한 신에게 사랑받고 있을 것이다. 그렇게 생각하자.

──하지만, 단 하나…… 불안 요소가 있다.

야샤진 아이가 변할 계기를 찾았다고 느끼는 것과 동시에, 내 안에 존재하는 냉철한 승부사적인 부분이, 이 아이의 내면에 숨겨져 있던 약점을 발견했다.

언젠가 그것이 표면화된다면──.

"호외요~!!"

도구야스지를 빠져나온 순간, 그런 외침이 들린 탓에 내 생각은 중단됐다.

난바 그랜드 카게츠 앞에 사람들이 몰려 있었다.

"호외예요! 호외예요~!"

그 인파의 중심에 있는 이가 그렇게 외치면서 신문을 나눠주고 있었다.

"어…… 무슨 일이죠?"

"……어?"

히나츠루 아이는 그쪽을 쳐다보며 신기하다는 듯한 어조로 그렇게 말했다. 야샤진 아이는 너무 울어서 눈이 부은 탓에 잘 보이지 않지만, 그래도 신경이 쓰이는 눈치였다.

그런 제자들과 다르게, 내 마음속에는 위화감이 생겨났다.

"이 시기에 호외……?"

그 위화감은 점점 어떤 예감으로 변모되어 갔다.

오사카에서 호외가 배포되는 것은 *코시엔에 나갈 오사카 대표 학교가 결정됐을 때나, 코시엔에서 칸사이의 학교가 우승했을 때나, 한신 타이거즈가 우승했을 때다. 즉, 야구와 관련된 일로만 호외가 배포된다.

하지만 이때는 달랐다.

"호외! 장기계에 빅뉴스! 방금 후쿠시마구에 있는 칸사이 장기회관에서 사상 첫 쾌거가 달성됐어요! 호외예요~!"

두근!!

심장이 크게 뛰었다. 내 예감은 순식간에 현실이 됐다.

---

* 코시엔 : 일본 고교 야구의 꽃이라고 불리는 전국 고교 야구대회의 별칭. 오사카~효고현 일대를 거점으로 삼는 일본 프로야구 구단 한신 타이거즈의 홈구장의 이름이기도 하다.

나는 인파를 헤치면서 호외를 향해 손을 뻗은 후, 낚아채듯 그것을 받았다.

앞면에는 커다란 글자로 이렇게 적혀 있었다.

『사상 첫———————— 3단 탄생.』

"윽······!!"

호외를 받은 순간, 나는 숨을 삼켰다.

거기에 적힌 글자가, 이름이······ 내 심장을 움켜쥐었다.

"사부님?! 무슨 일이죠?! 장려회와 관련된 건가요?!"

"누가 올라간 거야!? 소라 긴코?! 쿠누기 소타?! 아니면······."

히나츠루 아이는 내 옷을 움켜잡으며 물었고, 야샤진 아이는 눈물을 참으며 확인하려 했다.

그리고 『3단』의 앞에 적혀 있는 글자는————————.

려회 2단

누기 소타
ta Kunugi

생 년 월 일	2006년 7월 19일(11세)
출 신 지	나라현 이코마시
스 승	나루카와 쿠니오 9단

⌂ 예회가 있는 날

아침. 나는 망설임에 사로잡혀 있었다.

"……뒷문으로 들어가는 편이 좋을까?"

후쿠시마역으로 향하는 전철 안에서 장기회관 건물이 보인 순간, 그런 생각에 가슴속에서 생겨났다.

아마 정면은 취재진이 가득할 것이다. 편입시험 때와 마찬가지로 말이다.

그날은 일방적으로 깨졌다.

그렇다면 다른 방법을 취하는 편이 나을지도 모른다. 변화를 선택하는 것은 승부사에게 자연스러운 발상이다. 운세를 몇 번이나 다시 뽑는 것처럼 말이다.

"하지만……."

그것은 『도망』이라는 느낌도 들었다.

승부 전에 카메라 앞에서 몸을 감춘다. 그런 일에 사고능력과 체력을 할애하고, 게다가 취재를 패배의 이유로 삼는 심리적 상태에서 과연 앞으로 더욱 강해질 수 있을까?

3단 리그에 올라가면, 처음과 마지막 예회는 칸토에서 치르게 된다.

거기서는 더 격렬한 취재를 당할 것이다.

숙박하는 호텔에서부터 기자들에게 쫓겨 다닐 가능성도 있다.

내가 활약할수록, 취재 열기 또한 더욱 뜨거워질 것이다.

지면 야단이 나고, 이기면 더욱 야단이 날 것이다.

그렇다면 차라리 그 소동의 중심에 뛰어들 정도의 각오가 필요했다. 강해지기 위해서는 말이다.

——그 바보라면 분명 그렇게 하겠지?

그런 생각을 하기만 해도 불가사의한 힘이 끓어오르는 것처럼 느껴진 것은 분명 내가 잠이 덜 깼기 때문일 것이다.

"소라 양! 오늘 승률은 얼마나 된다고 생각하십니까?!"

"이기면 사상 첫 여성 3단이 되십니다만, 자신은 있으신가요?!"

"오늘 아침에는 뭘 드셨습니까?"

"소라 양은 전갈자리시죠?! 전갈자리의 오늘 운세는 11위입니다만, 그 점에 대해 어떻게 생각하십니까?!"

아니나 다를까, 연맹 앞에서는 수많은 보도진이 기다리고 있었으며, 나를 보자마자 카메라를 치켜들며 뛰어왔다.

그 압력을 직접 확인하자…….

"으……!"

각오를 다졌는데도, 나는 몸이 움츠러들었다.

——사상 첫 여성 3단.

부담감이 내 온몸을 옥죄어들더니…… 활활 타오르고 있던 투지가 순식간에 식어가는 것이 느껴졌다.

카라코 씨의 탈퇴 장기말을 만졌을 때처럼.

──얼어붙지 마! 투지를 불태워……!!

나는 머릿속이 새하얗게 변하는 것을 겨우겨우 막은 후, 목소리를 쥐어짜내서 말했다.

"……죄송하지만, 대국을 마친 후에 대답해드리겠습니다."

나는 인사를 한 후에 연맹 안으로 들어가려 했지만…….

"기다려주세요, 소라 양!"

"하다못해 사진 촬영만이라도 부탁드립니다!!"

"아직 대국까지 시간이 있을 텐데요?!"

하지만 보도진은 포기하지 않았고, 나를 둘러싸려 했다.

바로 그때였다.

"나중에 기자회견 자리를 마련할 테니, 그때 취재해 주십시오! 이 안으로의 출입은 부디 삼가 주셨으면 합니다!"

미네 씨를 필두로, 연맹 직원 여러분이 몸으로 바리케이드를 만들었다.

"긴코 양! 이 틈에 빨리 대국장으로 가!"

"여러분……? 어째서……?"

"……편입시험 때는 지켜주지 못해서 미안하구나."

"윽……!"

"긴코 양의 장기가 그 정도까지 무너진 건 뭔가 이유가 있었기 때문일 거야. 장기는 오락이지만…… 장려회 회원의 인생은 구경거리가 아니지."

어릴 적부터 나를 지켜봐 줬던 사람들이다.

처음으로 연맹도장에 왔을 때, 대전카드를 만들어 준 직원.

취재 신청이 있을 때마다, 나와 함께 질문에 대한 답변을 생각해 줬던 광고부 직원.

연맹에 올 때마다 가장 먼저 상냥하게 인사를 건네주는 수위 아저씨.

유심히 보니, 1층에 있는 레스토랑의 마스터도 있었다. 내가 카운터 자리에 앉아도 퉁명스러운 태도만 취하고, 장기에 대해서는 전혀 모르는데······.

그런 사람들이 나를 지키기 위한 벽이 되어 줬다.

"장려회는 인생이 걸린 진검승부입니다! 부디 대국에 집중하게 해 주십시오!"

선두에 선 미네 씨가 그렇게 외치자······.

"진검승부라고 해 봤자, 프로의 시합도 아닌 아마추어 대결이잖아?! 거드름 피우지 말라고!"

"이러니까 장기계가 쇠퇴하는 거잖아!"

"편입시험은 취재하게 해 줬으면서 오늘은 안 된다고?! 우리를 멋대로 이용하지 말란 말이야!!"

보도진의 입에서 분노에 찬 고성이 터져 나왔다.

외부인은 아무런 이익도 발생하지 않는 장려회 대국이 가치가 없다고 생각할 것이다. 설명해 준들 이해하지 못할 것이다.

그렇기에, 직원들은 고개만 계속 숙여댔다.

"죄송합니다! 이해해 주십시오!"

"오늘만은 양해를 부탁드립니다!! 부탁드립니다!! 부탁드립니다!!"

일개 장려회 회원을 위해…… 나를 위해, 무슨 말을 들어도, 욕을 들어도, 전혀 반론하지 않으며 고개를 숙이고 있었다. 우리를 지키기 위해서는 그럴 수밖에 없는 것이다.

그런 모습을 보자, 눈시울이 뜨거워졌다.

그 어떤 취재를 당하더라도 흔들리지 않을 거라 생각했던 마음이, 처음으로 흔들렸다.

——마음을 단단히 먹어야 해. 승부에 대해서만 생각하는 거야……!

머릿속으로는 그렇게 생각하면서도…….

그렇게 각오하려고 생각하면서도…….

지금 바로 돌아가서, 직원 여러분과 함께 싸우고 싶다는 생각이 들었다.

"…………이래서 나는 약한 걸까……."

나는 차마 떨어지지 않는 발길을 떼어내면서, 엘리베이터를 탔다.

좁은 공간에 홀로 있게 되자, 대국실에 도착할 때까지의 1분도 채 안 되는 시간 동안 마음을 다잡으려고 노력했다.

"싸워야 해……. 이겨야만 이 모든 걸 끝낼 수 있어."

남에게 도움을 청하는 말을 가슴속 깊은 곳에 집어넣었다.

그 이름을 입에 담지 않은 것만으로도…… 역시, 조금은 강해진 것 같은 느낌이 들었다.

♟ 최연소 VS 사상 최초

"졌습니다."

눈앞에 있는 상대가 고개를 숙인 순간, 자신이 숨을 참고 있다는 사실을 눈치챘다.

"……감사합니다."

나는 안도의 한숨을 내쉰 후, 인사를 건넸다.

장려회 예회에서 급위자는 하루에 세 번, 유단자는 두 번 대국을 치른다.

싸우는 상대는 대국 직전에 발표되기 때문에, 이 시점에는 두 번째 대국의 상대가 누구인지 알 수 없다. ……하지만, 칸사이 장려회는 인원이 적기 때문에 다음에 누구와 대국하게 될지 예상할 수 있다.

첫 번째 대국에서 승리한 나는 상대가 장기판 앞에서 떠날 때까지 앉아 있었다.

평소에는 먼저 자리에서 일어나 휴식을 취하지만, 오늘은 어디에 기자가 있을지 알 수 없다. 차라리 대국실에 있는 편이 안전한 것이다.

거꾸로 말하면, 지금 안전한 장소는 바로 이곳뿐이다.

"8연승…… 12승 4패…… 14승 5패…… 16승 6패………… 18승 7패……."

나는 3단까지의 승단 규정을 중얼거렸다.

처음에 나는 11승 4패로 승단에 반쯤 발을 들였다.

하지만 5패를 하면서 첫 기회를 놓쳤고…… 그 후로 계속 기회를 놓친 끝에, 현재는 17승 7패다.

마지막 기회를 맞이한 것이다.

"앞으로 한 번, 한 번만 더 이기면 돼……. 지는 건 생각하지 말자……."

상처 입은 짐승이 체력이 회복되기를 기다리는 것처럼, 나는 장기판 앞에서 몸을 웅크린 채 자기 자신을 향해 그렇게 말했다.

3단 리그는 1년에 두 번 치러진다.

4월과 10월에 새로운 리그가 시작되며, 5월에 3단이 되더라도 10월에 리그에 들어갈 수 있다. 그때까지 장려회에서 장기를 둘 수 없다.

──이 기회를 놓치면, 다음은…….

"쿠누기, 또 이겼대."

"7연승인가……. 완전 괴물이대이."

"이길 때도 진짜 악랄해. 외통수순으로 이길 수 있는데, 장군으로 바로 옥을 잡아버리거든."

"빨리 프로가 됐으면 좋겠네. 우리가 이길 수 있을 리가 없으니까 말이야……."

"다음에 이기면 3단 리그에 가지? 분명 이길 거니까 걱정하지 마. 상대는 아마도──."

"어이! 들린다고……."

대국을 마친 장려회 회원들이 작은 목소리로 나누는 잡담이 들렸다.

지금까지 3단 승단 최연소 기록은 13세 8개월이다.

하지만 쿠누기 소타는 아직 열한 살이다.

4월에 3단이 된다면, 초등학교 졸업 때까지 3단 리그를 두 번 경험할 수 있다. 아무도 도달한 적이 없는 『초등학생 프로』가 탄생할 가능성도…….

"…………나도………."

——사상 첫 여성 프로가 될 가능성을 가지고 있다.

그 말을 입에 담아 봤자 얼마나 가치가 있을까. 그저 자기 자신이 비참해질 뿐이다.

이 비참함을 지울 방법은 단 하나뿐이다.

그리고 두 번째 대국을 둘 시간이 됐다.

"긴코 씨. 잘 부탁드려요."

내가 첫 대국을 마친 후로 쭉 장기판 앉아 있자, 여자애처럼 가느다란 목소리로 누군가가 나에게 인사를 건넸다. 예상했던 목소리다.

그 목소리의 주인———— 쿠누기 소타는 천천히 정좌를 하더니, 나에게 질문을 던졌다.

"맞장기로 두는 건 처음이죠?"

"……그래."

"기대되네요."

장기말을 배치한 후, 선배인 내가 선후수를 정하기 위해 보를 던졌다. 토금(と金)이 다섯 개 나와서, 소타가 선수로 두게 됐다.

반년 전에도 소타와 대국을 한 적이 있다. 상수(上手)인 내가 향차(香車)를 떼고 접장기를 뒀으며, 패배했다.

소라 긴코 2단과 쿠누기 소타 1급.

또한 쿠누기 소타가 6급으로 장려회에 입회했을 때—— 나, 소라 긴코는 1급이었다.

——장기별 사람…….

이 녀석들은 같은 지구인이라고 생각하면 안 된다. 우리와는 전혀 다른 감각기관을 지녔으며, 뇌에 있는 깨끗한 장기판에서는 빛의 속도로 장기말을 옮길 수 있는 데다, 적진을 공격하는 데 적합한 장기말을 알 수 있다. 수읽기를 하지 않고도 말이다.

——……정말 비겁해.

그렇다. 장기의 신은 불공평하다.

나를 장기별 사람으로 낳아 주지 않았으니까…… 누군가에게는 재능을 줬고, 누군가에게는 주지 않았다. 그리고 그들을 싸우게 한다. 그걸 즐기는 것처럼 느껴질 지경이다.

지난번에는 접장기였다.

그 대국에서 나는 졌고, 내가 2단에서 정체되어 있는 사이에 이 외계인은 나와 같은 2단까지 한 번도 지지 않고 올라왔다.

그 연승은 지금도 계속되고 있다.

여류 상대로 무패 행진 중인 《나니와의 백설공주》 같은 건 ㄱ

짜처럼 느껴졌다. 같은 장기별 사람들을 상대로 연승을 거두고 있는, 진정으로 장기의 신에게 선택받은 아이가 내 앞에 나타난 것이다.

나도 패배의 늪에 빠뜨리기 위해, 내 마지막 기회를 빼앗기 위해…….

"그럼 대국을 시작해 주십시오."

간사가 그렇게 말하자, 일제히 싸움의 막이 올랐다.

소타는 맑은 목소리로 인사를 하며 고개를 숙였다.

"잘 부탁드립니다."

"……잘 부탁해요."

후수인 나는 대국시계의 스위치를 눌렀다.

선수는 소타다.

그는 주저 없이, 승단에 대한 부담감을 전혀 느끼지 않는 듯한 손길로 각행의 길을 열었다.

나는 몇 초 동안 숨을 참으면서, 오른손으로 치맛자락을 움켜쥐었다.

머릿속에서 목소리가 울려 퍼졌다.

『몰이비차를 두는 편이 좋을 거예요.』

한순간, 그 말에 매달리고 싶어졌다.

장기와는 전혀 상관없다.

그저 한순간, 그 말에 모든 것을 맡기고 싶어진 것이다.

하지만…….

"윽……!!"

마음속의 그 말을 지워버리려는 듯이 강렬한 소리를 내며 내가 둔 첫 수는…….

──비차(飛車) 앞의 보(步)를 전진시키는, 8사보.

앉은비차로 싸우겠다는 것을 밝히듯, 상대에게 전법의 선택권을 양보하는 한 수다. 양손을 펼치며 한 걸음 앞으로 나선 것이다. 덤벼 보라는 듯이 말이다.

──내가 한 수 위거든? 불만 있어?

재능으로 밀린다면, 생물로서 열등하다면…….

──기합과 집념으로 능가하고 말겠어……!

그것이 칸사이 장기. 촌스럽지만, 그게 내 장기다.

"…………흐음……."

쿠누기 소타는 신음을 흘리면서 입꼬리를 올렸다.

그리고 선택했다. 아직 앳된 느낌이 남아 있는 조그마한 손으로 말이다.

장기계의 왕도를 걷는 것이 이미 운명 지어진 이 아이가 선택한 전법은, 제왕에게 어울리는 것이었다.

쉴 새 없이 변하는 현대 장기에서도 변함이 없는 장기의 정통파────『망루』.

🔔 도깨비 승부

장려회.

정식 명칭이 『신진기사 장려회』인 이 기관은 칸토와 칸사이로 나뉘어 존재한다.

그 대국은 원래 대국자 이외의 그 누구도 접해서는 안 된다.

하지만 칸사이 장려회에서는 예회별로 『열전보(熱戰譜)』를 인터넷에 공개하며, 주목도가 높은 대국은 천장 카메라를 이용해 기록한다.

오늘 예회에서 기록되고 있는 대결은—— 쿠누기 2단과 소라 2단의 대국이다.

"후우……."

기사실의 모니터로 그 대국을 지켜보고 있는 남자는 긴코와 소타가 각행의 길을 막고 철저한 싸기에 돌입한 순간, 담배 연기와 함께 기나긴 한숨을 내쉬었다.

오이시 미츠루.

《휘젓기의 마에스트로》라 불리는 이 남자는 모니터 너머에서 펼쳐지고 있는 대국을 관전하면서 어떤 전설을 떠올렸다.

——과거에 칸사이 장려회에서는 승단이 걸린 대국만큼은 입후보제로 치러졌다.

그것은 현행 3단 리그가 형성되기 전의, 아주 먼 옛날 일이다.

장려회에서 승단이 걸린 대국은 곧 인생이 걸린 대국이다.

그 대부분의 대국에서는 자타가 인정하는 절친이 입후보했다.

그렇게 실현된 절친 간의 대국에서는 입후보한 스토퍼가 대부분 승리했다고 한다. 지금까지 쌓아온 승리라는 돌탑을 무정하게도 무너뜨리는 *지옥의 도깨비처럼.

---

* 지장보살 설화에 나오는 이야기. 어려서 죽은 아이들이 삼도천에서 탑을 쌓으면 도깨비가 무너뜨린다.

인간을 악마로 바꾸는 대국——『도깨비 승부』.

입후보로 이뤄진 대국은 아닐지라도, 이 장기도 도깨비 승부라고 오이시는 생각했다.

"……하지만 부담감은 긴코가 느끼겠지. 그걸 떨쳐내야 진정한 3단이 될 수 있겠지만……."

드물게도 혼자밖에 없는 기사실에서 오이시가 혼자서 검토를 하고 있을 때, 커다란 발소리를 내면서 그와 비슷한 연배의 남성이 안으로 들어왔다.

카라코 쇼지 신(新) 3단이다.

"이야, 오이시 선생님 아닙니꺼! 일요일에도 연맹에 나오시다니, 역시 타이틀 보유자는 연구를 열심히 하나 봅니대이!"

"기분 나쁘니까 그냥 반말을 해."

"그럼 그렇게 하겠대이."

카라코는 그 말을 듣자마자 반말로 그렇게 말하면서 오이시의 맞은편에 앉았다.

오이시는 장기판을 쳐다보면서 말했다.

"오래간만이군. 거의 10년 만이지?"

"그를끼다. 3단 리그에서 미츠루 군이 내 목을 딴 이후로 처음 아니가. 그래도 내는 미츠루 군을 아직 친구라고 생각한대이."

"그런 일도 있었지."

오이시는 딱히 감정이 묻어나지 않는 목소리로 그렇게 말하면서 담배를 피웠다.

예전에 두 사람은 3단 리그에서 싸웠다.

그리고 한 명은 프로가 됐으며, 다른 한 명은 연령제한에 의해 장려회를 떠났다.

장려회에서는 흔한 일이다.

"그런데, 너는 뭘 하러 온 거지?"

오이시는 다시 기사실에 발을 들인 예전 동료에게 물었다. 그러자 카라코는 주저 없이 대답했다.

"긴코 양을 응원하러 온기다."

"호오?"

"저 초등학생은 이번에 져도 금방 올라올 기다. 하지만 긴코 양은 이번에 지면 올라오는데 꽤 시간이 걸릴 끼다 아이가. 저 애는 이번에 올라와줬으면 한대이."

"상냥한걸."

"당연하재."

카라코 3단은 씨익 웃더니, 자신이 상냥한 이유를 밝혔다.

"가볍게 바를 수 있는 아가 3단 리그에 들어오는 거 아이가 ♪"

대국실에서는 담담하게 대국이 진행되고 있었다.

——⋯⋯⋯⋯⋯초조해⋯⋯.

긴코는 소타의 표정을 힐끔힐끔 살펴보면서 기회를 엿봤다. 진형은 점점 완성되어 가고 있었다.

——선공을 펼칠까⋯⋯?

최근 들어서 망루에서는 후수가 유리한 수가 속속 발견되고 있다.

예전에 칸나베 아유무가 망루 선수에서 『칸나베류 1오향』과 그 발전형인 『칸나베류 3육향』으로 승리를 쓸어담은 적이 있다. 하지만 그런 칸나베도 요즘에는 망루보다 안목을 채용하는 비율이 늘어가고 있다.

　『선수 망루는 죽었습니다.』

　칸토의 젊은 기사들 중에는 그런 말을 한 사람도 있었다.

　망루로 혁명을 일으킨 것은 프로 기사도, 여류기사도, 하물며 아마추어도 아니다.

　바로 장기 소프트다.

　그리고 그 사실이 긴코를 신중하게 만들었다.

　——……첫 수에 7팔금이나 3팔금이 최선의 수라고 말하는 녀석이잖아.

　소타의 특수한 감각이 소프트 연구에 의해서 갈고닦아졌다는 것은 명백했다.

　그런 소타가 선수인데도 망루를 선택한 것은 뭔가 의도가 있기 때문이라고 보는 것이 타당할 것이다.

　——뜨거워지지 마……. 냉정하게, 냉정하게…….

　《나니와의 백설공주》는 땀에 젖은 손바닥을 치마에 닦더니, 그대로 치마를 움켜쥐었다.

　"그건 그렇고 위층이 시끄러운걸."

　"누가 3단이 되든 호외가 나돌 상황이다 아이가."

　기사실에서는 오이시와 카라코가 장기판 밖의 상황에 대해 이야기를 나누고 있었다.

아침부터 연맹에 몰려온 보도진은 4층에 있는 다목적 룸에서 이 대국의 추이를 지켜보고 있었다. 대국실에는 절대로 들어가지 않는다는 조건으로 말이다.

"게다가 《나니와의 백설공주》와 천재 초등학생의 대결이니까 취재하는 것도 당연할기다. 타이틀전보다 시청률이 높을거대이. 다음 3단 리그에서 가들과 싸우게 될 이 못난 사람도 인터뷰를 했다 아입니꺼~."

"하지만 장려회가 주목을 너무 모으는 것도 문제 아니야? 세간에서 시끄럽게 떠들어대는 게 수행 중인 장려회 회원에게 좋은 영향을 끼칠 리가 없지. 애초에 3단 리그는 비공개——."

"이사회에서 결정하믄 공개할 수 있대이."

"츠키미츠 씨가 그런 걸 허락할 것 같아? 타이틀전 이상의 성역이라고."

"미츠루 군은 여전히 순수한기가. 진짜 눈부시대이."

카라코는 손으로 눈가를 가리며 그렇게 말했다.

"회장은 츠키미츠 슨상님이긴 하대이. 하지만 이사회 멤버는 어떻노? 칸토 네 명, 칸사이 두 명. 민주주의의 근본은 다수결이대이. 쪽수가 많은 쪽이 센 기다."

"…………."

"츠키미츠 슨상님은 장기연맹의 얼굴이시재. 그래서 그런지 아직도 예쁘장하시대이. 하지만 뇌는 다른 곳에 있는 기다."

"……오호라. 네 편입시험을 구경거리로 만든 녀석들이야말로 연맹의 두뇌이고, 너는 그 두뇌에게 꼬리를 치고 있다는 건가."

"내는 사회생활을 하면서 성장한기다. 쎈 놈한테 맞서믄 안 된대이. 힘 앞에는 굴복해라. 권력자에게는 아첨해라. 주인님^{스폰서}에게는 꼬리를 흔들어라."

"성장? 짐승이 됐다는 걸 잘못 말한 거 아니야?"

"처세술이라 불러도~."

"개는 장기를 못 두거든?"

오이시는 침이라도 뱉는 듯한 어조로 그렇게 말하자, 카라코의 입가에 미소가 어려 있는데도 분위기가 점점 험악해졌다.

그런 분위기를 장기말을 두는 날카로운 소리가 찢었다.

선수인 쿠누기 소타가 느닷없이 보(步)를 전진시키면서 긴코를 공격한 것이다.

""이 상황에서……?!""

소타의 공격 타이밍을 본 오이시와 카라코는 한목소리로 그렇게 외쳤다.

"……신선한 감각에 입각한 한 수군."

오이시는 신음을 흘렸다. 신음을 흘릴 수밖에 없었다.

가지고 있던 보를 아낌없이 전부 투입한 소타는 다음으로 계마(桂馬)를 1칠로 이동시켰다.

"그쪽으로 옮긴 기가?!"

"……웬만해선 두지 않는 수인걸."

보통 계마(桂馬)를 1열에 두는 것은 나쁘다고 여겨진다. 계마(桂馬)의 가동 영역이 절반으로 줄기 때문이지만, 지금 국면에서는 충분히 납득이 되는 수였다.

"억지로 장기말을 휘저어서, 겨우 일곱 수만에 긴코를 따돌린 건가…… 몰이비차도 잘 둘 것 같은걸."

"《휘젓기의 마에스트로》가 칭찬할 정도면 상당한 실력 아이가?"

스마트폰을 조작하던 카라코가 화면을 확인하면서 휘파람을 불렀다.

"소프트로 찾아낸 최선의 수와 똑같대이. 20억 국면 이상 수읽기를 해서 찾은 후보 수와 똑같은 수를 겨우 2분 만에 찾아내다니……. 하하. 진짜 괴물인기가."

"웅? 스마트폰으로도 장기 소프트를 돌릴 수 있는 거냐?"

"그러고 보면 미츠루 군은 옛날부터 기계를 못 다뤘재. 이건 리모트 디스플레이라고 하는 긴데, 스마트폰을 통해 집에 있는 컴퓨터를 조작하는 기다."

카라코는 비웃는 듯한 표정을 지으며 덧붙여 말했다.

"뭐, 요즘은 스마트폰도 인류보다 강하다 아이가."

선공을 당한 긴코는 순순히 두들겨 맞고 있지는 않았다.

9열에서 반격에 나서더니, 소타가 응수에 나서는 것을 보고 5열에 병력을 집중시켜서 총공격을 개시했다.

모아뒀던 힘을 전부 쏟아붓는 듯한 맹공이었지만, 대국의 추이를 냉철하게 응시하던 오이시와 카라코는 형세가 점점 소타 쪽으로 기우는 것을 느꼈다.

"응수 장기대이."

응수가 기풍인 카라코는 기뻐하는 듯한 목소리로 그렇게 말했고, 오이시는 신음을 흘리며 이렇게 중얼거렸다.

"무리하게 선공을 펼쳤지만, 실은 상대의 공격을 유도해서 차근차근 깨부수고 있군. 초등학생인데도 기분 나쁠 정도로 교활한걸……."

"미츠루 군은 알고 있나? 소프트는 인류보다 오랫동안 장기를 둬왔대이."

"……무슨 소리야?"

장기의 역사는 1400년에 이른다.

하지만 장기 소프트의 역사는 겨우 수십 년 정도다. 비교 자체가 되지 않는 것이다.

"『알파고』라는 소프트가 전 세계의 최정상 기사들을 박살 냈재? 바둑은 장기보다 복잡하니까 앞으로 10년은 인류가 더 강할 거라고 했는디, 순식간에 추월당한기다."

"그래서?"

"그건 구글 슨상님의 자본력으로 어마어마한 하이스펙 컴퓨터 50대를 3주 동안 풀 가동시켜서 몇 천 만에 걸친 자가 대국을 시킨 결과, 경험을 쌓으면서 급속도로 강해진 기다. 인간과 마찬가지재? 딱 하나 다른 건 인간은 3주 동안 쉬지도, 자지도 않으면서 대국을 해도 1000번도 두지 못할 거라는 거대이."

"……."

"소프트는 인류가 지금까지 둔 장기를 전부 다 합친 것보다도 많이 뒀대이. 인간이 마지막 버팀목으로 삼던 『경험』도 옛날 옛

적에 소프트에게 추월당한기다."

카라코는 단언했다.

"장기도, 바둑도, 결국은 산수다 아이가. 결과를 모르니까 신비해 보일 뿐, 결국 계산이 빠른 녀석이 이기는 기다. 인격이나 예의범절, 전통문화, 그런 건 장기나 프로 기사에게 권위를 주기 위한 것에 지나지 않대이."

"그런 소리를 하다간 장기의 신에게 미움을 살걸?"

"내는 이미 미움을 샀대이. 신이 예전에 내를 직이삣다 아이가."

카라코는 침을 뱉는 듯한 어조로 그렇게 말한 후, 스마트폰을 들어 보이면서 말을 이었다.

"지금의 내 신은 이거인기다."

스마트폰의 화면에는 장기 소프트가 1초에 수천만이나 되는 국면을 검색하고 있는 광경이 펼쳐지고 있었다.

"프로 기사 슨상님들이 『신』이라 부르는 명인도 현재의 소프트와 싸우면 십중팔구…… 아니, 무조건 질끼다. 이제 그만 현실을 직시하는 게 어떻노?"

"고견(高見)을 들려줘서 참 고맙군."

인류 중 딱 네 명밖에 없는 타이틀 보유자 중 한 명인 오이시 미츠루 옥장은 모니터 너머의 쿠누기 소타가 둔 수를 자신의 앞에 있는 장기판에 두면서…….

"뭐, 소프트가 명인보다 강한지는 일단 제쳐두기로 하고———."

뭔가를 곱씹는 듯한 어조로 말했다.

"이 아이는, 강해."

"⋯⋯⋯강해⋯⋯⋯!"

자신의 급소를 찌르는 보(步)를 본 순간, 긴코는 신음을 흘렸다.

——비차(飛車)를 버리면서까지 칼부림을 벌이려고 하다니⋯⋯. 강해!!

긴코는 자신의 옥(玉) 근처에 놓인 보(步)를 무시하며 상대의 칼부림에 응했다.

서로가 방어를 무시하며 스피드 승부에 임했다. 움츠러든 쪽이 지기라도 하는 것처럼, 노타임으로 수를 뒀다.

——옥(玉)의 방어는 상대방이 더 견고해. ⋯⋯하지만!!

소타의 옥(玉)은 금무쌍 싸기라는 벽에 보호받고 있지만, 긴코의 옥(玉)은 노출되어 있다.

하지만 긴코는 냉정하게 토금(と金)을 그 벽으로 접근시켰다.

『토금은 느린 듯하면서 빠르다.』

장기 격언이다. 토금(と金)의 발은 느리지만, 적의 싸기에 달려들면 보(步)를 금(金) 혹은 은(銀)과 교환할 수 있기 때문에 형세가 단숨에 유리해질 수도 있다.

그래서 토금(と金)은 『살무사』라고 불린다. 당연히 소타는 슬금슬금 다가오는 긴코의 살무사를 떨쳐낼 줄 알았지만⋯⋯.

"어?!"

소타가 둔 수를 본 순간, 긴코는 경악했다.

놀랍게도 소타는 다가오는 살무사를 방치한 채, 공격을 계속 펼치는 길을 선택했다.

왼손을 독사에게 물렸지만, 오른손으로 긴코의 심장을 으스러뜨릴 심산인 것이다. 경악스러운 3오은!!

"주저 없이 바로 뒀잖아?! 이 타이밍에……?!"

1초도 수읽기를 하지 않고 둔 수다. 긴코는 자신의 마음에 존재하는 틈을 통해 공포가 침입해 들어오는 것을 느꼈다.

──외통수에 걸린 거야……?!

장기에 있어서 가장 중요한 것은 바로 형세판단이다.

장기말의 득실. 수의 득실. 싸기의 형태. 장기말의 행동반경.

그런 다양한 요소를 비교측량해서 국면의 우열을 결정한다. 인간도, 소프트도, 장기실력의 향상에 있어서 이 형세판단 능력이 가장 중요시되는 것이다.

하지만 그것보다도 인간에게 중요한 것은── 자기 자신을 믿는 강한 마음이다.

아무리 정확하게 형세를 판단할지라도, 멋진 수가 생각났더라도, 그것을 믿을 수 없다면 아무런 의미도 없는 것이다.

──……괜찮아! 아직 괜찮을 거야!!

소타가 방어를 무시하며 공격해 오자, 긴코는 자신의 옥(玉)이 잡힐 가능성을 한순간 의심했다.

하지만 긴코의 마음은 강했다.

긴코는 공포를 떨쳐내기 위해 남은 시간을 전부 쓰며 기력을 끌어올렸다. 투지에 의해 온몸의 피가 끓어올랐다.

"뜨거워."

긴코는 신중하게 필살의 일격을 준비했다.

기사실에서 모니터를 응시하던 카라코는 자신도 눈치채지 못한 사이에 그 대국에 빨려들었다.

화면을 향해 얼굴을 내민 카라코는 때때로 치직거리는 모니터를 보며 불평을 늘어놓았다.

"화면 상태가 와 이래 안 좋은 기고……."

"하나같이 궁금해서 훔쳐보고 있는 거야."

오이시는 새 담배에 불을 붙이면서 쓴웃음을 지었다.

연맹의 천장 카메라는 IP카메라이며, 주소만 입력하면 이 세상 어디에서든 볼 수 있다.

칸토와 칸사이의 기사들은 자택에서 이 대국을 관전하고 있을 것이다……. 오이시는 그렇게 지적했다. 오이시는 IT 쪽 지식이 없기에 이렇게 연맹에 찾아올 수밖에 없었지만 말이다.

그 증거로, 기사실에는 비정상적일 정도로 사람들이 없었다.

──믿음직한걸.

오이시는 맛있다는 듯이 담배를 피더니, 연기를 토했다.

『초등학생 기사』의 기대를 한 몸에 받고 있는 쿠누기 소타에게는 누구나 흥미와 공포를 느끼고 있다. 하지만 젊은 기사 중에는 노골적으로 불쾌해 하면서 소타에 대해 '잘 모릅니다.' 하고 말하는 이들이 있다. 그 자존심이야말로 승부사에게 가장 중요한 것임을 사실을 오이시는 알고 있다.

대국에 몰입한 카라코는 멋쩍은 표정을 지으며 모니터에서 떨어지더니, 빈정거리는 듯한 어조로 오이시에게 말했다.

"……그것보다 긴코 양을 지켜보기 위해《휘젓기의 마에스트로》가 일부러 연맹까지 발걸음을 하다니, 진짜 상냥하대이."

"카라코. 너, 물러졌구나."

"머라꼬?"

"훗……."

오이시는 긴코의 장기를 보러 온 것이 아니었다.

긴코가 4단이 될 수 없을 거라고 생각하는 것은 아니다. 언젠가는 프로가 될 재능을 지닌 소녀라고 평가하고 있었다.

하지만 오이시는 긴코가 4단이 되더라도 위협적이지는 않을 거라고 여기고 있었다.

하지만 현재의 대국 상대는————.

대국시계가 초를 세기는 소리가 계속 들려왔다.

"하아…… 하아…… 하아—————…………."

삣. 삣. 삣.

긴코는 헐떡이듯 가늘게 숨을 쉬더니, 초읽기를 하는 전자음과 리듬을 맞춰 머릿속 장기판을 구사해가며 자신이 읽은 수의 최종 확인에 들어갔다.

삐———————————…….

"……윽!!"

긴코는 남은 시간이 5초라는 알람이 들린 순간에 오른손을 장기판 너머로 내밀면서 필살의 한 수를 뒀다.

──7육각 승격!! 이걸로 결판을 내겠어……!!

이 수는 『외통수순 뒤집기』다.

상대의 피니시 블로를 무효화하면서, 거꾸로 최후의 일격을 먹여주는 강렬한 카운터다. 수를 읽고 또 읽고, 상대의 공세를 견디고 또 견딘 끝에 긴코가 날린 결정타다. 마음속의 모든 열기를 전부 쏟아붓는 필살의 한 수……!!

──해낸 거야?!

긴코는 고개를 들어서 소타의 표정을 살폈다.

장기판 너머에 있는 천재 소년은…….

"…………."

아무 말 없이 말받침을 향해 손을 뻗더니, 주워든 장기말을 펜을 돌리듯 능숙하게 돌리기 시작했다.

"……어?"

──어떤 말이지? 계마(桂馬)……?

긴코는 소타의 손끝을 주시했다.

함에 딴 말을 상대가 보기 힘들게 가리는 것은 매너 위반이지만, 의도적으로 이러는 것 같지는 않았다. 아마 버릇이리라.

──계마(桂馬)를 올리려는 거야? 대체 어디에?

하지만 소타는 손으로 집었던 장기말을 도로 말받침에 내려놓더니, 다른 말을 집어서 긴코의 옥(玉)에 직접 공격을 가했다. 3사은!

"장군……!!"

한순간, 등골이 서늘해졌다. 하지만…….

──……바라던 바야!

소타의 장군 러시는 긴코가 예상한 수 중 하나였다. 머릿속으로 그렸던 시나리오대로 국면이 흘러가자, 긴코는 자신의 피가 끓어오르는 것을 참을 수가 없었다.

──보였어! 내 머릿속 장기판에도…… 승리가 보였어!!

소타는 날카롭게 노타임으로 장군을 계속 걸어댔다.

후수의 옥(玉)은 장기판의 하단부까지 몰렸지만──.

"여기야……!!"

긴코는 『외통수순 뒤집기』를 펼치면서 승격시킨 용마(竜馬)로 옥(玉)을 몰아붙이면서, 소타의 공세를 부수려 했다. 공방일체인 그 수 덕분에, 긴코의 옥(玉)은 아슬아슬하게 위기에서 벗어났다.

그래야 했다.

"…………."

소타는 또 말받침을 향해 손을 뻗더니, 쥔 장기말을 빙글빙글 돌렸다.

──……계마(桂馬)?

데자뷔 때문에 미심쩍은 느낌이 든 긴코가 그 말에 새겨진 글자를 눈으로 확인한, 바로 그 순간…….

소타는 그 계마(桂馬)를 뜻밖의 지점에 사뿐히 뒀다.

방어도, 공격도 아닌, 완착(緩着)으로 보이는 수…….

"계마? 8오에…… 계를 올려놨어?"

긴코는 혼란에 빠졌다.

이렇게 엉뚱한 곳에 계마(桂馬)를 올리면, 긴코에게 반격의 틈을 주고 만다.

——이 수는…… 뭐지? 느닷없이 압박이 약해졌는데…….

긴코가 미심쩍어 하면서 장기판을 쳐다본 순간, 소년이 작은 목소리로 중얼거렸다.

"답례예요."

"어."

그리고 긴코는 깨달았다. 그 수가 지닌 의미를 말이다.

——외통수순 뒤집기……!!!

"설마……?! 마, 말도 안 돼……?"

긴코는 온몸의 피가 얼어붙은 것처럼 그대로 굳어버렸다.

그것은 이번 대국에서 두 번째로 발생한 외통수순 뒤집기였다. 긴코의 각이 공방일체의 묘수였던 것처럼, 소타가 둔 계마(桂馬)도 형세를 단숨에 뒤집는 절묘한 묘수였던 것이다.

하지만, 진정으로 무시무시한 점은…….

쿠누기 소타가 이 국면까지 읽은 것은 처음으로 계마(桂馬)를 만지작거렸던 108수 째였다는 사실이다.

그 후로 겨우 20수 만에, 소타는 외통수순 뒤집기를 펼친 것이다. 우연히 생겨난 수가 아니다. 명백하게 이걸 노리고 있었다.

——그때부터…… 여기까지 읽고 있었던 거야?!

"4삼각 승격에 7일옥으로 도망치면…… 4사마로 이어져서 옥과 비차 둘 다 잡을 수 있게 되니, 그대로 외통수?! 맙소사……!!"

『당한 만큼 갚아준다.』

쿠누기 소타는 이 한 수로 긴코의 마음을 부러뜨리려 했다. 상대의 긍지를 짓밟아서, 두 번 다시 자신에게 맞서지 못하도록 조교하려는 것이다.

『그냥 이기기만 할 거라면 더 간단히 이길 수 있었다고요.』

긴코는 그런 말을 들은 것 같은 느낌이 들었다.

심리적 쇼크가 어마어마한 탓에, 머릿속의 장기판이 제대로 보이지 않았다.

──……안 돼! 한 수도 읽을 수가 없어……!!

패닉에 빠진 긴코를 대국시계가 초를 읽는 소리가 더욱 몰아붙였다.

삣. 삣. 삣.

그것은 죽음을 향한 카운트다운이었다.

"아, 아…… 아아아…………."

그리고 마지막 5초가 찾아왔다.

긴코는 장기판을 향해 떨리는 손을 내밀었다. 그 손은 어느 장기말을 쥘지 망설이고 있었다. 그런 와중에도 전자음은 계속 울려 퍼졌다.

삣──────────────────…………

그 순간, 긴코는 생각을 그만뒀다.

──신이시여……!!

긴코는 기도를 드리면서 비차(飛車)를 끝까지 옮겼다. 그리고 애절한 심정으로 그 말을 뒤집었다.

용(竜).

장기말에 새겨진 그 글자는 한순간 동안 긴코가 공포를 잊게 해 줬다. 식은땀 때문에 끈적거리는 긴코의 온몸이 아주 약간이지만 따뜻해졌다.

《나니와의 백설공주》는 성냥팔이 소녀처럼 따뜻한 온기에 구원을 갈구했다. 그 수는 장기라고 할 수가 없었다. 동화처럼 울음을 터뜨린 어린아이를 달래기 위한 이야기나 다름없다.

하지만 그 이야기는 비극적인 결말을 맞이하는 것이다.

──…………끝났어…….

긴코는 장기판을 쳐다볼 수가 없었다. 푹 숙인 고개를 들어 올릴 용기조차 없었다.

하지만──.

"윽……?!"

고개를 푹 숙인 긴코와 대조적으로, 소타는 번개라도 맞은 것처럼 꼼짝도 하지 않았다.

"윽?! ……어?! 큭……!!"

그리고 장기판에 이마가 닿을 정도로 몸을 숙이더니, 고속으로 수를 읽기 시작했다.

"……어?"

아무리 기다려도 처형을 당하지 않자, 긴코는 의문을 느꼈다.

그리고 머뭇거리며 고개를 들었다.

"어???"

──어떻게 된 거지?

일단 비차(飛車)를 도주시키기 위해, 그리고 방금 같은 상황에서 지는 것만큼은 피하기 위해, 수를 전혀 읽지 않으며 비차(飛車)를 적진 깊숙이 이동시켰다.

그런 초심자 같은 발상으로 둔 수 때문에, 소타는 격렬하게 동요했다. 그게 긴코는 불가사의했다.

──……무슨 일이 일어난 거야?

방금까지 생각을 관뒀던 긴코는 상황을 파악하기 위해 냉정하게 장기판을 살폈다.

그리고 눈치챘다.

"…………앗?!"

──방금 한 수가…… 세 번째 『외통수순 뒤집기』가 됐어?!

"어? 어떻게…… 어?"

믿기지 않을 정도의 행운이었다.

긴코가 시간에 쫓기며 아무 생각 없이 둔 수는 기사회생의 절묘한 한 수가 되어 최고의 형태로 소타에게 카운터를 먹였다!

손가락 운.

그렇게 표현할 수밖에 없다. 신이 이 동화의 결말을 바꿔 줬다…….

으드득.

이를 가는 소리가 날 정도로 어금니를 세게 깨문 소타가 8오에 둔 계마(桂馬)를 승격시켰다. 자신의 옥(玉)을 도주시키기 위한 길을 만든 것이다.

그것은 형세가 악화됐다는 것을 직접 인정했음을 의미했다.

——이길 수 있는…… 거야?

긴코는 그제야 자신이 승기를 잡았다는 사실을 깨달았다. 자기 옥의 안전과 상대방 옥(玉)을 잡는 수를 직접 읽어낸 것은 아니다. 소타가 자신의 패배를 명확하게 파악했기 때문에, 긴코도 그것을 안 것이다.

소타는 수를 너무 잘 읽기 때문에, 자신이 밀리고 있다는 사실을 긴코에게 알려주고 말았다.

아름답게 상대의 옥(玉)을 잡으려고 한 나머지, 쿠누기 소타는 실수를 범하고 말았다.

별 계책 없이 통속적인 수를 두며 긴코의 옥(玉)을 계속 몰아붙였다면, 아마 긴코는 끝까지 막아내지 못하고 쓰러졌을 것이다. 아니, 긴코가 둔 외통수순 뒤집기를 무시하며 바로 수를 뒀다면, 긴코는 자기가 절묘한 수를 뒀다는 사실을 깨닫지 못한채 투료했으리라.

장기에서는 강한 자가 이긴다.

하지만 오히려 지나치게 강하기 때문에 지는 일 또한 벌어지는 것이다.

——옥(玉)을 잡을 수 있어……?

『외통수가 있다』는 사실만 알면, 그것을 발견하는 것은 어렵지 않다. 실전에서는 외통수가 있는지 없는지를 알아내는 것이 가장 어렵다.

긴코의 손가락은 장기말을 쥘 수 없을 정도로 떨리고 있었다.

잡을 수 있다.

소타의 옥(玉)을 잡을 수가 있다.

──⋯⋯열일곱 수야⋯⋯.

믿기지 않았다. 수가 좀 많기는 하지만, 단숨에 외통수를 찾아낼 수 있었다. 그런 외통수가 자신의 손에 굴러들어온 것이다.

옥(玉)이 잡혔다는 사실은 소타도 눈치챘을 것이다. 그런데도 계속 손을 움직이고 있는 것은 최후의 순간까지 상대방이 실수를 범하도록 유도하기 위해서일까. 아니면 감정이 정리되지 않기 때문일까. 긴코는 허둥지둥 도망치는 소타의 옥(玉)을 보며, 아마 양쪽 다일 거라고 생각했다.

서로의 옥(玉)이 대치했다.

긴코는 말받침을 향해 손을 뻗더니, 마지막 결정타를 날리기 위해, 장기말을 쥐었다.

은(銀).

자신의 이름과 같은 그 말을 장기판에 뒀다.

손가락이 떨리면서 장기말도 흔들렸지만── 선수의 옥(玉)은 외통수에 걸려들고 말았다.

그 광경을 본 소타는 두 무릎에 손을 얹으면서 고개를 숙였다.

"졌습니다."

여자애처럼 가느다란 그 목소리를 듣고서야…… 긴코는 장기판 너머에 앉아 있는 상대가 아직 열한 살밖에 안 된 초등학생이라는 사실을 떠올렸다.

여기까지 154수로 쿠누기 2단 투료.
이 순간, 사상 첫 여성 장려회 3단이 탄생했다.

♟ 인간을 초월한 자

이겼다.
"어……?"
처음에는 그 사실을 인식할 수가 없었다.
고개를 숙이고 있는 쿠누기 소타를 보고도, 나는 전투태세를 풀지 못했다.
장기판 위에 있는 상대방의 옥(玉)은 완전히 잡혔다.
그런데도, 자신이 이겼다는 것이 믿기지 않았다.
"쿠누기에게 이겼어……?!"
"우와……!!"
"사상 첫 여성 3단…… 역시 백설공주야……."
대국을 마치고 관전을 하고 있던 장려회 회원들의 목소리가 들리자, 나는 상황을 조금씩 이해하기 시작했다.
이겼어?
올라간 거야?

내가…… 3단이 됐어?

"축하드려요. 긴코 씨, 이걸로 3단이네요."

"아…… 응. 저기…… 고마, 워……."

고개를 든 소타가 구김 없는 미소를 지으며 나를 축복해 줬다.

심장이 가슴을 찢고 나올 정도로 여전히 격렬하게 뛰고 있는 가운데, 이런 생각을 했다.

──……장기의 신이 응답해 줬어.

나는 쉰 목소리로 말했다.

"…………여기가……."

나는 떨리는 손으로 종반부에 비차(飛車)를 전진시켰던 수를 펼쳤다. 내가 신에게 매달렸던 순간을, 신이 나에게 응답해 준 순간을 말이다.

"여기서…… 수를 읽지 못했어…………. 머릿속의 장기판이 먹통이 된 바람에───."

"머릿속의 장기판? 아, 머릿속 장기판 말이군요."

소타는 가볍게 고개를 갸웃거리면서 입을 열었다.

"긴코 씨는 머릿속에 장기판이 있나 보네요. 대단해요."

"응? 너는 장기 묘수풀이가 특기잖아? 종반도 엄청 정확하던데…… 머릿속에 장기판이 잔뜩 있지 않아?"

"저는 장기 묘수풀이를 잘하기는 해요. 하지만───."

쿠누기 소타는 고개를 끄덕이면서 이렇게 말했다.

내 가슴을 도려내고, 심장을 터뜨릴 듯한, 충격적인 사실을 밝힌 것이다.

"저는 머릿속에 장기판 같은
게 없어요. 전부 부호로 생각하
니까요."

⋯⋯⋯⋯⋯⋯뭐?

"모든 수순이 부호로 떠올라
요. 장기판과 말을 머릿속에 떠
올리는 게 아니라요."

부호로 생각하는 거야?

머릿속 장기판이⋯⋯ 없어?

"뭐? 하지만, 장기 묘수풀이는
──."

"장기 묘수풀이도 부호로 생각
해요. 딱히 생각하지 않더라도
딱 본 순간에 만든 사람의 의도
를 파악할 수 있으니까, 첫 수만
알면 멋대로 기보가 머릿속에 떠
올라요."

소타는 가볍게 고개를 갸웃거
리면서 진심으로 불가사의하다
는 듯이 나를 쳐다보았다.

"마음만 먹으면 장기판을 상상
하며 생각에 잠길 수도 있지만,

그게 더 시간이 걸리거든요. 일
부러 머릿속의 장기말을 옮기는
건 귀찮잖아요?"

맙소사.

말도 안 돼.

소프트의 영향을 받았다는 차
원조차 아니었다.

눈앞에 앉아 있는 어린 아이는
———— 그냥 컴퓨터였다.

"그, 그렇…… 구나……."

장기별 사람이 상대라면 어떻
게든 된다. 일단은 같은 생물인
것이다.

하지만 생물조차 아닌 상대와
싸우려면, 대체 어떤 대책을 세
워야만 하는 거지?

"이 국면도 8칠토금부터 옥을
잡을 수 있을 거라는 느낌이 들
었어요. 8오계를 둔 순간에 이길
거라고 생각해서…… 그 수순을
계속 읽고 있었더니 비차가 날아
오지 뭐예요. 어쩌면 외통수를
놓친 걸지도 모른다고 생각했는

데, 진짜였네요. 3이각 올림에서부터 저는 완전히 승기를 잃었어요. 그때는 3일에 뒀어야 하려나요?"

외통수?

나는 그런 게 전혀 보이지 않았는데——.

"아무튼, 축하해요! 저도 금방 쫓아갈게요! 3단 리그에서 또 대국을 해요!"

"으………… 응……."

"감사합니다. 그럼 실례할게요."

소타는 고개를 푹 숙이더니, 내가 장기말을 정리하는 것을 본 후에 가벼운 발걸음으로 대국실을 나섰다.

나는………… 일어설 수 없었다.

다리도, 허리도, 등도 전부 부서진 듯한 충격 때문에, 방석 위에서 몸을 웅크린 채 시선조차 움직이지 못하며 장기판 위에 한 점을 응시했다.

——내가 이긴 것은 생각을 관뒀기 때문이야.

——상대가 진 것은 자신의 패배조차 읽었기 때문이야.

오늘은 이겼다. 운이 좋았기 때문이다.

하지만 앞으로 누가 더 강해질지는…… 생각할 필요도 없다.

나는 승부에서 승리했다. 실력이 아니라, 운 덕분에 말이다.

하지만———— 장기로는 졌다.

내가 마지막에 한 것은 장기가 아니다. 가위 바위 보와 마찬가지로 운을 시험해 봤을 뿐이다. 그런 걸로 이겼다고 성장할 수 있을 리가 없다.

쿠누기 소타는 현시점에서 나보다 강하며, 앞으로 더욱 강해질 것이다.

왜냐하면 쿠누기 소타는 항상 생각하고 있기 때문이다.

내가 포기한 국면에서도, 마지막 1초 때도, 생물을 완전히 초월한 연산 능력으로 최선의 수를 계속 생각했다.

만약······.

만약, 다음에 또 붙게 된다면──.

"절대로 못 이겨."

장기판 앞에 홀로 앉아 있는 내 마음에서, 그 사실이 흘러나왔다.

비틀거리며 대국실을 나서서 간사 선생님에게 승리를 보고하자, 곧 기자회견이 열렸다.

"소라 양! 이쪽을 쳐다봐 주십시오!!"

"웃어주세요! 스마일, 미소를 지어 주세요!!"

눈을 뜰 수도 없을 정도의 플래시 세례가 나를 감쌌다.

내 옆에는 회장님이 앉아 있었으며, 눈앞에는 수많은 기자들이 이 방을 가득 채우고 있었다.

정월에 슈마이 선생님에게서 『벽을 넘어서라』라는 말을 들었던 이 방에서, 벽을 넘어선 나는 쉴 새 없이 쏟아지는 질문에 대답했다.

"여성 첫 장려회 3단이 되셨습니다만, 오늘은 반드시 승단을 할 수 있을 거라는 결의로 대국에 임하셨습니까?!"

"여류 타이틀을 딴 것과 3단 승단 중에서 뭐가 더 기쁩니까?!"

"고등학교에 진학하실 예정입니까?!"

"고등학교 교복은 세일러 교복과 블레이저 교복 중 어느 쪽이 더 좋으십니까?!"

뭐라고 대답했는지 기억이 나지 않았다.

그게 현실인지 아닌지도 애매한 상태에서 기자회견을 마치고 3층에 있는 사무실에 가보니, 직원 여러분이 박수를 쳐 줬다.

미소를 짓고 있는 미네 씨가 텔레비전을 가리키면서 나를 향해 말했다.

"긴코 양, 지금 난리가 났어! 모든 방송국에서 속보가 나오고 있고, 오사카 전체에 호외를 뿌리고 있다는구나! 저녁 방송에도 특집이 편성될 것 같은데…… 이야, 이걸로 여자들 사이에서도 장기 붐이 일어나면 좋겠는걸!"

나는 메마른 미소를 지을 수밖에 없었다. 이 사람들에게는 미소를 보여줄 의무가 있다고 생각했다.

텔레비전에서는 아까 했던 인터뷰가 나오고 있었다.

『소라 양. 여성 첫 장려회 3단이 되셨습니다만, 오늘은 반드시 승단을 할 수 있을 거라는 결의로 대국에 임하셨습니까?!』

『물론이죠. 항상 이기자는 심정으로 대국에 임하니까요.』

세일러 교복을 입은 소녀가 새초롬한 표정으로 그렇게 말하는 광경이 텔레비전 화면에 나왔다.

화면이 스튜디오로 바뀌더니, 텔레비전 안의 사람들이 그 소녀를 칭찬했다.

『대단하군요! 질의응답도 중학교 3학년 여자아이 같지가 않아요!』

『모든 여성에게 용기를 줬군요!』

『저분이라면 분명 사상 첫 여성 프로 기사가 될 수 있을 거라고 생각해요!』

──아니야.

방송 해설자들이 차례차례 쏟아내는 칭찬을, 나는 마음속으로 부정했다.

그렇지 않아. 나는 3단이 될 실력이 없어.

오늘은 운이 좋아서 이겼을 뿐이야. 3단 리그를 돌파할 힘이 지금의 나에게 있을 리가 없어…….

그 순간, 무시무시한 사실에 생각이 미쳤다.

나와는 다르게, 실력으로 그 자리를 쟁취한 진짜배기 3단들과 이제부터 리그전을 치러야만 한다는 사실에 말이다.

"윽……!!"

그 당연한 사실을 떠올리자, 소름이 돋았다.

내 기풍은 완전히 벌거숭이 상태다.

평범한 장려회 회원의 기보는 돌아다니지 않지만, 여류기전에 출전한 내 기보는 아무나 접할 수 있다.

그리고 다들 이렇게 생각하고 있을 것이다.

『처음으로 여자한테 진 3단은 절대로 되고 싶지 않다.』

아무런 무기도 없이, 몸을 가릴 옷조차 없이, 알몸으로 맹수들의 우리에 내던져진 것이다.

──지옥이다.

그렇게 생각했다.

장려회에 들어갔을 때부터 3단 리그를 동경했었다.

목표로 삼아왔던 그 리그에 드디어 들어가게 됐는데…… 나는 그 사실에 겁을 먹었다.

나는 네 살 때부터 드나들었던 이 칸사이 장기회관을 자기 집보다 편안하게 느꼈다.

하지만 그곳이 지금은 지옥처럼 느껴졌다.

자신의 방처럼 따뜻하고 편하던 기사실이 마치 감옥처럼 느껴졌다.

소타에게 이긴 직후, 나는 장기의 신에게 감사했다. 지금까지 나를 지켜본 신이 내 노력에 답해 줬다고 생각했다.

어릴 적에 부정했던 장기의 신은, 존재……했다.

하지만 그런 생각은 내 안에서 완전히 사라졌다. 나는 비명을 지르고 싶었다.

──……없어.

이런 장소에…… 신 같은 건 없어!!

"……야이치…………무서워. 도와줘…………."

나는 갓난아기처럼 불안정한 발걸음을 내디디며, 장기의 지옥에서 도망쳤다.

⌂ 축하

"아빠! 녹화 잘하고 있지?!"

부엌에서 케이카 씨의 목소리가 들려오자, 사부님과 나는 거북이처럼 목을 움츠렸다.

녹화가 제대로 되지 않았기 때문이다.

"……으음, 역시 상태가 나쁘네."

나는 텔레비전의 녹화 기능을 몇 번이나 켜려고 했지만, 잘되지 않았다. 이 텔레비전도 이제 수명이 다 된 것이 아닐까?

화면에는 연맹에서 기자회견 중인 사저의 모습이 나왔다. 생중계다.

『소라 양. 여성 첫 장려회 3단이 되셨습니다만, 오늘은 반드시 승단을 할 수 있을 거라는 결의로 대국에 임하셨습니까?!』

『물론이죠. 항상 이기려는 심정으로 대국에 임하니까요.』

사저가 3단이 됐다는 사실을 안 우리는 사부님의 집으로 갔다.

우리를 기다리고 있던 케이카 씨는 '축하 파티 준비를 하자!' 하고 선언하더니, 내 두 제자는 부엌에서 노동력으로서 이용당하게 됐다. 참고로 아무짝에도 쓸모없다고 판단된 나와 사부님은 거실에 격리됐다.

지금도 부엌은 시끌시끌했다.

"뭐, 미리 축하 준비를 해 뒀다간 부담을 줄 수도 있고, 운이 도망갈 수도 있으니까요. 이렇게 되는 것도 무리는 아니죠."

"……."

사부님은 아무 말 없이 텔레비전을 응시하고 있었다.

『츠키미츠 회장님. 소라 양은 중학생의 신분으로 3단이 됐습니다만, 이 연령에 3단이 됐다면 상당히 유망하다고 봐도 될까요?』

『물론 유망합니다. 그건 틀림없죠.』

사저의 옆에 앉은 회장이 차분한 목소리로 그 말에 긍정했다.

『하지만 소라 3단이 이제부터 돌파해야 하는 3단 리그는 장기계에서 가장 가혹한 리그입니다. 저와 명인은 중학생 때 4단이 됐습니다만, 당시에는 3단 리그가 없었죠. 현행 3단 리그제가 되고 중학생 때에 기사가 된 사람은 쿠즈류 야이치 용왕뿐입니다. 그리고 쿠즈류 용왕은 4단이 되고 곧 장기계 최고위 타이틀인 용왕을 획득했죠.』

『즉…… 3단 리그를 돌파한다는 것은 최정상 프로가 되는 것에 버금갈 정도로 어렵다는 건가요?』

『예. 그 정도로 3단 리그는 가혹합니다. 그런 3단 리그를 돌파할 수 있는 건 원칙적으로 한 시즌에 두 명뿐……. 그렇기에 재능이 있다고 해서 무조건 통과할 수 있다고 말할 수 없죠. 강한 마음이야말로 중요합니다.』

『마음…… 말인가요?』

질문을 한 기자는 이해하지 못한 것 같지만, 옆에 앉아 있던 사저는 자세를 반듯하게 잡았다.

"회장님은 기자가 아니라 사저에게 방금 그 말을 한 것 같네요. 험난한 길을 걸으려 하는 사저에게 건네는 송별의 말로 삼아서요."

"……."

사부님은 화면을 향해 고개를 숙였다.

원래라면 사부님도 회견에 동석해야 하지만…… 키요타키 사부님은 어제 사랑니를 뽑은 바람에 말을 할 수가 없다.

그래도 기모노를 준비해서 연맹에 가려고 했지만, 사형에 해당하는 츠키미츠 회장에게서 '말을 못할 거면 오지 않아도 됩니다.' 라는 뼈 있는 말을 듣고 자택 대기를 하게 된 것 같았다. 뭐, 옳은 말이기는 했다.

"그런데 사부님은 왜 이 타이밍에 사랑니를 뽑은 거예요?"

"훈휘헨히휴우휴우휴우헤햐."

"회견에 참석 못하겠네."

샤를 양이 하는 말보다 더 알아듣기 힘들었다.

사부님의 말을 이해하는 것을 포기한 나는 사저의 코멘트를 놓치지 않기 위해 텔레비전에 주목했다.

『4월부터 시작되는 3단 리그에 참전하게 되셨죠? 이번 시즌을 바로 통과한다면 반년 후에는 프로가 될 수 있습니다만, 자신은 있으십니까?』

『일단 앞으로 치를 대국에서 승리하는 것만 생각하고 있어요.』

『몇 살까지 4단이 되고 싶다, 같은 목표는 있으십니까?』

『3단 리그는 지금까지와는 레벨이 다르니, 일단 첫 1승을 목표로 삼고 있어요.』

『여류기전과의 양립은 어렵지 않을까요?』

『대국 기회가 많으면 성장할 기회도 많을 거라고 생각해요.』

『3단 리그와 타이틀 방어전이 시기적으로 겹칩니다만, 그 탓에 힘들 것 같다고 생각하지는 않습니까?』

『양쪽 다 중요한 대국이니, 전력을 다해 싸울 생각이에요.』

『여왕전의 도전자로서 동문인 야샤진 아이 여류가 올라올 가능성이 있습니다만, 그 점에 대해 한 말씀 부탁드립니다.』

『누가 상대가 되더라도 저 자신만의 장기를 둘 뿐이에요.』

『고등학교에 진학하실 예정입니까?』

『그 점에 대해서는 사부님, 그리고 부모님과 상의한 후에 결정할 생각이에요. 개인적으로는 장기에 집중할 수 있는 환경을 갖추는 걸 가장 우선하고 싶어요.』

『소라 양의 트레이드마크는 세일러 교복입니다만, 고등학교 교복은 세일러 교복과 블레이저 교복 중 뭐가 더 좋으십니까?!』

『블레이저 교복을 입어 본 적이 없어서 모르겠어요.』

『《나니와의 백설공주》라는 별명에 대해, 본인은 어떻게 생각하시죠?』

『그 별명 때문에 팬 여러분이 저를 기억하기 쉬울 테니, 감사하게 생각하고 있어요.』

『해외의 유명 패션 브랜드가 소라 양을 이미지한 옷을 제작 중인 걸로 알고 있습니다. 소라 양이 모델로서 그 옷을 입고 대국을 해 주기를 희망하고 있다고 합니다만?』

『프로가 된다면 생각해 보겠습니다.』

사저는 거절 의사로 가득한 표정을 지으며 그렇게 대답했다.

그 후에도 좋아하는 음식이나 좋아하는 연예인 등, 장기와 상관없는 질문이 쏟아졌다.

"……왠지 예능방송 리포터 같은 사람이 많은 것 같네?"

"힌호훠힛후훠화히헤히～."

"사부님. 좀 조용히 좀 해 주세요."

회견이 거의 끝나가고 있었다.

『그럼 마지막 질문을 받겠습니다.』

사회를 맡은 오가 씨가 그렇게 말했다.

기자들은 질문을 더 하고 싶은지 일제히 손을 들었지만——.

『그럼…… 저쪽에 계신 안경을 쓴 여성 분.』

『관전기자인 쿠구이입니다.』

마지막으로 선택된 기자는 자기 이름을 밝힌 후, 질문을 입에
담았다.

『목표로 삼고 있는 기사가 있습니까?』

『………….』

사저는 그 말에 바로 답하지 못했다.

『……목표로 삼고 있는 기사는, 없어요.』

사저는 잠시 생각에 잠긴 후, 딱 잘라 그렇게 말했다.

그리고 곧 카메라를 다시 쳐다보며 말을 이었다.

『하지만—— 프로가 되어서 싸우고 싶은 기사는, 있어요.』

회장이 술렁거렸다.

『누구죠?!』

『타이틀 보유자?!』

『아니면 스승?!』

『역시 명인인가요!?』

사저는 자리에서 일어서더니, 고개를 깊이 숙였다.

『죄송하지만, 그건 프로가 된 후에 말씀드리겠습니다.』

그 말을 신호 삼듯, 옆에 앉아 있던 츠키미츠 회장이 회견의 종료를 알렸다.

『그럼 이제 회견을 마치겠습니다. 개별적인 질문에는 나중에 문서로 답하겠습니다.』

하지만…….

『소라 양! 잠시만 더 이야기해 주시죠!』

기자들은 회견장 밖으로 나가려 하는 사저를 일제히 쫓아갔다.

『몇 년 정도면 프로가 될 수 있을 거라고 생각하죠?!』

『연예기획사에서 소라 양에게 관심을 보이는 것 같은데요?!』

『사귀고 있는 남성은 있습니까?!』

기자들이 파도처럼 몰려왔다.

하지만——.

『이렇게 관심을 가져 주셔서 정말 감사합니다.』

사저를 지키듯 기자들 앞을 막아선 사람은 앞을 보지 못하는 기사였다.

츠키미츠 회장님은 앞이 보이지 않는 눈으로 보도진을 노려보며 말을 이었다.

『하지만 장려회 회원은 프로 기사도, 그리고 연예인도 아닙니다. 장기 이외의 모든 것을 버리고 장기도(道)에 매진하고 있는 수행자에 지나지 않죠. 3단이 되어서 드디어 스타트 라인에 선 것이나 다름없습니다. 부디 조용히 지켜봐 주시지 않겠습니까?』

「「「…………」」」

회장이 차분한 목소리로 그렇게 말하자, 보도진은 꿀 먹은 벙어리가 됐다. 역시 대단해.

영상이 스튜디오로 바뀌었다.

저녁 시간대의 정보 방송이 시작됐지만, 거기서도 첫 뉴스로서 사저의 3단 승단이 다뤄지는 것 같았다.

"아. 뉴스에서도 또 사저를 다루려나 보네요."

"후효이휴휴후훠후훠~."

"예. 그래요."

무슨 말을 하는 건지 모르겠지만, 나는 일단 고개를 끄덕였다. 이딴 인간도 일단은 내 사부니까 말이야!

"하지만 3단이 된 것만으로도 이 난리면, 프로가 되면 얼마나 야단법석일지 상상이 안 되네요. 장기계 밖에도 영향을 끼치는 거물급 존재가 되어버리려나요? 지금 이 영상을 녹화해 두면 10년 후에 보물이 되는 거 아닐까요?"

"……훠~화화~."

"그리고, 프로가 되어서 장기를 두고 싶은 기사는 대체 누구일까요? 역시 명인일까요? 뭐, 사부님은 아닐 것 같네요."

"훠화후후휴훠휘휘휘화휴화히화."

"예. 그래요."

내가 사부님과 함께 텔레비전과 씨름하고 있을 때였다.

톡톡.

뒤에서 누군가가 내 어깨를 손가락으로 두드렸다.

"응? ……아, 케이카 씨. 걱정하지 마. 회견 광경은 하드 디스크가 아니라 나와 사부님의 뇌리에 선명히 녹화되어 있어. 사저가 돌아오면 둘이서 완전 재현——."

"그건 됐어."

케이카 씨는 스마트폰을 쥐고, 내 귓가에 입을 대 속삭였다.

"……야이치 군. 역까지 긴코를 마중 나가 주겠니?"

"역? 후쿠시마역 말이야?"

"아니, 노다 말이야."

노다역이면 코앞이다.

"긴코가 지금 전철을 탔대. 금방 노다에 도착할 테니까 마중을 나가 봐."

"왜? 노다역이면 여기서 길 하나만 건너면 되잖아? 굳이 마중을 나갈 필요는——."

"괜한 소리 하지 말고 빨리 가봐!"

케이카 씨의 기세에 밀린 나는 영문을 모르겠지만 일단 현관으로 향했다.

두 제자는 요리 준비 때문에 바쁜 것 같았다.

——뭐…… 내가 여기 있어 봤자 방해만 될 거야.

나는 그런 생각을 하면서 혼자 집을 나섰다.

♟ 결의

연맹을 나선 나는 그저 본능에 따라 움직였다.

"…………도와줘…… 도와줘…….."

그 말만 중얼거리면서, 전철의 손잡이에 매달렸다.

내가 탄 것은 오사카 순환선 전철이다.

그리고 향하고 있는 곳은…… 사부님의 집이다.

내제자였던 어린 시절에 수천 번은 오갔던 루트를 본능적으로 선택했다. 택시를 잡을 생각조차 못할 정도로 궁지에 몰려 있었다.

구역질이 날 정도로 기분이 나빴다.

변모한 장기회관을 떠올릴 때마다, 나는 헛구역질을 했다. 희망을 전부 토해버렸고, 그저 고통과 절망만이 치밀어 올랐다.

──……지옥이다.

아무도 구해 주지 않는다.

장기판과 장기말을 그렇게 열심히 닦으며 헌신했었는데도, 착한 아이로 살아왔는데도, 장기의 신은 나에게 아무것도 해 주지 않았다.

"…………신 같은 건, 없어…….."

내 마음속에는 신을 저주하는 말밖에 없었다.

전철을 내린 나는 벽에 기대며 계단을 한 칸씩 시간을 들여가며 천천히 내려갔다.

달팽이처럼 느릿느릿하게 움직일 수밖에 없다.

"…………없어. …………신은…… 어디에도───.."

그리고 역을 나선 순간, 나는 만났다.

──…………아아………………

© shirabii

나는 그 순간, 처음으로 느꼈다.

어릴 적에 사부님에게 듣고도, 지금까지 쭉 장기를 두면서도, 한 번도 실감한 적이 없는 존재를…… 지금 이 순간, 처음으로 확신한 것이다.

장기의 신은, 있다.

나 스스로도 자기가 쉬운 애라고 생각했다.

그토록 신을 부정했으면서…….

신을 매도했으면서…….

신이 별것 아닌 호의를 베풀었다고 이렇게 찬양하며 감사하고 있으니까 말이다.

"사저."

"야이치."

울면서 야이치의 품에 뛰어들고 싶었지만…….

나는 허세를 부리며 등을 꼿꼿이 편 후, 사저의 위엄을 보이기 위해 세일러 교복의 옷깃으로 바람을 가르듯 도로를 건넜다.

도로 반대편에서 기다리고 있던 야이치가 걱정 섞인 목소리로 말했다.

"사저…… 괜찮아요? 얼굴색이————."

"토할 것 같아."

"예엣?!"

나는 야이치의 가슴에 얼굴을 묻으며 그대로 무너졌다.

한계였다.

체력도 바닥났지만── 더는 못 버텼다.

울음을 참는 것을.

"…………조금만, 기댈게……."

"나, 나한테요?"

"……싫지만, 참을래."

참는 게 아니다.

사실은 야이치에게 기대고 싶었다. 다른 사람에게는 기대고 싶지 않다.

쭉 이러고 싶지만, 그럴 수 없다는 것은 알고 있다.

어리광을 부리면 약해지고…… 야이치는 나를 선택해 주지 않을 것이다. 내가 매달리면, 야이치는 또 난처해 할 것이다.

그런 야이치의 표정은 보기 싫다.

하지만…… 지금은 이래도 괜찮겠지?

"…………3단이, 됐어……."

"예. 기자회견을 텔레비전으로 봤어요. 녹화는 못했지만 나와 사부님의 눈에 똑똑히 새겨졌어요."

"……쿠누기 소타는 별것 아니었어……."

"그런 마음가짐이에요. 마음이 약해선 결코 3단 리그를 돌파할 수 없어요. 자기가 가장 강하다는 자신감이 가장 중요하죠."

그렇다면 나는 무리다.

격려를 한답시고 내 마음에 비수를 꽂는 야이치 또한 장기별사람이다.

지구인인 내 마음을 알 리가 없다.

다른 별에 사는 사람이니까…….

"승단 직후에는 상승세를 타니까요. 이대로 확 올라가버리는 거예요!"

"단번에 3단 리그를 돌파해서 4단이 된 후에 야이치를 공식전에서 자근자근 밟아줄 거야……."

"사저는 진짜로 나를 싫어하네요……."

"그래. 야이치가 싫어. 정말 싫어."

──내 마음도 몰라 주니까.

장기에 대한 것이라면 내 머릿속까지도 훤히 꿰뚫어 보면서, 다른 쪽으로는 내 마음을 읽으려고도 하지 않으니까.

나는 야이치가 싫다. 나를 봐 주지 않으니까…….

나는 야이치가 싫다. 나를…… 좋아해 주지 않으니까…….

하지만, 그것도 어쩔 수 없다.

나는 히나츠루 아이처럼, 귀여운 구석이 있지도 않다.

나는 야샤진 아이처럼, 재능이 있는 부모의 자식으로 태어나지도 않았다.

케이카 씨처럼 가슴이 크지도 않아서, 상냥함으로 야이치를 감싸 줄 수도 없다.

매사에 서툴고 성격이 더러운 나는 아무것도 할 수 없다.

야이치에게 해 줄 수 있는 것도 없다. 야이치에게 줄 수 있는 것도 없다.

햇빛이 닿기만 해도 망가지고 마는 이 몸과, 장기판을 제대로 상상할 수조차 없는 엉터리 머리.

그게 내 전부다.

그러니까 나에게는 장기뿐이다.

장기로 야이치를 돌아보게 할 수밖에 없다.

지금은 그것조차도 충분하지 않지만…….

프로가 된다면…… 공식전에서라면, 내가 상대라도 전력을 다해 장기를 둘 것이다.

진심으로 나를 봐 줄 것이다.

장기를 두고 있는 동안만이라도, 나만을 봐 줄 것이다.

만약.

만약…… 장기의 신이 진짜로 있다면…….

부디 저를 4단으로 만들어 주세요.

부디 저에게 힘을 주세요.

재능을 달라고는 말하지 않을게요. 장기 실력을 늘려달라고도 말하지 않겠어요.

한 시즌.

다음 3단 리그…… 반년 동안만 전력을 다해 싸울 힘을 주세요. 제 근성을 버틸 강한 몸을 주세요.

내가 좋아하게 된 남자는 장기별의 왕자님이었다.

나는 그 별을 지구에서 올려다보며 동경하기만 하는, 평범한 지구인이다.

이렇게 그 품에 안겨 있어도, 수천 광년은 떨어져 있다.

장기별 사람이 사는 별은 너무나도 멀고, 그 별의 공기는 지구인에게 독이다. 그곳에 간다면, 분명 죽고 말 것이다.

하지만…… 나는 그곳에 가고 싶다.

지금, 가슴이 찢어지는 듯한 심정으로 그렇게 생각했다.

신이시여.

저를 야이치와 같은 장소에 서게 해 주세요.

그리고 딱 한 번만이라도 괜찮으니, 장기를 두게 해 주세요.

그럴 수만 있다면————죽어도 상관없어요.

후기를 대신해——『할아버지 이야기』

 어릴 적, 저에게 장기 룰을 가르쳐 준 사람은 외할아버지십니다.

 모자가정에서 자란 저에게 있어서, 할아버지는 아버지 같은 존재였다고 생각합니다.

 첫 손자라서 그런지, 어릴 적부터 저는 할아버지에게 사랑을 받으면서 자랐습니다. 모자 가정인데도 금전적으로 전혀 힘들지 않았던 것은 할아버지 덕분입니다.

 그런 상냥한 '할아버지'와의 관계에 금이 간 것은 제가 취한 어떤 행동 때문입니다.

 그것은 바로 제가 라이트노벨을 쓴 겁니다.

 20세기 초 세대인 할아버지는 라이트노벨을 문학으로 여기지 않습니다. 라이트노벨 작가를 직업으로 인정할 리가 없습니다.

 제가 데뷔 당초에 프로필에 거짓말을 적었던 것도, 가족에게 라이트노벨을 쓴다는 것을 숨기기 위해서였습니다.

 하지만 끝까지 숨기지는 못했고, 결국 할아버지는 저에게 '이 집에서 나가라.'라고 말씀했습니다.

 저는 집을 나갔습니다.

그리고 3년 후, 할아버지는 돌아가셨습니다.

저는 할아버지의 임종을 지키지 못했습니다.

할아버지께서 돌아가셨다는 연락을 어머니에게 받고 오래간 만에 본가에 돌아가 보니, 제가 살던 시절과 명백하게 달라져 있었습니다.

제 작품이 잔뜩 있었죠.

할아버지의 침상에는 『농림』 2권이 포스트잇이 잔뜩 붙은 상태로 놓여 있었습니다.

거실에는 액자에 들어있는 애니메이션 포스터가 몇 장이나 걸려 있었고, 부엌에는 작품의 무대가 된 미노카모시에서 판매하는 콜라보레이션 굿즈 과자가 있었습니다. 만화판과 DVD, 그리고 블루레이도 전부 다 있었으며, 소중히 비치되어 있었습니다.

여든이 넘으신 어르신이 라이트노벨을 읽고, 코미컬라이즈를 읽고, 애니메이션을 봤을 뿐만 아니라, 성지순례까지 하신 겁니다. 뇌경색 후유증으로 잘 걷지도 못하시면서…….

"죄송해요……."

제가 할 수 있는 말은 그것뿐이었습니다.

할아버지의 유해 옆에서 하염없이 울고 있는 저에게, 장례식 때문에 모인 친족들은 한 목소리로 이렇게 말했다.

할아버지는 저를 항상 자랑했다고 말이죠.

장례식 준비를 하기 위해 아파트로 돌아간 저는 작업용 책상 위에 놓인 종이다발을 손에 쥐었습니다.

이 『용왕이 하는 일!』의 1권 원고입니다.

컴퓨터로 쓴 원고를 인쇄해서 여러 색깔의 펜으로 몇 번이나 수정을 한 그 종이 다발을, 저는 할아버지의 관에 넣은 후, 같이 태웠습니다.

발매일을 두 달 앞둔, 더운 어느 날의 일입니다.

『용왕이 하는 일!』은 제 모든 것을 쏟아 부은 작품입니다.

제가 쓰고 싶은 것을 쓰고, 누가 읽더라도 부끄럽지 않은 책을 쓰자는 결의에 따라 탄생한 작품입니다.

그런 책을 쓰자고 생각한 것은 할아버지에게 인정받고 싶기 때문이었습니다.

라이트노벨이라고 하는, 제가 선택한 길의 가능성을 알려드리고 싶었습니다.

하지만 가장 후회가 되는 것은 이 책을 가장 읽어 주십사 했던 분이 결국 읽지 못했다는 사실입니다.

할아버지는 이 책을 전할 수 없는 장소에 가고 마셨습니다.

하지만 이 책을 전해드릴 수는 없지만, 할아버지께서는 천국에서 저를 지켜보고 계실 거라고 생각합니다.

할아버지. 내 작품이 또 애니메이션으로 나와.

이번에는 꼭 같이 보자.

감상전

© shirabii

"우왓?! 이…… 이게 뭐야?!"

"아, 츠키요미자카 씨. 어서 와요."

칸사이 장기회관 3층에 있는 기사실을 오래간만에 찾은 츠키요미자카 료 여류옥장은 실내에 들어서자마자 깜짝 놀랐다.

"뭐가…… 어떻게 된 거야? 완전 깨끗해졌네……."

"아이 양이 청소해 줬대이~."

쿠구이 씨는 깨끗하게 닦인 책상에 볼을 비비면서 그렇게 말했다.

책상만이 아니다.

그 위에 놓인 낡은 장기판 또한 새것처럼 다시 태어나 있었다.

『이제부터는 제가 기사실을 관리하겠어요!』

그렇게 선언한 아이는 주말을 이용해 기사실을 청소했다.

밤에 하는 해외 홈쇼핑 방송을 통해 산 정체불명의 세제와 청소도구를 써서 수십 년 동안 쌓인 때를 깨끗하게 씻어냈고, 슈마이 선생님에게 장기판과 말의 수선을 부탁했다. 그리고 아파트 베란다에서 기른 꽃을 장식해서 향기로 내부의 분위기를 쇄신했다.

역대 칸사이 기사들의 피와 땀이 배어 있던 낡은 방이, 지금은 우메다의 화사한 팬케이크 가게 같은 느낌으로 다시 태어난 것이다.

"너무 분위기가 좋아져서 계속 여기서 지내고 있대이. 아이 양이 청소를 도맡아 하게 된 후로 항상 이런 상태다 아이가~."

"맞아요~. 이렇게 멋진 방에서 장기를 두는 게 바보 같아서, 지금은 이렇게 티타임을 가지고 있죠~."

"저기…… 그건 좀 문제 있는 거 아니야?"

츠키요미자카 씨는 양아치라서 그런지 이 방이 영 마음에 들지 않는 것 같았다. 이 사람은 폐허 같은 곳을 아지트로 삼을 것 같긴 해.

"기사실은 장기를 두기 위한 방이지? 그런데 기사실에 왔는데 장기를 두기 싫어진다면 완전 주객전도잖아……. 아아~ 장기잡지 대신 『크루아상』 같은 게 책장에 꽂혀 있네. 하아, 칸사이는 대체 어떻게 굴러가고 있는 거야?"

"전부 아이 양이 한 거대이. 그 아는 진짜 좋은 아인기다."

"아이라면…… 걔 맞지? 쓰레기 용왕의 초딩 제자 말이야."

"예. 마이나비 본선에서 츠키요미자카 씨와 붙었던 초등학생이, 내 제자인 히나츠루 아이예요."

스승으로서, 제자의 선배에게 인사를 했다.

"일전에 엄하게 가르침을 주셔서 감사해요."

"으음…… 뭐, 말이 좀 심했으려나? 초등학생 상대로 발끈해서 쑥스럽긴 하네……."

츠키요미자카 씨는 멋쩍은 표정을 지으면서 고개를 돌렸다. 약자를 괴롭혔다는 것은 자각하고 있는 듯했다.

"……그런데, 그 쪼그마한 초딩이 여기를 혼자 청소한 거야?"

"우리 제자는 집안일 솜씨가 끝내주거든요."

"*여자력이 끝내주는 것 같대이."

쿠구이 씨는 홍차를 우아하게 마시면서 그렇게 말했다.

이 찻잎도, 찻잔 세트도, 전부 아이가 고른 것이다.

나는 약간 심술을 부리는 심정으로 이렇게 말했다.

"예전에도 이 방에는 여자들이 많이 들어왔었는데 말이죠."

"긴코 양은 일편단심 장기니까 여자력이 부족한 것도 어쩔 수 없대이."

"그래. 긴코는 여자력이 제로지."

"…………."

여류 타이틀 보유자들은 자기들하고는 상관이 없는 것처럼 사 저만 비난했다. 역시 정신력이 엄청난 사람들이다.

"뭐…… 순위전도 고비에 접어들었으니까 기사실에도 사람들이 모이겠죠. 곧 얼마 전처럼 될 거라고 생각해요."

"『장기계의 가장 긴 하루』 말이가."

"이 시기는…… 기쁨과 슬픔이 표리일체라서, 연맹에 오는 것 자체가 괴롭지……."

여자력 이야기로 떠들썩하던 기사실 안의 분위기가 확 가라앉았다.

순위전은 명인에게 도전할 권리를 걸고 기사들이 펼치는, 장기계 최대의 리그전이다.

하지만 그 본질은 『강등 다툼』이라고 해도 과언이 아니다.

---

* 여자력(女子力) : 일본의 신조어. 여성이 자신의 존재를 어필하는 힘. '여성다움'이라는 점에서 전통적인 여성 상, 현대적인 여성상이 뒤섞여 매체에 따라 해석이 조금씩 다르다.

명인에게 도전할 수 있는 사람은 한 명뿐이다. 즉, 순위전에서 1위를 한 사람에게 도전권이 주어진다.

그 한 사람을 정하려고 참가하는 모든 기사에게 순위를 매기는 이 리그전은 기사의 실력이 번호가 되어 주어진다. 1위 이외에도 말이다.

아무리 위대한 실적을 지닌 기사라도, 지면 서서히 순위가 내려간다. 실력이 쇠하는 것이 소속된 클래스와 순위로서 백일하에 드러나는 것이다.

순위가 낮은 사람에게는 『강등점』이라는 문신이 새겨지며, 그것이 쌓이면 최종적으로 은퇴를 해야만 한다.

그런 잔혹한 나날이 곧 시작되는 것이다.

"그런데, 쓰레기는 어때?"

"뭐가 말이에요? 아, 순위전이라면 지금까지 전부 이겼──."

"그거 말고 말이야~. 시치미 떼지 마. 들었거든? 초등학생과 약혼했다면서?"

"아, 아니에요! 나는 회장님과 여관 주인이 파놓은 함정에 걸려서 허우적댔을 뿐이라고!!"

"겸사겸사 초등학생 몸에서 허우적댄 거냐? 완전 역겨운 로리콤이네~."

"상스러운 소리 하지 말라고요! 여자가 그딴 소리를 입에 담지 말란 말이에요!"

여류 타이틀 보유자로서 자각을 가지라고!!

"그것만이 아니대이. 신빙성 있는 라인을 통해 입수한 정보인

디, 사쿠라노미야에서 긴코 양과 손을 맞잡고 걷는 걸 봤다는 목격담도——."

"진짜?! 거기는 러브호텔촌이잖아!!"

"아아아, 아니에요! 그건…… 연구회! 사실은 몰래 오이시 씨와 쿄바시에서 연구회를 가졌는데, 그걸 딴 사람이 본 걸 거예요! 하, 하지만 은밀한 연구회라 아무한테도 말할 수가 없어서——."

"대단하네~. 용왕쯤 되면 여자를 골라잡을 수 있는 거냐~."

"동거하는 초등학생과 화려한 약혼식을 올린 용왕. 하지만 여전히 함께 살던 중학생의 맛도 잊지 못해 남들 눈을 피해 밀회를 가진다……. 그야말로 막장 드라마를 연상케 하는 추잡한 애증극이대이."

"역시 남자는 젊은 여자를 좋아하는 거지? 하지만 아무리 긴코가 안습 체형이더라도 초등학생보다는 그나마 낫지 않아?"

"나이도 나이지만 결국 중요한 건 여자력이대이. 헌신하는 타입은 인기 있다 아이가."

"무조건 자기 시키는 대로 하는 여자가 최고라는 거냐. 역시이 녀석은 최악의 쓰레기네."

"그런 게 아니라고 말했죠?! 내 말 좀 들으라고요!!"

나는 멋대로 떠들어대는 두 사람을 향해 고함을 질렀다. 작작 좀 하라고!!

"여자력 같은 건 모르겠지만요! 남자는 그런 걸 신경 쓰지 않아요! 눈에 보이지 않는 것에 매력을 느끼지 않는단 말이에요!"

"그럼 뭐에서 매력을 느끼는데?"

"남자는 무조건 가슴이에요!!"

영혼에서 우러난 외침이 칸사이 장기회관에 울려 퍼졌다.

그 커다란 목소리를…… 들어선 안 되는 두 사람도 듣고 말았고…….

내 등 뒤에서, 기사실의 문이 열리는 소리가 들렸다. 그리고 귀에 익은 목소리가──.

"사부님? 잠시 할 이야기가 있으니까 바닥에 무릎 좀 꿇어주실래요?"

"츠키요미자카 선생님. 쿠구이 선생님. 죄송하지만 자리를 비켜 주시지 않겠어요? ……옷에 피가 튀기라도 하면 죄송하니까요."

""예~.""

"앗! 츠키요미자카 씨! 쿠구이 씨! 왜 자기들은 관계없다는 듯한 표정을 짓는 거예요?! 당신들이 사저의 여자력이 없다는 둥, 안습 체형이라는 둥, 초등학생보다 그나마 낫다는 둥 같은 소리를, 앗, 잠깐만요! 기…… 기다려! 기다려주세요! 나를 두고 가지 말라고요오오오오오오오오오오오오오오오오오오!! 아아아아아아아아아아아아아아아아아아!! 앗, 안 돼, 앗…… 아아아아아아아아아아아아아아아아아아아아아아아아아아──────!!!!!"

그 날, 깨끗해졌던 기사실이 약간 더러워졌다.

내가 흘린…… 피와 눈물 때문에…….

역자 후기

안녕하십니까. 근로청년 번역가 이승원입니다.

『용왕이 하는 일!』 6권을 구매해 주셔서 진심으로 감사드립니다.

5권에서 야이치가 무사히(?) 용왕 타이틀을 지킨 덕분에 제목이 바뀌지 않아도 되는 이 『용왕이 하는 일!』 시리즈의 새로운 장이 이번 6권부터 시작됐습니다!

새롭게 시작되는 만큼 새로운 등장인물도 등장했습니다. 특히 장려회의 멤버들 비중이 늘어난 것을 보면, 앞으로는 일본 장기계의 지옥(?)이라는 장려회도 중점적으로 다뤄지지 않을까 싶군요.

하지만 예전 권들에서는 감상전에서 언급된 부분이 다음 권의 핵심인 경우가 많았으니, 어쩌면 순위전과 강등점이 메인일 가능성도 있지 않을까 싶습니다.

……하지만 그렇게 되면 케이카 양의 비중이 적지 않을까 걱정이 되는군요. 글래머 미녀 여류기사지만 주위에 워낙 천재들이 많아서 흙수저 노력가 노선을 달리고 있는 케이카 양을 참 좋

아하는데 말입니다. 5권에서 다른 히로인들 다 박살 내고 메인 히로인급 활약을 보여준 케이카 양이 이번 권에서는 비중이 적어서 아쉬웠습니다만, 다음 권에서 다시 날아오르길 빕니다!

그럼 본편에 관한 이야기를 좀 해 볼까 합니다.
스포일러가 포함되어 있을 수도 있으니 본편을 읽지 않으신 분들은 유의해 주시길!

이번 6권은 새롭게 시작되는 2부의 기반 다지기, 라는 느낌으로 이야기가 전개됐습니다.
두 제자와의 만남을 통해 성장한 용왕이 고난 끝에 최강의 적을 상대로 용왕 타이틀을 지켜내며 1부의 대미를 장식했다면, 2부는 1부에서 다루지 못하고 넘어간 장기계의 여러 일면과 장기에 매료된 이들의 고뇌를 중점적으로 다루려 하고 있습니다.
그것을 위해 장려회 쪽의 새로운 멤버들이 등장했으며, 그와 동시에 장기 소프트에 대해서도 다루고 있습니다. 이런 면들을 통해 앞으로 전개될 이 작품의 스토리를 예상해 보는 것도 재미있지 않을까 합니다.
1월에 시작된 용왕 애니를 보면서 상상해 보는 것도 재미있을 겁니다!

그럼 이만 줄이겠습니다.
재미있는 작품을 맡겨주신 노블엔진 편집부 여러분께 감사드립니다. 개인적 사정으로 작업이 늦어져 폐를 끼친 점, 진심으로 사과드립니다.

부산 북컬처에 가더니 호탕하게 30만 원짜리 소 ● 전선 피규어를 지른 악우여. 나는 너의 떨리는 손길을 잊을 수가 없구나……. 나중에 나보고 왜 안 말렸냐 같은 소리는 하지 말아다오…….

마지막으로 언제나 제게 버팀목이 되어 주시는 어머니와, 『용왕이 하는 일!』을 읽어주신 모든 분들께 진심으로 감사드립니다.

데인저러스 비스트(?!)라는 말만 머릿속에 남게 될지도 모르는 『용왕이 하는 일!』 7권 후기에서 다시 뵙겠습니다!

2018년 2월 초
역자 이승원 올림

용왕이 하는 일! 6

2018년 02월 25일 제1판 인쇄
2018년 08월 01일 3쇄 발행

지음 시라토리 시로 | **일러스트** 시라비 | **옮김** 이승원

펴낸이 임광순 | **제작 디자인팀장** 오태철
편집부 황건수 · 신채윤 · 이병건 · 이홍재 · 김호민
디자인팀 박진아 · 박창조 · 한혜빈 · 김태원 | **국제팀** 노석진 · 엄태진

펴낸곳 영상출판미디어(주)
등록번호 제 2002-000003호
주소 21311 인천광역시 부평구 평천로 132 (청천동)
전화 032-505-2973(代) | **FAX** 032-505-2982

ISBN 979-11-319-7299-1
ISBN 979-11-319-5731-8 (세트)

 노블엔진(NOVEL ENGINE)은 영상출판미디어(주)의 라이트노벨 및 관련서적 브랜드입니다.